ro
ro
ro

Dietrich Faber wurde 1969 geboren. Bekannt wurde er als ein Teil des mehrfach preisgekrönten Kabarett-Duos FaberhaftGuth. Bereits sein erster Roman «Toter geht's nicht» schaffte es auf Anhieb auf die Bestsellerliste. Seine Lesungen und Buchshows zu seinen Romanen um den fröhlich weiterermittelnden Exkommissar Bröhmann wurden zu Bühnenereignissen. Der Autor lebt mit seiner Familie in der Mittelhessenmetropole Gießen.

«Faber ist das Kunststück gelungen, die Balance zwischen Humor, ernstem Anliegen und Spannung zu halten ... Beste Krimiunterhaltung.»
(Ruhr-Nachrichten)

«Dietrich Faber beschreitet mehr denn je einen Spagat zwischen skurriler Komik und ernstem Hintergrund.»
(Frankfurter Neue Presse)

«Ein unterhaltsamer, aber auch ernstgemeinter Roman ... Faber gelingt es, ein authentisches Bild vom Zustand unserer Gesellschaft zu vermitteln – ohne moralischen Zeigefinger, aber dennoch nachdenklich stimmend.»
(Offenbach-Post)

«Die Reihe ist erwachsener geworden, der lethargische Exkommissar Henning Bröhmann hat sich weiterentwickelt.»
(Gießener Anzeiger)

Dietrich Faber

HESSEN ZUERST!

•••

Kriminalroman

HEXIT JETZT

Rowohlt Taschenbuch Verlag

2. Auflage April 2021

Veröffentlicht im Rowohlt Taschenbuch Verlag,
Reinbek bei Hamburg, Oktober 2018

Umschlaggestaltung und Motiv Nordsonne Identity GmbH
Satz Quadraat PostScript, InDesign,
bei Pinkuin Satz und Datentechnik, Berlin
Druck und Bindung CPI books GmbH, Leck, Germany
ISBN 978 3 499 29122 7

Mein Name ist Henning Bröhmann, und ich war einmal Kriminalhauptkommissar.

Kein wirklich brillanter, noch nicht einmal ein guter, ich war, ach, sagen wir es doch, wie es ist, ich war ein wirklich schlechter Hauptkommissar.

Ich war weder talentiert noch motiviert, habe aber auch nie etwas anderes behauptet.

Als ich plötzlich zu meiner eigenen Überraschung begann, gut zu werden und tatsächlich Fälle zu lösen, als ich damit sogar meinem inzwischen verstorbenen Vater, dem Polizeipräsidenten a. D., Achtung abrang, war es Zeit, zu gehen.

Außerdem bin ich Ehemann und Vater von ein bisschen zu vielen Kindern – auch kein wirklich brillanter, aber ich gebe mir Mühe.

Ich lebe mitten in Deutschland, mitten in Hessen, in einem mittelmäßigen Mittelgebirge namens Vogelsberg. Da passe ich hin, und da will ich auch nie wieder weg.

Ich will einfach nur meine Ruhe. Nicht mehr, nicht weniger.

Ich will keine Morde in meiner nahen Umgebung, und vor allem will ich bitte selber nicht wieder in Lebensgefahr geraten.

Ich will einfach auf dem Sofa liegen und Serien glotzen.

Ich will nicht von rechtsradikalen Wutbürgern überfallen und auch bitte nicht in Krankenhäuser eingeliefert werden.

Ich will schlicht faul rumsitzen, Kaffee trinken und meinen Kindern dabei zusehen, wie sie groß werden.

Ich will keinen Kleinkrieg mit meinem Nachbarn und Vermieter, ich will Friede, Freude, Eierkuchen.

Und ich will vor allem nicht, dass ein guter alter Bekannter sterben muss.

Nein, das will ich nicht.

Ist das denn zu viel verlangt?

Offenbar schon. Denn sonst bräuchte ich die folgende Geschichte nicht zu erzählen.

Kapitel 1

Als vor ein paar Minuten Rüdi und Gisa ihren dickärschigen SUV zu packen begannen, um mit meiner Frau und mir in aller Herrgottsfrühe zum Ausgangspunkt unserer Wanderung nach Herbstein aufzubrechen, war ich mir momentan nicht ganz sicher, ob uns statt einer Zweitagestour durch den Vogelsberg nicht eher eine viermonatige Expedition durch das Himalaya-Gebirge bevorstand. Vierzehn verschiedene Paar Schuhe, von Sandalen über Trekkingschuhe bis zu Hochgebirgsstiefeln, Notzelt – man weiß ja nie –, zwei Gaskocher, Einweg-Grill, Erste-Hilfe-Koffer und die unterschiedlichsten Regenschutzutensilien für Rucksack, Zelt und Mensch wurden gewissenhaft und in aller Ernsthaftigkeit verstaut.

«Rüdi, du hast den Eispickel vergessen», rufe ich ihm zu und stopfe meinen zeitlosen Daypack-Rucksack ins Auto, den es in den neunziger Jahren mal billig bei Aldi gab und der schon zähe Sonntagswanderungen mit meinem Vater durch den Spessart überlebt hat.

«Nee, den brauchen wir heute nicht», entgegnet Rüdi. «Wir haben nur 482 Höhenmeter zu absolvieren, dafür braucht man keinen Eispickel.»

«War ein Witz, Rüdi.»

Rüdi verzieht keine Miene.

«Beim Wandern versteht der keinen Spaß», flüstert Gisa mir daraufhin zu.

Sie muss es wissen, sie ist seit fünfzehn Jahren mit ihm verheiratet.

«Eigentlich versteht er bei gar nix Spaß», ergänzt sie tonlos.

Auch damit hat sie recht.

Meine Mutter wird übrigens gleich mit von der Wanderpartie sein, was die Sache nicht besser macht, aber auch nicht viel schlechter. Als ich ihr vor drei Wochen von unseren Plänen erzählte, druckste sie herum, wie gut ihr *so* etwas tun würde, gerade jetzt in dieser Zeit, wo sie sich so, sie mag das Wort *depressiv* nicht, aber wo sie sich eben so niedergeschlagen fühle, da würde ihr so etwas sehr guttun, doch bei so etwas, lamentierte sie, wolle man ja als Sohn seine Mutter nicht dabeihaben.

Kurzum: Ich habe sie eingeladen mitzuwandern.

An und für sich ist die Wanderung ein Geschenk. Ein Geschenk von Rüdi und Gisa an meine Frau, zu ihrem Geburtstag. Eine Zweitageswanderung im Vogelsberg mit freundlicher Übernahme des Abendessens. Wochenlang gaben Franziska und ich uns alle Mühe, leider kein freies Wochenende zu haben, doch irgendwann konnten wir Rüdis Drängen nicht mehr standhalten, und so wurde dann ebendieses Wochenende vereinbart. Um nicht vollends und ganze zwei Tage lang Rüdi und Gisa allein ausgeliefert zu sein, kam Franziska die Idee, weitere interessierte Wandersleute einzuladen. Das würde dann alles etwas auflockern. Hofften wir.

Ja, ich hätte es anders haben können, hätte ich doch damals, vor ein paar Monaten, auf meinen Instinkt gehört. Hätte ich ihm doch nur vertraut, diesem berühmten unbestimmten Gefühl. Wäre ich nur nicht darüber hinweggegangen, dann säße ich jetzt nicht hier, in diesem Auto, neben Rüdi, der ja auch andere Seiten hat, natürlich ja, aber die haben ja immer alle, andere Seiten.

Es reicht, dass Rüdi diese *eine* Seite hier hat, und dass diese Seite seit geraumer Zeit so unangenehm durchbricht, ist alles andere als schön. Denn Rüdi, der selbstverständlich eigentlich Rüdiger heißt, ist nicht einfach irgendein rüder Rüdi, den man nach der Wanderung wieder los wäre, nein, Rüdi ist seit ein paar

Monaten unser Vermieter und Nachbar. Gemeinsam mit besagter Gisa, die auf der Rückbank meiner Frau irgendetwas von Blasenpflastern und Thermounterwäsche erzählt und dass sie eigentlich noch nie gerne gewandert sei.

Franziska und Gisa kennen sich schon lange, bereits aus der Zeit, als beide in Nidda Lehrerinnen waren. Unsere Kinder sind im gleichen Alter, dann muss das doch funktionieren.

Das Haus ist zudem wunderbar gelegen, nahe dem Obermooser Teich im östlichen Vogelsberg, und die Wohnung ist für uns bezahlbar.

Da versuchte man natürlich darüber hinwegzusehen, dass das erste Gefühl, der erste Eindruck, nicht gleich für Entzücken gesorgt hat.

Wie sagt mein, na ja, nicht unbedingt Freund, aber doch irgendwie Bekannter Manni Kreutzer immer: «Das Leben hat immer zwei Kehrseiten von der ein oder anderen Medaille.»

Manni gehört ebenfalls zu unserer Wandergruppe, gemeinsam mit Jutta «Hessi» Hesswig, seiner Lebensgefährtin und «Managerin». Manni wird mit großer Sicherheit später Gisas Blasenpflaster in Anspruch nehmen. Er hat nämlich angekündigt, wie es sich für einen inzwischen hessenweit bekannten Countrysänger gehört, die Zwanzig-Kilometer-Tagesetappen durchgängig in Cowboystiefeln absolvieren zu wollen.

«Meinste, der Old Surehand ist mit Wanderletten durch die Prärie gestiefelt, wenn der von A nach C musste?», so Manni.

Manni Kreutzer ist eine ehrliche Haut und nicht dumm, aber ich fürchte doch, er hält Old Surehand für eine reale historische Person.

Rüdi stellt seinen Wagen an unserem Startpunkt ab, dem Parkplatz des Bergrasthauses auf der Herchenhainer Höhe. Er steigt aus, blickt sich um und murmelt: «Logisch, noch keiner da.»

«Ich hab gleich gesagt, dass 6.30 Uhr zu früh ist», keift Gisa.

Auch ich finde diese Treffpunktszeit recht gewagt, sage aber nichts.

Nun kramt Rüdi sein highendiges GPS-Gerät heraus, von dem er seit Wochen spricht, und lässt sich damit wie von einer Wünschelrute geleitet über den Parkplatz ziehen.

«Was machst du denn da?», fragt Franziska.

«Der Einstieg ist immer das Schwerste», antwortet Rüdi.

Franziska und ich schauen uns fragend an.

Rüdi flucht. Mit irgendetwas scheint er nicht zufrieden sein.

«Wenn du den Einstieg suchst», rufe ich ihm zu, «dann wäre das *der* hier.»

Ich deute auf ein riesiges Brett mit diversen Wanderschildern direkt neben unserem Auto.

«Nee, kann nicht sein», ruft Rüdi zurück. «Kann nicht sein.»

Er steht am anderen Ende und starrt auf sein GPS-Dings. «Kann nicht sein.»

«Doch, hier ist doch eindeutig das Vulkanring-Zeichen, oder nicht?»

«Kann nicht sein.»

«Ich hab doch gleich gesagt, nimm die Wanderkarte», giftet Gisa.

«Wanderkarte, Wanderkarte», schimpft Rüdi, kehrt zu uns zurück und begutachtet die Wanderschilder. «Kann nicht sein», murmelt er ein weiteres Mal. «Ich hab das Ding doch gestern noch geupdatet. Upgedatet. Geupgedatet.»

Nach und nach trudelt der Rest unserer Wandergruppe ein, und es kann losgehen.

Die ersten zwei Stunden im Wald verlaufen harmonisch und friedlich, ganz im Einklang mit der Natur. Ich laufe eine geraume Weile im schnellen Tempo der Gruppe voraus und genieße die Ruhe, doch irgendwann taucht plötzlich Rüdi neben mir auf und orientiert mich über seine politische Meinung. Sehr ausführlich. Seine persönliche Meinung, wie er stets betont. Welche auch sonst?, frage ich mich. Seine unpersönliche? Und dass er dies ja wohl mal sagen dürfe, dass dies ja wohl noch erlaubt sei, schließlich hätten wir ja Meinungsfreiheit. Richtig, und ich hätte eigentlich die Freiheit, mir den Quark nicht anhören zu müssen. Eigentlich. Doch ich fühle mich auf diesem schmalen Wanderweg alles andere als frei. Ich komme hier so schlecht weg. So sage ich ihm zwischendurch immer wieder, dass *ich* sie so gar nicht teile, seine Meinung. Ich hätte eine ganz andere, und zwar ebenfalls eine persönliche. Und, vielmehr noch, ich fände seine Meinung richtig beschissen. Und das werde man ja wohl auch dürfen, sage ich, die beschissene Meinung des anderen persönlich beschissen zu finden. Dies gehöre auch zur Meinungsfreiheit. Rüdi lächelt überlegen.

Ich blicke nach hinten, keine Rettung in Form von anderen Mitwandernden. Zu weit sind sie weg, zu schnell sind wir im Eifer des Meinungsgefechts nach vorne geprescht.

«Ich war immer eher ein Sozi, Henning, bin es eigentlich noch immer, der kleine Mann liegt mir am Herzen, aber alles hat eben seine Grenzen. Und diese ollen Altparteien-Fuzzies, die richten inzwischen doch alles zugrunde», mosert Rüdi weiter ungebremst herum. Die Idee des Liberalismus sei schlicht und ergreifend gescheitert und «Mutti Merkel» drauf und dran, Deutschland zu zerstören.

«Mensch, Rüdi, schalt doch mal 'nen Gang runter.»

«Nein, isso, isso. Henning, man kann die Augen nicht mehr vor der Realität verschließen. Isso. Hab ich auch viel zu lange gemacht. Weil man halt sofort in 'ne bestimmte Ecke gedrängt wird, wenn man mal den Finger in die Wunde legt. Man muss einfach endlich die Wahrheit sagen dürfen. Die Leute lassen sich nicht länger mehr verarschen. Es muss sich dringend was ändern.» Pause. «Und zwar *grundlegend.*»

Rüdiger Buttig ist fünf Jahre älter als ich, 51, und man sieht ihm das wirklich nicht an. 50 ist das neue 28, wie er immer zu scherzen pflegt. Rüdi ist groß gewachsen, sportliche Figur mit nur leichtem Bauchansatz und vollem, dezent angegrautem Haar.

Bis vor sechs Wochen hat Rüdi noch als Redakteur bei einer Frankfurter Tageszeitung gearbeitet. Dann kündigte er und betätigt sich nun als «Freelancer» im «Homeoffice», wie er sagt – in seinem Fall allerdings aus meiner Sicht deutlich mehr «Home» als «Office».

Was er da genau macht, weiß ich nicht. Aber man soll nicht mit Glas ins Steinhaus werfen, wie wiederum Manni Kreutzer sagen würde. Ich bin ja seit meiner Kündigung als Hauptkommissar vor viereinhalb Jahren ebenfalls recht häufig zu Hause. Eigentlich fast immer.

Rüdi ist inzwischen beim Thema Islam angelangt. Hat erstaunlich lange gedauert. «Wollen wir nicht mal auf die anderen warten?», frage ich mitten in seinen Monolog und verlangsame deutlich das Gehtempo. Doch Rudi ignoriert meine Frage.

«Ich jedenfalls kann verstehen, dass viele Leute hier bei uns im Land die Schnauze gehörig voll haben.»

«Rüdi, sorry, aber ich habe einfach jetzt keine Lust mehr, weiter darüber ... guck doch mal, wie schön da die Natur ist, die Bäume und äh ...»

Nun bleibt Rüdi stehen und greift nach meinem Arm. «Klar, Henning, hast recht, ich hab ja nicht diese tolle Wanderung für uns alle geplant, um die ganze Zeit über Politik zu reden, was?»

«Genau», murmle ich, stelle meinen Rucksack zu meinen Füßen und greife nach meiner Wasserflasche.

«Ist toll die Route, ne?», fragt Rüdi.

Ich nicke und trinke, was ich besser nacheinander getan hätte, und wische mir anschließend das Wasser vom Kinn.

«Toll, oder?», fragt er dann wieder. Selbst, wenn er so etwas

Harmloses sagt, schwingt in seiner Stimme ein Hauch von nervöser Angespanntheit und Aggression mit.

«Ja, ist wirklich schön.»

«Danke, aber ich mach das auch gern für euch.»

Rettung naht, Franziska taucht mit Gisa im Blickfeld auf.

«Und, Franzi», brüllt ihr Rüdi zu, «hab ich zu viel versprochen?»

Franziska ruft irgendwas Unverständliches zurück.

«Ich wusste, dass es dir gefällt, das wusste ich einfach. Kenne doch meine Franzi.»

Nun stoßen auch Manni Kreutzer und Jutta «Hessi» Hesswig zu uns. Hessi trägt den Rucksack für beide, da Manni seine Wandermandoline auf den Rücken schnallen musste. Sie schwitzt dementsprechend rotgesichtig.

«So 'ne Natur, also, muss ich sagen», ruft uns Manni zu, «die hat wirklich was an und für sich, die hat so was ... Natürliches ...»

«Gell?», sagt der Rüdi, «das ist schon 'ne tolle Tour, oder?»

Dann beißt ein paar Meter weiter südlich ein Mann meiner Mutter in den Hals. Es ist Johann. Johann, von dem ich bis gestern nichts wusste. Und an dessen Existenz als Mama-Lover ich mich auch erst noch gewöhnen muss.

«Ach, Johännchen», piepst meine Mutter giggelnd wie eine Fünfzehnjährige und pikst ihm neckisch in die Seite. «Du alter Wüstling.»

Hessi lässt sich ächzend auf einen umgekippten Baumstamm plumpsen, kramt wütend in ihrem Rucksack und zischt: «Mann, Manni, du hast ja die ganzen Pfefferbeißer gegessen, ach, Mann!»

«Ei, stimmt doch gar net», protestiert Manni. «Ich hatt' nur zwo, die annern beiden hab ich den Hunden gegebbe, die wo uns entgegengekomme sind. Immer diese Anverschuldigunge, die so mir nichts, dir nichts aus der Luft gegriffe wer'n.»

Die Stimmung zwischen den beiden war auch schon mal besser.

Inzwischen hat sich jeder ein Plätzchen erobert und lässt sich von Mutter Natur den Popo anfeuchten.

«Wo ist denn Heinz?», fragt Gisa. Eine Frage, die schon häufiger in den letzten Stunden gestellt wurde.

«Der hat 'ne spannende Pflanze gefunden und fotografiert die jetzt», antwortet Johann, während er allen Ernstes meine Mutter auf seinem Schoß Platz nehmen lässt. Mein Vater ist vor drei Jahren gestorben; er hätte sicher meiner Mutter noch ein neues kleines Liebesglück gegönnt, doch bei diesem Anblick würde er sich vielleicht noch nicht komplett im Grabe umdrehen, aber unruhig die Seite wechseln, das würde er wohl schon.

«Der geht mir uff die Bannatzel mit seinem ewigen Rumfotografiern», brummt Manni. «Als und als muss man uff den warte. Und wenn er gleich ankommt, dann muss man sich die blöden Blumme auch noch uff seiner Kamera angugge.»

Heinz ist Biologielehrer aus Leidenschaft, erfreut sich immer wieder neu an dem Erblühen der Natur, hält dies gerne in aller Ausführlichkeit digital fest und lässt nun, da am Wochenende nun mal keine Schüler greifbar sind, vertretungsweise uns an seinem reichhaltigen Wissen teilhaben. Er ist der Einzige aus dieser Runde, den ich vorher noch nicht kannte. Gisa hat ihn eingeladen. Ein Lehrerkollege.

«Guck mal», haut mich nun Rüdi von der Seite an und hält mir sein GPS-Gerät vor die Nase, «4,3 km von hier gibt es 'ne Aral-Tankstelle.»

«Aha», mache ich. «Willst du da hin?»

«Nein.»

«Ich geh mal nach Heinz gucken», kündige ich daraufhin an. Ich ernte keine Reaktion, laufe zügig in die Richtung, aus der wir gekommen sind, und genieße für ein paar Minuten die Stille. Erschreckend spät und fast einen Kilometer entfernt finde ich Heinz ehrfurchtsvoll in einem dichten Gebüsch sitzen.

«Psssst», macht er, als würde diese Blume da vor seiner Kameralinse scheu zur Seite springen, wenn ich zu sprechen anfinge.

«Heinz», flüstere ich, «die anderen warten auf dich.»

«Das ist eine Kugelranunkel. Die findet man selten in unseren Gefilden.»

«Hmm», mache ich und gucke so interessiert wie möglich.

«Hast du vorhin die Draht-Segge gesehen?», fragt er dann.

«Ja, klar», lüge ich und erinnere mich daran, wie ich für den Biologieunterricht einmal die «Gemeine Schafgarbe» aus der Erde reißen, eine Woche im Brockhaus meines Vaters pressen, dann auf ein Blatt Papier kleben und anschließend «bestimmen» und beschreiben musste. Es gab nicht allzu viel anderes, das mich zu Schulzeiten noch weniger interessiert hat als plattgepresste Gemeine Schafgarben. Immerhin aber habe ich mir den Namen bis heute gemerkt und kann somit mit meinem Achtelwissen auftrumpfen. «Schau mal, Sohn», könnte ich Laurin einmal zurufen, «schau mal, wie schön, eine Gemeine Schafgarbe.»

«Papa, was du alles weißt», würde er dann bewundernd antworten.

Johann fixiert noch immer das selten vorkommende, in unseren Gefilden blühende Dings. «Ihr rennt da doch immer einfach vorbei. Habt kein Auge dafür.»

Warum nur fühle ich mich in Anwesenheit von Lehrern so häufig wie ein Achtklässler?

«Heinz, wir müssten dann mal. Wie gesagt, die anderen warten schon ...», versuche ich es ein weiteres Mal.

«Pssst», unterbricht er mich. «Gleich ist das Licht so schön, dann wirkt die Kugelige Teufelskralle ganz anders.»

Irgendwann hat er aber doch alle nötigen Fotos gemacht und klettert mit mir gemeinsam aus dem Gebüsch. «Wo sind denn die anderen?», fragt er. «Sind die vor oder hinter uns?»

Oberstudiendirektor Heinz, der noch zwei Jahre bis zur Pensionierung zu absolvieren hat, trägt ein kariertes Funktions-

Wanderhemd und dazu Cordhose. Viel fehlt da nicht mehr zur guten alten Kniebundhose. Sein Rucksack ist aus Leder, ein Erbstück seines Vaters, wie er mir bewegt erzählt hat.

«Und Sie ... äh, Herr Bröhm... Henning», mit dem Duzen tut er sich spürbar schwer, «du hast tatsächlich freiwillig auf deinen Beamtenstatus verzichtet?»

Ich nicke.

«Soso ...», folgt darauf und dann eine Weile erst mal nichts. Schließlich sagt er: «Du wirst vermutlich deine Gründe gehabt haben, nicht wahr?»

Ich erzähle, dass ich diesen Schritt nie bereut hätte, also fast nie, manchmal schon so ein ganz klein wenig, dass ich aber eben das Gefühl hätte, noch mal etwas anderes mit meinem Leben anfangen zu wollen. Dass dies dann die Kinder drei und vier in Form von Zwillingen sein würden, hätte ich allerdings nicht en détail vorhergeplant. Seitdem stünde meine berufliche Entwicklung etwas hinter den familiären Verpflichtungen zurück.

«Soso», meint Heinz dazu und ist kurz danach im nächsten Gebüsch verschwunden. Ich springe ihm nach, um ihn ein weiteres Mal höflich zu drängen, doch bitte mit mir gemeinsam zur Gruppe zurückzustoßen. Aber Heinz will nicht und fragt patzig: «Darf ich bitte alleine austreten?»

Irgendwann und irgendwie schaffen wir es doch, wieder zur mehr oder weniger duldsam wartenden Gruppe zurückzukehren. Auf dem Weg dorthin doziert Heinz, dass der Vogelsberg auf Bundesebene als eines der besten Brutgebiete für Vogelarten der bewaldeten Mittelgebirge gilt. «Denk nur an den Schwarzstorch, den Grauspecht, den Schwarzspecht, den Rotmilan und vor allem den Wespenbussard, lateinisch pernis apivorus.»

«Hmm.» Mein Interesse an Flora und Fauna erlischt ganz, als ich von weitem erkenne, wie Johann meiner Mutter am Ohrläppchen knabbert.

Nein, einladend ist sie nicht, diese in die Jahrzehnte gekommene Behausung in einem Ortsteil von Herbstein, die wir am späten Nachmittag nach über zwanzig Kilometern Fußmarsch müde und erschöpft erreichen.

«Gasthof Grollbrecher», steht bröckelnd und traurig verblassend an der bräunlichen Fassade zu lesen, ehe wir alle die Gaststube betreten und ächzend die Rucksäcke abstellen.

Vor gut zwanzig Jahren wurde dieser Gasthof einem ausliegenden Faltblatt zufolge in vierter Generation an diesen vor uns stehenden grummeligen Grollbrecher-Sohn samt Ehefrau weitervererbt und verfällt seitdem still und frustriert vor sich hin. Was will man auch machen, wenn so ein Ding nun mal da ist und dann auch noch die Eltern sterben? Die Erbschaft nicht annehmen? Wäre auch keine Lösung, man kann und kennt ja nichts anderes. So wird das Haus also ebenso pflichtbewusst wie schlecht gelaunt weitergeführt. Und wenn es ganz blöd läuft, kommen auch noch Gäste und wollen übernachten. Oder noch schlimmer, es kommt gleich eine ganze Gruppe Gäste und will übernachten. Entsprechend hochgestimmt wirft uns Herr Grollbrecher angewidert die ungefähr drei Kilogramm schweren Zimmerschlüssel zu. Meine Frage, ob es WLAN gäbe, beantwortet mir die Miene des Wirts, noch bevor ich die Frage zu Ende formuliert habe.

Mit dem Geruch von schlechtem Fett aus der Nachkriegszeit in der Nase knarzen Franziska und ich über die braunen Stufen des Treppenhauses zu unserem Zimmer mit der Nummer 4. Im Zimmer riecht es so, als habe jemand vor zehn Minuten eine komplette Dose Deospray entleert, um die Gerüche des ganzen schlimmen letzten Jahrhunderts zu kaschieren. Es duftet mit anderen Worten wie eine Popper-Disco aus den Achtzigern. Eine Mischung aus Parfüm, Rauch und Schweiß. Franziska kichert. Sie nimmt so was locker. Ich nicht. Ich meckere.

Ich lege mich aber doch, was vor allem der körperlichen Wandermüdigkeit geschuldet ist, auf das Bett, das mit heftig nach

Disconter-Weichspülern duftender Frottébettwäsche gedeckt und mit einem sehr lilafarbenen Laken bezogen ist.

Ich sinke. Im ersten Moment denke ich, gleich stoße ich mit dem Hintern auf Grund. Und dann hänge ich da wie Kurt, der Maikäfer, und weiß nicht, ob ich hier je wieder heraus- beziehungsweise hochkomme. Ich blicke auf ein Ölgemälde an der raufaserigen Wand, es zeigt eine vergilbte, halbnackte Dame mit ausgeprägter Dauerwelle, die verwegen und nach lokalen Maßstäben geradezu lasziv mit einem blumigen Seidentuch ihre üppigen Brüste verhüllt. Das Bild ist im Grundton Rosa gehalten und weichgezeichnet wie Softpornofilme der späten siebziger Jahre. Nicht dass ich mich damals schon dafür interessiert hätte, nein, nein, aber irgendwie bekam man das trotzdem mit.

Aus dem Nachbarzimmer höre ich Manni zur Mandoline singen. Seinen Song «Kosmoprolet» trällert er mit voller Inbrunst ohne Rücksicht auf Verluste. «Ich war im Westen, im Osten, im Norden, ganz unne war ich auch.» So wie ich gerade, nämlich drei Zentimeter mit dem Hintern über dem Boden.

Hessi schmettert eine zweite Stimme dazu, und wäre diese nicht so schief und laut, dann würde mir fast das Herz aufgehen.

«Von Dorf zu Dorf, da schwätzt man ein anderes Platt,
da wird einem klargemacht, dass man als Fremder
das Maul zu halte hat.»

Ich möchte aufstehen, mich aus dieser Hängematratze nach oben hieven, um mich frischzumachen, wie es so schön heißt, doch ich scheitere erwartungsgemäß. Franziska bemerkt es und reicht mir eine helfende Hand. Damit hat die Demütigung ihren vorübergehenden Höhepunkt erreicht.

«Ich zog vom Edersee in den Vogelsberg ohne Grund und hab in meinem Dorf noch immer Migrationshintergrund», kommt es durch die hellhörigen Wände hindurchgeträllert.

«Wusstest du, dass Rüdi politisch so merkwürdig rechts dreht?», frage ich Franziska. «Was ist denn nur los mit dem? Der redet ein dummes Zeug, das kannste kaum ertragen.»

«Na ja, dummes Zeug hat er ja eigentlich schon immer geredet», gibt Franziska zu bedenken. «Aber nicht so rechtes dummes Zeug. Das ist tatsächlich neu.»

Wir belassen es dabei und freuen uns auf das vermutlich nur semi-gut-bürgerliche Abendessen, das unten in der Wirtsstube gleich auf uns und unsere lustige Wandertruppe wartet. Und Freuen ist vielleicht auch etwas übertrieben – aber Hunger haben wir schon.

In Wirt Grollbrechers Augen sehe ich den blanken Hass lodern. Ich fürchte, der verschwindet gleich im Gartenschuppen, holt dort eine riesige Axt und enthauptet vor unser aller Augen Heinz, den Biologielehrer.

Der nämlich lässt nicht locker: «Haben Sie tatsächlich *keine* laktose-, histamin-, gluten- und fruktosearmen Gerichte auf Ihrer Karte?»

Grollbrecher atmet tief durch. «Ich kann Ihne so ’n vegetarische Salat mit Käs und Schinge mache, das ist alles.»

Heinz ist damit freilich nicht zufriedenzustellen. Er legt seine Stirn in Falten, setzt die Lesebrille ein weiteres Mal auf und studiert die seit 24 Jahren gültige Speisekarte.

«Dann nehme ich die Rinderbrühe.»

«Mmh», grummelt der Wirt.

Wir anderen haben ihm schon lange unsere diversen Schnitzel in den unterschiedlichsten Varianten in den Block diktiert.

«Aber bitte ohne Sellerie», schiebt Heinz hinterher. Grollbrecher starrt wort- und regungslos auf seinen Notizblock.

«Tut mir leid», sagt Heinz und hebt entschuldigend die Hände, «aber ich leide nun mal unter Zöliakie, Glutensensitivität und Weizenallergie. Glaube ich zumindest, ganz sicher bin ich mir nicht. Jedenfalls hatte ich in den letzten Wochen immer mal wieder Reizdarm.»

Wir alle anderen am Tisch schweigen. Nicht einmal Manni Kreutzer fällt etwas ein zum Thema Reizdarm. Und das will was heißen.

«Aaaannnnääääddddde», brüllt Wirt Grollbrecher nun in Richtung Küche, worauf eben diese Annette in Küchenschürze in den Gastraum gewalzt kommt.

Franziska und ich sehen uns an, und uns beiden ist sofort klar: Zieht man die Küchenschürze und fünfundzwanzig Jahre ab, dann hängt Annette Grollbrecher weichgezeichnet halb nackt im Bilderrahmen in unserem Zimmer an der Wand.

«Is in unserer Rindersupp Sellerie drin?», fragt sie ihr Mann.

«Sellerie?»

«Ja, Sellerie!»

«Warum?» Annette Grollbrecher blickt irritiert in unsere Runde.

«Herr Heinz hat Reizdarm», schaltet sich nun meine Mutter ein.

«Ganz schlimm bei Sellerie», pflichtet ihr Heinz sofort bei. «Und ich fürchte, dass es an diversen Unverträglichkeiten im Lebensmittelbereich liegt. Äpfel, Nüsse, Kuhmilch, Sellerie und so weiter und sofort ... und das geht dann ja alles noch weiter mit Katzenhaaren, Hausstaub ...»

«Also Hausstaub ist auf jeden Fall net bei uns in der Supp!», unterbricht ihn Annette und stapft in die Küche zurück. Katzen hoffentlich auch nicht, denke ich, behalte es aber für mich.

«Noch Fragen?», fragt darauf Grollbrecher, und sein Gesichtsausdruck macht selbst Heinz deutlich, dass die Frage ganz sicher keine Frage ist.

In den nächsten Stunden bin ich sehr schweigsam und beobachte diese Runde, die da um mich herum sitzt, speist, trinkt und redet. Sind das hier wirklich die Menschen, mit denen ich meine Freizeit verbringen möchte?

Mit Franziska selbstverständlich schon. Wäre auch traurig, wenn nicht, schließlich ist sie ja meine freiwillig erwählte Ehefrau. Wir hatten allerdings auch schlechtere Zeiten miteinander, und dass wir heute noch zusammen sind, ist beileibe keine Selbstverständlichkeit. Vier Kinder haben wir. Melina, inzwischen erwachsen, einundzwanzig Jahre, Laurin, zwölf, und dann noch die beiden Zwillinge Frida und Nick, die vor knapp drei Jahren äußerst überraschend als Nachhut noch geboren werden wollten.

Dann sitzt da meine Mutter, inzwischen Mitte siebzig, verwitwet und ganz frisch umturtelt von diesem Johann, von dem ich noch nichts weiß, und ich bin mir auch nicht sicher, ob sich das noch ändern soll. Dann Manni Kreutzer, das Vogelsberger Urgestein, ebenso anstrengend wie liebenswert. Und einen immer wieder überrascht. Obwohl er beileibe nicht die allerhellste Kerze auf der Torte ist, hat er doch inzwischen als Countrymusiker mit oberhessischen Texten eine erstaunliche Karriere hingelegt. Selbst der Hessische Rundfunk ist auf ihn aufmerksam geworden. Behauptet er jedenfalls. Mich mag er sehr, der Manni, schon lange. Vielleicht, weil ich ihm oft geduldig zuhöre, unabhängig davon, welch abstruse Dinge er gerade von sich gibt.

Jutta «Hessi» Hesswig war zur Stelle, als es darauf ankam. Nachdem nämlich Mannis Mama ihn nach über fünfzig Jahren aus dem Haus geworfen hatte, «als sei nichts gewesen», wie Manni es ausdrückt, um mit sechsundachtzig Jahren mal ein wenig Zeit für sich selbst zu haben. Da war Hessi für ihn da.

«Was da in so 'nem kleinen Bub an und für sich geht, das kann sich ein Normalsterblicher net vervollständige», muss Manni selbst rückblickend oft klagen.

Hessi ist patent und resolut, scheitert jedoch allzu häufig an ihren etwas zu hohen Ansprüchen. An dem Projekt etwa, den

Grebenhainer Partyservice «Lecker Feiern & More» zum Global Player auszubauen, an ihrem Versuch, die *Miss-Mittelhessen-Ü-50-Plus-Wahl* für sich zu entscheiden oder als Managerin Manni Kreutzer auf das Titelblatt des *Zeit*-Magazins zu bringen, zuletzt an dem Plan, unter dem Namen Jazzy-Hessi eine eigene Gesangskarriere zu starten.

Aktuell hat sie sich vorgenommen, die weltweite Flüchtlingskrise zu meistern. Ehrenamtlich und voller Verve hilft sie in der Bretzenhainer Flüchtlingsunterkunft und übernimmt dabei nicht immer zur Freude aller die Führungsrolle. Sie hat sich dafür, inspiriert durch die Bundeskanzlerin, eigens ein T-Shirt drucken lassen, Aufschrift: «Ich schaffe das!»

Dann sitzt da ebendieser darmgereizte Heinz, der gerade der einnickenden Gisa die Blumenfotos der letzten Stunden auf seiner Digitalkamera zeigt. Und eben Rüdi, über den ich mir seit Tagen den Kopf zermartere. Ob er schon immer in allem so verbissen war, und ich habe es einfach nicht bemerkt? Oder hat er sich tatsächlich einfach verändert wie so viele in diesem Land?

Und schlussendlich sitze ich an diesem Tisch. Ich, Henning Bröhmann, Kriminalhauptkommissar a. D., ein notorisch leicht erschöpfter und zu oft mit dem Leben hadernder Mittvierziger. Selten ist es so, wie es sein soll. Eigentlich will ich immer nur meine Ruhe, doch habe ich die, soll diese Ruhe nicht so, sondern anders sein.

Das Hessenschnitzel, das ich gerade gegessen habe, war erstaunlich gut. Auch wenn ich so einen dumpfen Druckschmerz in der rechten Bauchhälfte verspüre. Aber wenn man ein paniertes Schnitzel noch zusätzlich mit der gesamten Käsetheke des lokalen Supermarkts überbäckt, braucht einen das nicht wirklich zu wundern. An den Mythos, dass ein Schnaps dann guttäte, habe ich noch nie geglaubt. Ich trinke ihn trotzdem.

«Junge, du siehst so blass aus», höre ich kurz darauf meine Mutter sagen. «Geht's dir nicht gut?»

«Doch», lüge ich, denn zu den Bauchschmerzen gesellt sich nun noch eine immer stärker werdende Übelkeit. «Habe vielleicht einfach nur zu viel gegessen.»

«Der guhde Henning tut einfach nix vertraache», schaltet sich Manni Kreutzer konstruktiv ein und kippt seinerseits den dritten Schnaps weg. «Das wisse mer doch schon lange. Der ist einfach kein Schnitzeltyp.»

«Du siehst echt nicht gut aus», bestätigt nun auch Franziska, und ich beginne das zu glauben.

Heinz ergreift mit sorgenvoller Miene das Wort. «Das sieht mir sehr stark nach Laktoseintoleranz aus. So hat es bei mir auch angefangen, genau so.»

Ich glaube, jetzt ist der Zeitpunkt gekommen, mich von der Runde zu verabschieden und mich in mein Hängebett zu begeben.

«Ich komme auch gleich», ruft mir Franziska noch nach.

Das Liegen auf dem Rücken tut gut, die Übelkeit verfliegt, und auch der Druckschmerz lässt spürbar nach. Erleichtert nicke ich ein, während Franziska sich im Bad noch elektrisch die Zähne putzt. Habe ich übrigens immer abgelehnt. Mit elektrischen Zahnbürsten und Zahnseide möchte ich nichts zu tun haben.

«Roaaaöäääähhhrrrrmaaahhhuuuuuuhhh!!!!!»

Ein furchtbares Geräusch lässt mich eine Stunde später aufschrecken. Wäre ich nicht so tief in der Matratze versunken, würde ich aufrecht im Bett sitzen. Was war das? Ein Hirsch? Manni beim Gurgeln? Heinz und sein Reizdarm?

«Was war das?», fragt dann auch Franziska.

«Möööööäääähhhhhhhrrrroooooohhhmmm!!!», macht es nun wieder.

«Das klingt ja furchtbar», sagt Franziska. Wir stellen fest, dass das Geräusch aus der oberen Etage kommt.

«Es klingt, als schreie jemand vor Schmerzen», sage ich. «Ich geh mal nachgucken.»

Beim dritten Versuch schaffe ich es tatsächlich, meinen Hintern aus dem Bett zu wuchten. Franziska kichert, ich nicht. Ich schlüpfe in meine Adiletten, die immer dabei sind, wenn ich woanders übernachten muss.

«Das sieht so hässlich aus», ruft mir Franziska noch nach.

«Was? Ich?»

«Nein, du nicht. Du bist ja auch kein *das* für mich.» Wenigstens etwas. «Nein, diese schlimmen Adiletten da.»

«Wieso? Adiletten sind nun mal Adiletten», verteidige ich mein praktikables Schuhwerk.

«Kauf dir doch mal nette Männerschläppchen.»

Ich gehe aus dem Zimmer. Nette Männerschläppchen? Da muss mir Franziska unbedingt mal erklären, was das sein soll.

«Krääähhhhüüüüööööhhhmmmuuuuaaahhhh.»

Da war es wieder. Ich steige die fast schon klischeehaft knarzende Treppe hinauf und versuche, das Geräusch genauer zu lokalisieren.

Ich folge dem irgendwie nach Wehklagen klingenden, an- und abschwellenden Ton und stehe schließlich vor dem Zimmer meiner Mutter. Zu meiner nicht unbeträchtlichen Erleichterung hat sie nämlich für sich und diesen Johann jeweils ein Einzelzimmer gebucht. *So, wie sich das gehört.*

Es ist ein Uhr nachts. Besorgt klopfe ich an die Tür. Das jammernde Geräusch scheint wieder lauter zu werden.

«Grüüüüüööööhhhh», röhrt es dann erneut, die Tür öffnet sich, und meine Mutter steht mit einem Laken um ihren Körper gewickelt vor mir.

«Oh», mache ich. Mehr fällt mir nicht ein.

«Was ist denn, Henning? Geht's dir immer noch nicht gut und wolltest mal zu deiner Mama?» Ich fürchte, dass diese Frage nicht scherzhaft gemeint war.

«*Ich* frage eher *dich*, ob bei *dir* alles in Ordnung ist?», entgegne ich.

«Ja, natürlich. Wieso denn auch nicht?»

«Na, wegen dieser, dieser Geräusche, die da aus deinem Zimmer kommen.»

Meine Mutter lacht fröhlich auf, gibt ein «Ach soooo» von sich und winkt gelassen mit der rechten Hand ab, sodass das Laken abrutscht und der Mutterbusen kurz in voller Pracht vor mir hängt.

«Ups», kommentiert sie das Missgeschick und kichert wieder. «Hier ist alles in Ordnung. Johann drückt halt auf diese Weise seine Lust aus. Ich war auch erst etwas irritiert, aber man gewöhnt sich dran.»

Verstört wie ein Vorpubertierender, der zum falschesten Zeitpunkt die Tür des Schlafzimmers der Eltern geöffnet hat, suche ich schnell und mit glühenden Ohren das Weite und versuche die letzte Minute meines Lebens aus dem Kurzzeitgedächtnis zu verbannen. Es ist ja toll, dass meine Mutter seit dem Tod meines Vaters so aufblüht, doch muss ich dabei bitte nicht im selben Gebäude sein.

Ich nehme mir vor, aus Angst vor dem nächsten Brunftlustschrei des Lovers meiner Mutter mein Gehör per Willensentscheidung abzuschalten, doch das scheint mir nicht zu gelingen. Denn aus dem Zimmer direkt gegenüber höre ich jetzt eine Männerstimme mit dramatischen Timbre sprechen. Es ist eine Art lautes, nachdrückliches Flüstern, das meine Neugier weckt. Vielleicht ist es der Restbulle in mir, vielleicht aber auch der gezischelte Halbsatz «Nicht am Telefon», der mich mein Ohr an die furnierverkleidete Holztür drücken lässt.

Doch auch so verstehe ich nur Bruchstücke: «Ja ... ja, wir haben doch alles besprochen, nein ... nur Drohnen», so viel verstehe ich.

Drohnen? Nur Drohnen? Möglicherweise stehe ich nach der Begegnung mit meiner Mutter noch unter Schock. Vielleicht hieß es aber auch «nur drohen». Wäre auch nicht besser.

«Ich muss jetzt Schluss machen», tönt es undeutlich durch die Tür und «Wir besprechen das, wenn ich wieder da bin». Und zum Abschluss: «Kein Wort zu niemandem, verstanden?» Es wird still.

«Suchst du irgendwas?», ertönt hinter meinem Rücken eine helle Frauenstimme. Es ist Gisa.

«Ich? Äh, nein, ich war nur bei meiner Mutter und ...»

Gisa lächelt schief. «Du wolltest jetzt aber nicht bei uns durchs Schlüsselloch gucken, oder?»

«Was??? Nein!!!», entgegne ich etwas zu laut.

«Mensch, Henning, war doch nur ein Scherz.»

«Ach so, ja, klar, haha, logisch ...»

Leider fürchte ich trotzdem, dass sie gesehen hat, wie ich mein Ohr gegen die Zimmertür presste.

«Gut, ich muss dann mal wieder ...», stammle ich, als feierlich ein weiteres «Grüüüööööhhhmmoooo» aus dem Zimmer meiner Mutter dröhnt. Gisa blickt mich verdutzt an. Ich zucke mit den Schultern und mache mich unverzüglich auf den Weg zurück in mein Zimmer.

Franziska schläft tief, ich wecke sie nicht und lass mich leise in das Hängebett sacken.

Als Kommissar in Alsfeld neigte ich dazu, eher auch mal wegzuhören oder zu -sehen und – mehr aus Faulheit als aus Menschenfreundlichkeit – nicht immer gleich das Schlimmste bei jedem und allem zu vermuten. Dafür wurde ich oft und zu Recht von meinen Vorgesetzten kritisiert. Seit ich keinen Polizeiausweis mehr bei mir trage, hat sich das seltsamerweise fast ins Gegenteil verkehrt. Ich ertappe mich immer häufiger dabei, hinter jedem Misthaufen im Vogelsberg eine Straftat zu vermuten. Ein bisschen peinlich ist mir das schon, denn wenn das so weitergeht, lasse ich mich mit siebzig als Freiwilliger Polizeihelfer einteilen und ergötze mich dabei, gehetzte alleinerziehende Mütter auf ihr Falschparken hinzuweisen. Ich glaube, ich brauche demnächst tatsächlich wieder eine berufliche Herausforderung, Kinder hin oder her.

Als Polizist früher wäre ich nie im Leben in meiner Freizeit auf die Idee gekommen, mein Ohr an irgendeine Zimmertür zu pressen und in wirres Geschwafel meines Vermieters dramatische Dinge hineinzudeuten. Trotzdem war das gerade merkwürdig. Es sind nicht nur die Satzbrocken, die ich verstehen konnte, es ist vor allem der Tonfall in Rüdis Stimme eben, der mich stutzig macht.

Wie dem auch sei, jetzt erst mal schlafen, dann morgen früh irgendwie aus diesem Bett herauskommen, einen letzten Blick auf den gemalten brachialen Wirtinnenbusen werfen, frühstücken, dann sind die nächsten zwanzig Kilometer Vogelsberg dran.

Franziska und ich sind fast die Letzten unserer Gruppe, die den tags wie nachts zuverlässig dunklen Wirtssaal zum Frühstück betreten. Nur Hessi fehlt noch.

«Morje», schmettert uns Manni Kreutzer mit kernigem Bariton entgegen. Er ist das wahre Gegenteil eines Morgenmuffels. Gerne nutzt er gerade in den Morgenstunden die bedingte Abwehrbereitschaft müder Menschen aus, um sich wirkungsvoll in Szene zu setzen.

«Und gut geschlafe, ihr Leut? Was ein schöne Tach, oder?»

«Keine Ahnung», gähne ich zurück. «Man sieht ja nichts durch diese ... weiß nicht, ob man diese braunen Kacheln da Fenster nennen kann.»

«Nee, super Wetter ist drauße. Ich war schon 'ne Stund mit der Anneddde mit den Fahrrad-Bikes rumcruise. Weißte, mit so moderne Dinger, alles im E-Bereich. Ich bin jetzt fit wie ein Hausschuh!»

«Annette?», fragt Franziska.

«Ei ja, die Wirtin. Hab gestern Nacht mit ihr noch ein paar Obstler gezwitschert, da habbe mer uns, na, wie soll ich sage, ein bissi anverfreundet.

«Aha», murmle ich und munitioniere mich am Buffet mit abgepackter Aprikosenkonfitüre und Paprikaschmelzkäse.

Ich setze mich neben meine Mutter an den Tisch und schütte Kaffeesahne in den frischen Instantkaffee.

«Wo bleibt denn eigentlich Hessi?», fragt meine Mutter Manni.

«Ach soo, äh, ja, die Hessi, das hätt ich ja jetzt fast vergesse zu erwähne. Die ist, äh, schon heim.»

Verwundert blicken ihn alle an.

«Na ja, wie soll ich sage, sie hat halt gemerkt, dass sie heut ebe noch andere Pläne zu plane hat, wenn ihr wisst, wo ich mein.»

Ich vermute mal, dass keiner von uns weiß, was er meint.

Manni fuchtelt unsicher nach Worten ringend mit den Händen in der Luft herum. «Sie is doch da in dem Dings, da in dem Flüchtlingsheim da am Mache und Tun. Da wollte sie halt hin, gleich heute morje. Bei so ’ner weltweiten Flüchtlingskrise muss mer halt mal Prioritäte setze.»

Alle wissen, dass es für ihre überstürzte Abreise andere Gründe geben muss. Und Manni bemerkt diese Skepsis. «Na ja, und so ein bissi ein kleine große Zoff hatte mer dann auch noch. Ich weiß net, warum man immer gleich eifersüchtig sein muss, wenn mer mal mit ner anneren Frau ein paar Obstler wegzischt.» Er nimmt nachdenklich einen Schluck Orangennektar. «Na ja, wobei, so richtig sauer wurd’se ja erst, als ich sie in der Nacht geweckt hab und ihr erzählt hab, dass ich heute mit der Anneddde ’ne Radtour mit Foddo-Shuhding mach.»

«Foto-Shooting?», fragt Gisa nach, während Franziska kichernd in ihr Aufbackbrötchen beißt.

«Ja, unne am See», antwortet er. «Die Anneddde lässt sich halt gern fotografiere, hat se mir verzählt. Und da hab ich gesagt, ei, warum dann net von mir? Un das hat die Hessi irgendwie in de falsche Hals bekomme. So richtich hat die das ebe immer noch net verstanne, dass ich ein Künstler bin.»

«Aber du bist doch Musiker und Sänger und kein Fotograf», wende ich ein.

«Is doch worscht. Künstler ist Künstler. Also, ich versteh die Uffreechung net, die Annedde war noch net einmal ganz nackt.»

Alle lachen los. Manni weiß nicht, warum, lacht aber zur Sicherheit mal mit.

«Also, ihr Leut», erhebt er noch einmal seine Stimme, «wenn ihr mal annerre Foddos sehe wollt wie die langweilige Blumme vom Heinz, dann sprecht mich einfach an. Die Bilder sind alle hier uffm Telefon.»

Ich schaue zu Rüdi, der mir schräg gegenübersitzt und auffällig schweigsam vor sich hin frühstückt. Mir kommt wieder sein nächtliches Telefongeflüster in den Sinn, dem ich ja eigentlich nicht so viel Bedeutung beimessen wollte. Rüdi trägt heute ein Funktionsshirt in verschiedenen Neonfarben. Auch in Sachen Kleidung ist er überlebensfähig, komme, was wolle. Mit diesen Farben würde er immer gefunden werden, selbst wenn bei unserer heutigen Vulkanring-Wanderung von Herbstein nach Ulrichstein der Vulkan im Vogelsberg zum ersten Mal seit sieben Millionen Jahren ausbrechen sollte.

«Habt ihr eigentlich heute Nacht auch diese Brunftschreie der Wildschweine gehört?», fragt nun Heinz unvermittelt in die Runde. «Hochinteressante Geräusche waren das, die man selten zur hören bekommt.»

Alle schütteln ihre Köpfe.

«Echt nicht? Das war doch so laut. Wartet, es war so eindrücklich, ich hab das für den Unterricht aufgenommen.»

Er legt ein Diktiergerät auf den Tisch und drückt die Starttaste. «Gnüüüööööhhhmörrrr», ertönt es, und ich vermeide, in Richtung meiner Mutter zu schauen.

Das Wetter macht tatsächlich auf dicke Hose und haut alles raus, was im Juni möglich ist. Blauer Himmel, Sonne, nicht zu heiß, inklusive eines leichten Lüftchens, das uns sanft um die Nase weht. Wir befinden uns nach dem Auschecken im Gasthof Grollbrecher wieder auf dem Wanderweg des Vulkanrings. Das Auschecken hat etwas länger gedauert als erwartet, da die Provinz unbedingt blöden Klischees entsprechen musste und eine Kartenzahlung im «Hotel» nicht möglich war. So mussten alle, die Bargeld dabeihatten, den anderen, nämlich Franziska und mir, leihweise aushelfen, damit diese nicht am Ende des Tages als Küchenhilfe enden.

Sommerliche Wärme hat den Nachteil, dass sie Menschen dazu verleitet, das eine oder andere Kleidungsstück zu viel abzulegen. Johann, der meine Mutter liebevoll an der Hand hält, trägt Rückenhaar. Verspielt und grau kräuselt es sich um die Riemen seines Rucksacks. Als meine Mutter Anstalten zu machen scheint, mit ihrer Hand zärtlich in diesem Rückengestrüpp herumzuwandern, überhole ich besser mal.

Plötzlich singt Manni Kreutzer in seinem eigenen Rucksack.

«Ach, da hinne klingelt's», ruft er. Manni bestückt sein Handy nämlich gerne mit eigenen Songs als Klingelton. «Henni, biste so net und worschtelst mein Handy aus der Rucksacktasch raus?»

Ich bin so nett, öffne den Reißverschluss, greife in die Seitentasche hinein und möchte wirklich nicht wissen, durch welche Substanzen sich meine Hand tastet, ehe sie das Handy endlich zu fassen bekommt. Ich reiche es Manni.

«Ui, die Hessi», murmelt er. «Hoffentlich net schon wieder ein Anschiss.» Gefasst nimmt er den Anruf entgegen und hört erst einmal zu. Dann folgt: «Oh ... was??? ... Nee, hör mir uff ... Ach du Scheiße ... Kerle hey ... net zu fasse!»

«Was ist denn los?», werfe ich besorgt ein, da Manni, den sonst so wenig aus der Ruhe bringt, sichtlich geschockt wirkt. Hoffentlich ist nichts mit seiner Mama, denke ich mir noch, als er sagt: «Watte ma kurz, Hessi. Ich stell dich mal laut. Das müsse doch die annern hier auch wisse.»

Wir rufen Rüdi, Gisa, meine Mutter, Johann und Franziska zu uns und stehen nun im Halbkreis um Manni herum, der sein Handy in die Vogelsberger Luft hält und Hessi auffordert, alles noch einmal zu erzählen.

«Ei, ich bin noch sooo durschn Wind», tönt es aus dem Lautsprecher. «Weiß gar net, wo ich anfange soll. Den Großerhard habbe se totgeschlage.»

«Wen?», ruft Franziska dazwischen.

«Ei, den Bretzenhainer Bürgermeister.»

Obwohl ich selbst im oberhessischen Vogelsberg aufgewachsen bin, frage ich mich oft, warum man als gemeiner Hesse so häufig Sätze mit «ei» beginnen muss. Und der Großerhard ist genau genommen auch nicht der Großerhard, sondern der Erhard Groß. Diese Angewohnheit, Vor- und Nachnamen einfach zu verdrehen, haben Oberhessen natürlich nicht exklusiv für sich gepachtet. Auch in Bayern kennt man ja den Hacklschorsch. Wie dem auch sei, wir alle sind zunächst einmal ernsthaft geschockt über das, was Hessi uns da gerade mitgeteilt hat.

«Der wurd gestern vor seiner Haustür einfach totgeschlage. Ebe grad hab ich das im Internet gelese.»

«Du liebe, liebe Güte», sagt meine Mutter und hält sich beide Hände an die Wangen. Doch Johann ist nicht weit und versenkt tröstend ihren Kopf in seiner Brustbehaarung.

«Wer war das denn? Hat man den Täter denn fassen können?», ruft Rüdi rein. Darüber wisse sie nichts, antwortet Hessi.

Erhard Groß, CDU-Urgestein, war fast zwanzig Jahre Bürgermeister der Gemeinde Bretzenhain. Bretzenhain ist gerade mal sieben Kilometer von unserem neuen Zuhause entfernt.

«Das ist ja wirklich furchtbar», meint ein weiteres Mal meine Mutter, immer noch in den Fängen von Johann.

Dann beendet Manni das Gespräch, und Schweigen breitet

sich aus. Alle scheinen das Gleiche zu denken. Es ist zu befürchten, dass dieser Mord etwas mit der leider momentan sehr aufgeheizten Stimmung rund um die Bretzenhainer Flüchtlingsunterkunft zu tun haben könnte.

Und mitten hinein in die kurze Stille ruft denn auch Rüdi: «Das war doch nur 'ne Frage der Zeit, bis so was passiert.»

«Was meinst du damit?», fragt Franziska.

Rüdi lacht höhnisch auf. «Ich sag nur: *Wir schaffen das!*»

«Man weiß doch noch gar nichts über den Täter. Wieso denkst du gleich, dass das was mit den Flüchtlingen zu tun haben soll?»

Rüdi winkt ab. «Weil ich nicht blöd bin. Weil ich weiß, was für Jungs da rumlungern.»

Es gab tatsächlich in den letzten Wochen rund um Bretzenhain drei unangenehme Vorfälle mit jungen männlichen Asylsuchenden, die sich in Einkaufsmärkten danebenbenahmen oder in Schwimmbädern Mädchen zu nahe kamen. Wasser auf die Mühlen all derer, die sich besorgte Bürger nennen und nun ihrer latenten Fremdenfeindlichkeit freien Lauf lassen dürfen.

Mich nervt diese Entwicklung. Vor allem, seit wir in Hessen zusätzlich zur AfD seit einiger Zeit auch noch auf regionaler Ebene eine rechtspopulistische Partei haben. Am Anfang haben ja alle nur gelacht über die Idioten von «Hessen zuerst!». Allein schon der peinliche Name! Allerdings ist den meisten das Lachen vergangen, weil die Truppe ziemlichen Zulauf hat. Allgemein versuche ich mich bei den ganzen aufgeheizten Diskussionen aber eher rauszuhalten. Franziska wirft mir meine Passivität oft vor. Doch ich habe eben gerne meine Ruhe.

Wäre ich noch Hauptkommissar, wäre ich zur Aufklärung dieses Bürgermeistermordes hinzugezogen worden, keine Frage. Es hätte mich, wie so häufig, überfordert und damit eher gelähmt als motiviert. Aber der biographische Abschnitt ist vorbei, aus guten Gründen. Trotzdem, das spüre ich gerade sehr stark, würde ich gerne mehr über diese Tat wissen.

Wir laufen schließlich weiter. Doch die Stimmung ist betreten. Große Wanderslust mag keine mehr aufkommen. Heinz springt in keine Büsche mehr und lässt die Pflanzen Pflanzen sein, Manni behält bei den Trinkpausen seine Mandoline im Rucksack, Johann die Finger endlich mal bei sich, und Rüdi hält die Klappe.

Es hat keinen Zweck. Auf halber Strecke, in der Nähe des Ziegenrückskopfes, beschließen wir recht einstimmig, die Wanderung abzubrechen. Wir bestellen ein Großraumtaxi, das uns wieder zurück zur Herchenhainer Höhe zu den Autos bringen soll. Das war unsere große Vogelsberg-Wanderung.

Kapitel 2

•••

Vielleicht wäre es fairer gewesen, Melina darüber zu unterrichten, dass wir früher als geplant nach Hause zurückkommen. Dann hätte sie die faire Chance gehabt, aus einem Schlachtfeld eine durchschnittlich unordentliche Wohnung zu machen.

Entsprechend unbegeistert empfängt sie uns. «Häh? Was macht ihr denn schon hier?»

Es riecht nach einer Mischung aus vorpubertärem Ungewaschenemhaarschweiß unseres Sohnes, angebrannter Tiefkühlpizza und flüssigem Windelstuhlgang. Franziska und mir ist das egal. Es überwiegt die Dankbarkeit, dass Melina hier über Nacht den Laden geschmissen hat. Die allerdings ist verärgert, da es ihr peinlich zu sein scheint, dass die Zwillinge Frida und Nick einträchtig nebeneinander auf dem Sofa sitzen und gebannt Formel 1 gucken.

«Jetzt denkt nicht, dass ich die die ganze Zeit vor der Glotze geparkt hätte. Das ist nur jetzt so, weil ich gerade mit dem Aufräumen anfangen wollte. Mann, warum ruft ihr denn nicht an?»

Franziska räumt ein, dass wir das hätten tun sollen, und tut zum Ausgleich so, als würde es sie nicht stören, dass ihr Schuh am Küchenboden kleben bleibt.

Nachdem ich die beiden Zwillinge von Sebastian Vettels Boxenstopp losgerissen habe, rufe ich nach Laurin, der wie eigentlich immer in seinem Zimmer hockt. Er stellt sich oben an die Treppe, schaut runter, nuschelt «Hi» und ist wieder verschwunden. Manchmal beschleicht mich die bange Frage, ob Laurin zu wenig elterliche Aufmerksamkeit bekommt, seit die Zwillinge da sind. Es erweckt allerdings auch selten den Anschein, als würde er diese Aufmerksamkeit gerne für sich in Anspruch nehmen.

Als alter Vater-Hase weiß ich aber, dass dies wohl nicht die ganze Wahrheit ist.

Franziska hilft Melina beim Ausräumen der Geschirrspülmaschine, und ich beobachte durch das Wohnzimmerfenster, wie Rüdi sein Survival-Equipment zurück in sein Haus schleppt.

Seit vier Monaten wohnen wir hier in Obermoos, und doch fühlt es sich immer noch an, als wären wir in einem Ferienhaus zu Gast. Rüdi und Gisa haben diesen Hof mit dem Haupthaus, in dem sie leben, und dem Nebenhaus, das wir bewohnen, vor ein paar Jahren gekauft. Sie haben wirklich viel Arbeit, Zeit und Geld hineingesteckt. Die Lage ist wunderschön, es ist ruhig, idyllisch und gerade für Familien mit kleinen Kindern eine perfekte Wohngegend. Von unserem Schlafzimmerfenster im Obergeschoss aus können wir sogar auf den Obermooser See blicken. Auch das Haus an sich ist wunderbar, wir haben genug Platz und genug Zimmer. Und doch fühlt es sich alles andere als heimisch an.

Ich vermisse Bad Salzhausen und unsere alte Doppelhaushälfte, die wir uns nach einem kolossalen Wasserdachschaden nicht mehr leisten konnten. Bestimmt ist dieser stillgelegte Stadtteil von Nidda in meiner Erinnerung ein wenig sehr verklärt, doch erst jetzt merke ich wirklich, wie viel mir die Gegend dort bedeutet hat. Selbst die Justus-Liebig-Therme fehlt mir, in der ich in den vergangenen Jahren eine steile Karriere als wild handtuchwedelnder Aushilfs-Aufgussmeister hingelegt hatte.

Vor allem aber ist mir das hier zu eng, diese Wohnsituation mit Rüdi und Gisa. Und zwar nicht erst, seit Rüdi nach seiner Kündigung so oft zu Hause ist. Wir hatten gehofft, wir könnten uns abgrenzen, und Rüdis und Gisas ständiges Drängen, gemeinsam etwas zu unternehmen, würde mit der Zeit abnehmen. Doch es wurde eher mehr als weniger.

Unsere Große besucht zurzeit in Frankfurt eine Fachoberschule, um ihr Abitur nachzuholen. Es gibt Schlimmeres. Danach strebt Melina eine höhere Laufbahn bei der Polizei an. Es gibt Schöneres. Doch sie will das unbedingt. Ihr Berufsziel: Kriminalhauptkommissarin. Von mir kann sie das nicht haben. Ich war in dieser Hinsicht ganz sicher kein leuchtendes Vorbild. Tatsächlich hatte ich insgeheim sogar gehofft, dass sich ihr Drang, zur Polizei gehen zu wollen, schnell legen würde. Da hatte ich mich allerdings geschnitten. Meinen Vater, der ein Polizeipräsident mit Haut und Haaren war, hätte das alles sehr gefreut, wenn er es noch erlebt hätte.

«Wie lief es denn bei euch?», frage ich Melina, während sie, noch immer sauer auf uns, stumm Chipsbrösel aus den Sofaritzen saugt.

«Alles gut», zischt sie zurück.

Ich glaube, ich frage besser später noch einmal.

Nun kommt Laurin doch noch die Treppe heruntergeschlichen. Und das ganz freiwillig, ganz aus eigenen Stücken, ohne dass er dazu wiederholt aufgefordert werden musste. Meine Umarmung erwidert er linkisch, so, wie fast alles Körperliche an ihm zurzeit etwas linkisch daherkommt.

«Na, Großer, wie ist es?», frage ich.

«Gut», antwortet er kurz und bündig, so wie fast immer.

Aus dem Jungen werde ich nicht schlau. Melina war für mich immer ein offenes Buch, sehr direkt, sehr pur. Laurin ist nachdenklicher, verschlossener, ängstlicher. Während sich seine Schwester mit voller Wucht und ohne Rücksicht auf Verluste in jede Schlacht hineinwirft, die sich vor ihr auftut, ist Laurin das reine Gegenteil. Er wägt alles ab, beobachtet still und hält sich lange zurück. Uns Eltern wäre es lieber, wenn er mehr rausginge, wenn er sich mehr mit Freunden träfe und nicht so viel Zeit alleine zu Hause mit seinem Computer verbrächte. Aber Kinder-Haben ist nun mal kein Wunschkonzert, wie meine Mutter zu sagen pflegt.

«Wieso seid'n ihr schon da?»

Auch er macht nicht unbedingt den Eindruck, als würde er sich ekstatisch über die unerwartet frühe Rückkehr seiner Eltern freuen.

«Wir haben unsere Wanderung einfach mal abgekürzt, beziehungsweise abgebrochen», antworte ich.

«Wieso denn?»

«Warte mal», Klein-Frida hat sich inzwischen um mein Bein geklammert, «das erzählen wir euch gleich. Wir können uns doch gleich mal alle zusammen nett in die Küche setzen.»

Das tun wir dann auch. Franziska und ich haben je einen Zwilling auf dem Schoß und stopfen parallel Kekse in deren Münder. Laurin und Melina sitzen uns gegenüber. Fast bin ich ein wenig von meiner kleinen Großfamilie gerührt, wie wir da so sitzen. Alle zusammen, weiß Gott keine Selbstverständlichkeit, wenn ich bedenke, was wir in den letzten Jahren so alles durchgemacht haben.

Franziska bedankt sich noch einmal in aller Form bei Melina für deren Einsatz und die Bereitschaft, an diesem Wochenende den Laden hier zu schmeißen.

«Habt ihr das mit dem Bürgermeister Groß mitgekriegt?», unterbricht Melina die Dankesrede ihrer Mutter.

«Ja, haben wir», antworte ich. «Wir wollten euch das gerade erzählen. Das war auch der Hauptgrund, warum wir die Wanderung verkürzt haben. Irgendwie hatten wir nach der Meldung die Lust verloren.»

«Was heißt verloren?», mischt sich Laurin prästimmbrüchig ein. «Ihr hattet doch von vornherein keine.»

«Doch, aufs Wandern an sich schon, aber ...»

«Auf Rüdi nicht, stimmt's?»

Dumm ist er nicht, der Laurin. Weiß Gott nicht, eher das Gegenteil. Zu unser aller Verwunderung schreibt er in der Schule ohne jeglichen Aufwand eine Eins nach der anderen. Manchmal frage ich mich, ob das wirklich meine Kinder sind. Die eine geht freiwillig zur Polizei, der andere schreibt Einsen. In Mathematik und Physik. Bin gespannt, was bei Frida und Nick noch so alles auf uns zukommt. Extrembergsteiger? Buddhistische Zenmeisterin? Fußballprofi? Fremdenlegionär?

«Unfassbar, wie es darüber im Netz abgeht», wirft Melina ein. «Man weiß noch nichts über den Täter, und trotzdem wird fröhlich nazimäßig drauflosgehetzt. Da kann man nur kotzen, wenn man das liest.»

«Dann lies es doch nicht», entgegnet Laurin.

«Doch! Will ich, muss ich, ich will wissen, was los ist.» Melina ist ganz in ihrem Element.

Franziska gießt eine Runde Leitungswasser in die Gläser und sagt: «Na ja, was da in den sozialen Netzwerken abgeht, ist ja nicht unbedingt repräsentativ für die gesamte Gesellschaft.»

«Diese Arschlöcher werden aber immer mehr», hält ihr Melina entgegen.

Ich bitte sie höflich, ihren Umgangston etwas zu mäßigen.

«Arschlöcher, Arschlöcher», rufen die Zwillinge begeistert im Duett über den Tisch.

«Vor allem deswegen, liebe Frau Tochter», sage ich.

Melina lacht höhnisch auf. «Kann nicht schaden, so früh wie möglich zu lernen, dass Arschlöcher Arschlöcher sind.»

«Arschlöcher, Arschlöcher!»

«Melina, Schluss jetzt», fährt Franziska dazwischen.

Danach wird eine Weile gemeinsam geschwiegen, bis Melina sagt: «Verschließt nur weiter fröhlich die Augen. Ignoriert nur weiter, wie sehr der Fremdenhass inzwischen in der Mitte der Gesellschaft angekommen ist. Geht euch das eigentlich am Ar...»

«MELINA!»

«... am Hintern vorbei, dass eure sauberen Vermieter ‹Hessen-zuerst›-Flugblätter verteilen?»

Irritiert blicken Franziska und ich auf unserer Tochter.

«Jaha. Gestern ist irgend so ein Vollhonk hier im Hof vorgefahren und hat eine Kiste mit Zetteln drüben in den Schuppen gestellt.»

Laurin gähnt. «Kann ich wieder hoch?»

«Warum denn?», frage ich. «Bleib doch einmal länger als zwei Minuten hier unten bei uns.»

«Bin schon sieben Minuten hier.»

Nun nimmt sich Melina ihren Bruder vor. «Du bist echt so ein Nerd. Mann, echt ...»

Die anfängliche Rührung über meine Familie lässt spürbar nach.

«Arschlöcher», quäkt Nick.

«Ich versteh nicht, wie ihr mit Nazis zusammenwohnen könnt. Und ich hab dir damals gleich gesagt, Papa, dass dieser Rüdi ein totales Ar...», sie blickt auf Frida und Nick, «... ein Depp ist.»

Stimmt, hat sie.

«Hessen zuerst!» war ursprünglich ein regionaler Ableger der AfD. Sie hat irgendwann mit der bundesweiten Partei gebrochen, um sich noch stärker regional in Szene zu setzen und «für hessische Belange einzustehen». Leider mit Erfolg. Zwei Monate vor der Landtagswahl steht sie momentan in allen Umfragen bei erschreckenden 15 Prozent.

«Ich finde, du übertreibst, Melina», sage ich. «Du darfst nicht alle potenziellen Wähler von so einer Partei pauschal als Nazis beschimpfen. Das bringt nichts, das spielt denen nur noch mehr in die Karten.»

«Genau. Nach '45 war in Deutschland ja auch keiner Nazi gewesen, gell? Und die, die '33 Hitler demokratisch gewählt haben, waren auch alle keine? Das waren ja nur besorgte Bürger, joh, klar!»

«So, Familie», beendet Franziska die Diskussion und erhebt sich von ihrem Küchenstuhl. «Wer hat Lust auf ein Eis?»

«Iiiich», rufen alle.

«Arschlöcher», ruft Frida.

Am Abend, als die Zwillinge im Bett sind, Laurin in seinem Zimmer vor dem Computer sitzt und Melina wieder auf dem Weg zur ihrer Wohnung nach Frankfurt ist, setze ich mich an meinen Laptop und versuche mehr über den Mord an Erhard Groß zu erfahren.

Ich lese: Der Bretzenhainer Bürgermeister ist direkt vor seiner Haustür überfallen und mit einem stumpfen Gegenstand erschlagen worden. Unfassbar. Der Täter ist flüchtig. Mehr haben die Behörden nicht veröffentlicht. Mich juckt es in den Fingern, meinen Freund und ehemaligen Kollegen, den Hauptkommissar Markus Meirich, anzurufen. Doch ich lasse es. Er wird anderes zu tun haben, außerdem möchte ich ihn nicht in die Bredouille bringen. Interna sind Interna, auch wenn man befreundet ist.

Erhard Groß hat zum rechten Rand der CDU gehört. Er war jemand, der das Bretzenhainer Flüchtlingsheim kritisch sah, der sich überhaupt gegen die Aufnahme neuer Flüchtlinge wehrte. Daher war er nicht unumstritten, auch nicht in seiner eigenen Partei. Er machte nie einen Hehl daraus, dass er die Flüchtlingspolitik seiner Kanzlerin ablehnte. Wäre es für ihn als Hessen möglich gewesen, hätte er die CSU gewählt.

«Ich bin müde, ich geh ins Bett», gähnt mir Franziska hinter mir stehend in den Nacken. «Gibt's da schon was Neues?» Sie deutet auf meinen Bildschirm und den Pressebericht.

Ich schüttele den Kopf, und Franziska legt mir ihre Hand auf die Schulter.

«Meinst du, dass Rüdi wirklich was mit ‹Hessen zuerst!› zu schaffen hat?», fragt sie.

«Ach», stöhne ich. «Wundern würde mich das inzwischen nicht mehr.»

Wir schweigen eine kurze Weile, dann sagt Franziska: «Ich glaube, es war ein Fehler, hierherzuziehen.»

Wasser auf meine Mühlen. Ich sage ihr, dass ich ähnliche Gedanken hegte, so schön die Lage hier auch sei.

Im Hof hören wir Rüdis Auto starten.

«Wo wollen die denn jetzt noch hin?», frage ich.

Franziska zuckt mit den Schultern, gibt mir einen Kuss auf die Wange und verschwindet. Eigentlich wollte ich ihr noch von Rüdis merkwürdigem Telefongespräch im Wanderhotel erzählen, bisher ist dafür noch keine Zeit gewesen. Kann ich ja morgen noch machen.

Ich denke über Melinas Tiraden gegen Rüdi nach, über die gelieferten Hessen-Partei-Flugblätter und nehme mir vor, ihn demnächst einfach direkt danach zu fragen. Ich lege den alternden Berlusconi und den auch nicht mehr so jungen Charly an die Leinen und begebe mich mit ihnen auf den kurzen Weg zum Obermooser See. Die Hunde erledigen ihre diversen Geschäfte, ich entsorge dieselbigen vorbildlich, hätte Lust, mal wieder eine zu rauchen, lasse es aber und trotte zurück.

Im Hof angekommen, bleibe ich vor Rüdis und Gisas Schuppen stehen. Die Lichter in ihrem Wohnhaus sind aus, sie scheinen also tatsächlich nicht da zu sein. Ihre Kinder, der zwölfjährige Rupert und die dreijährige Nadeshdine, sind noch bis morgen bei Gisas Eltern, hat sie vorhin erzählt. Die Tür des Schuppens ist angelehnt, warum also nicht einfach mal kurz reingucken?

Lange suchen muss man nicht. Ich stolpere fast über die Kiste mit den Flugblättern. «Hessen zuerst!», steht in großen Lettern geschrieben. Donald Trumps Wahlspruch «America First» war ja schon lächerlich genug. Wo soll das noch hinführen? Make Overhesse great again?

Dieser Schuppen, hat Rüdi einmal erzählt, sei eigentlich kein Gartenschuppen im klassischen Sinn, der Rasenmäher und Gartenschläuche beherberge, er diene dem Hausherrn als eine Art Refugium. Hier könne er ganz für sich sein.

Da ich mich nicht traue, das Licht anzumachen, leuchte ich mit meinem Smartphone den Raum ab. In einem Regal stehen leere Gin- und Wodkaflaschen, darunter eine kleine Musikanlage. Daneben ist ein langer Tapeziertisch aufgebaut, auf dem Zettel herumfliegen und ein Drucker steht. In einer Ecke hat Rüdi einen hellbraunen Sessel, eine Stehlampe und ein kleines Tischchen platziert, auf dem gefächert Zeitschriften liegen. Focus, Cicero, ADAC-Motorwelt und ein paar Hefte mit «Trekking» oder «Outdoor» im Titel.

Schon nach ein bisschen Rumschnüffelei ist mir klar, Rüdi sympathisiert nicht mit «Hessen zuerst», er ist da bis über beide Ohren involviert. Auf dem Tisch liegen unzählige Formulare, Briefe und Zettel, die sich um die Partei drehen. Ich finde Notizen, Entwürfe für Reden. Auf einem Papier mit der Überschrift «Claims & Unique Selling Points» lese ich unter anderem: «Kartoffelworscht statt Döner! Oberhessen muss Oberhessen bleiben!» Ich überfliege einen weiteren ausgedruckten Zettel, auf dem für die Gründung einer Bürgerwehr geworben wird: «Sicherheit für UNSERE Frauen und Mädchen!»

«Henning?»

Ich erschrecke mich so stark, dass ich wie ein siebenjähriges Mädchen aufpiepse, das im Keller eine tote Maus entdeckt hat.

«Suchst du was?», ruft mir Gisa im Dunkeln von der Eingangstür aus zu. Gestern erwischt sie mich mit dem Ohr an ihrer Hotelzimmertür und nun, wie ich in Rüdis Schuppen mein Smartphonelicht auf seinen Tapezierschreibtisch richte. Meine Ohren werden heiß, und ich beginne zu schwitzen.

«Ja, äh, ich wollte mal, also ich ...», beginne ich meine Antwort, ohne zu wissen, wie sie einmal enden soll.

Inzwischen hat Gisa das Licht angeschaltet und sich neben mich gestellt.

«Ich, äh, dachte, ihr seid nicht, weil ich vorhin euer Auto gehört habe, und ich brauchte dringend einen ...» Ja, was brauchte ich denn nun? «Einen Akku-Dings-Schrauben ... zieher.»

Gisa glaubt mir kein Wort. Das spüre ich.

«Aber hier haben wir doch kein Werkzeug. Das ist doch im Keller. Hier ist doch das Rüdi-Reich, wie er es immer nennt.»

«Entschuldige bitte wirklich, dass ich hier so einfach ...», stammle ich weiter.

Gisa berührt meine Hand. «Henning, alles ist gut. Entspann dich, ist doch kein Problem. Wir sind doch Freunde.»

Sie schwitzt noch mehr als ich, doch nicht vor Anspannung, sondern weil sie gerade frisch vom Sport zu kommen scheint. Oder vom «Spoat», wie sie es immer ausspricht. Ihr neonfarbenes Outfit jedenfalls leuchtet mich an.

«Ich komm grad mit'm Fahrrad vom Spoat», sagt sie dann auch tatsächlich, «da seh ich, dass hier irgendwas leuchtet. Hatte erst supersuper Schiss, dass ein Einbrecher hier drin ist. Oder einer von den Hardcore-Linken.»

Ein gutes Stichwort. Auch wenn ich gerade wirklich nicht in der Position des Anklagenden bin, zeige ich mit spitzem Finger auf die «Hessen-zuerst»-Kampfschriften und frage: «Was hat denn eigentlich der Rüdi *damit* zu schaffen?»

«Hat er dir das nicht erzählt?», fragt Gisa zurück, schnüffelt an ihrer Schulter und verzieht dabei leicht das Gesicht.

Ich verneine. Rüdi hat zwar manchmal herumpolitisiert, doch was genau er mit «Hessen zuerst» zu tun hat, weiß ich nicht.

«Rüdi ist da jetzt richtig mit dabei», sagt Gisa in erkennbar neutralem Tonfall. «Er steht auf der Landesliste und will in den Landtag.»

«Ach du Scheiße», entfährt es mir.

Gisa lächelt schief. «Also, ich find das auch nicht so supersuperdolle. Aber das ist halt jetzt mal so sein Ding. Und ich denk, mit ein paar Sachen haben die auch nicht ganz unrecht.»

«Der Rüdi will in den Landtag? Für diese Partei?» Fassungslos starre ich sie an.

Gisa zuckt mit den Schultern. «Du kennst ihn doch, wenn der sich mal für was begeistert, dann macht er das auch richtig. Ich glaub, dem geht's einfach drum, sich für die kleinen Leute einzusetzen.»

«Hör doch auf!», rufe ich. «Das sind doch rechte Rattenfänger. Die setzen sich für alles andere ein, nur ganz bestimmt nicht für die kleinen Leute.»

«Ach, besprich das doch mit ihm selbst», erwidert Gisa. «Aber ganz ehrlich mal, ich fühl mich als Frau im Moment auch nicht mehr ganz sicher, wenn ich allein durch Bretzenhain gehe. Und die Ulla, 'ne Freundin von mir, die wurd vor kurzem von so 'nem Flüchtling im Bus blöd angemacht. Das ist auch Teil der Wahrheit, Henning.»

«Ja, ich weiß, dass es im Moment ein paar Probleme gibt», sage ich und greife nach einem Zettel, auf dem für die Gründung einer Bürgerwehr geworben wird. «Aber die lösen wir ganz bestimmt nicht *damit*. Bürgerwehr ... wo sind wir denn?»

Der letzte Satz kam etwas lauter als beabsichtigt. Gisa atmet tief aus und begutachtet eine Weile schweigend Rüdis Schreibtisch.

Ich glaube, ich schüttele bereits seit fünf Minuten ununterbrochen fassungslos den Kopf und merke es schon gar nicht mehr.

«Für so einen Mist schmeißt der seinen Job bei der Zeitung hin?»

Gisa zieht die Stirn in Falten. «*Das* hat er dir erzählt? Dass *er* gekündigt hat?»

Ich nicke.

«Interessant», murmelt sie leise in sich hinein.

«Ist dem nicht so?», frage ich nach.

Da lacht sie nur kurz auf und sagt erst mal gar nichts mehr.

«Wie gesagt, toll finde ich das auch nicht mit dem ganzen Zeug da», flüstert sie kaum hörbar und deutet auf die Parteibroschüren. «Aber so, wie es im Moment hier bei uns läuft, kann es auch nicht weitergehen, finde ich.»

Ich weiß nun nicht, ob sie damit auf ihre private Situation mit Rüdi anspielt oder die allgemeine politische Lage meint. Interessiert mich eigentlich auch gar nicht. Eigentlich will ich hier nur so schnell wie möglich weg, vor allem, bevor Rüdi zurückkommt.

«So, ich geh dann auch mal wieder rüber», kündige ich dementsprechend an.

«Und den Akku-Bohrer brauchst du nicht mehr?»

«Ach so, ja, doch, das wäre super, ich muss nämlich dringend ... bohren.»

Gisa sieht mich ernst an. «Darf ich ganz ehrlich sein, Henning?»

Oje, was kommt denn jetzt?

«Ich find das schon ein bisschen supersuperschade, wie das alles so läuft. Irgendwie hatte ich mir das anders vorgestellt.»

«Was meinst du?», frage ich.

«Das mit uns.»

Du liebe Güte, geht das jetzt wieder los? Ich muss an die unangenehme Situation denken, als mir Gisa, nur wenige Tage nach unserem Einzug, eindeutige Avancen in ihrer Küche machte. Sie deutete irgendetwas völlig falsch und hätte eine kleine Affäre wohl erstrebenswert gefunden. Sie sehe das alles locker, gab sie mir zu verstehen, und Franziska habe damit bestimmt auch kein Problem. Ich klärte das Missverständnis auf, es war eine gruselig peinliche Situation, und erzählte Franziska anschließend davon kein Wort.

«Ich meine, mit euch und uns», konkretisiert Gisa nun. «Ich dachte, dass wir viel mehr zusammen was unternehmen würden. Find ich supersuperschade, dass ihr euch so oft zurückzieht. Wollt ich einfach nur mal sagen. Issskeinvorwurf.»

«Hmm», mache ich, wie immer in solchen Situationen, rette mich dann mit irgendwelchen Floskeln aus der Situation, lasse mir noch den blöden Akkubohrer geben und gehe dann endlich nach Hause. Kopfschüttelnd.

Kapitel 3

•••

Man sagt mir ja nach, ich würde gelegentlich ein bisschen zu viel jammern. Nun ja, Gegenargumente fallen mir da nicht viele ein, aber gar nicht jammern ist ja auch keine Lösung. Dann bekommt man ein Magengeschwür. Sagt man jedenfalls so. Blöd nur, dass mir, obwohl ich gerne jammere, trotzdem in den letzten Monaten immer wieder mal der Bauch weh tut.

Franziska sagt, ich solle zu meiner Ärztin gehen. Ja, werde ich, antworte ich dann immer, hoffe allerdings kurz darauf, dass es sich von alleine regelt. Tut es ja irgendwie auch. Die Schmerzen und dieses Druckgefühl gehen ja auch immer wieder weg. Da muss man ja nicht gleich zur Ärztin rennen. Blöd nur, dass sie immer wiederkommen. Zum Beispiel in dieser Nacht.

Ich stehe auf, laufe ein wenig durch die Wohnung, warte auf Linderung, die auch eintritt, und lege mich wieder hin. Dann grüble ich darüber nach, dass ich keine Lust darauf habe, in das sorgenvolle Gesicht meiner Ärztin zu blicken, während sie meinen Bauch abtastet und darüber nachdenkt, wie sie mir nun am schonendsten die niederschmetternde Diagnose mitteilt.

Nein, ich habe entschieden, ich habe nur Blähungen. Und psychisch ist das bestimmt auch alles. Denn psychisch ist ja immer alles, da braucht man sich weiß Gott nichts vorzumachen. Das fängt schon im Alltag an. Ich weiß, dass das alles normal ist, dass es anderen Eltern genauso geht. Ich weiß auch, dass die Dinge sich oft von alleine regeln, dass diese diversen Phasen irgendwann beendet sind und dass man mit allem doch bitte viel gelassener und mit einer gewissen Leichtigkeit umgehen soll. Das weiß ich alles.

Doch die ersten beiden Stunden eines jeden ganz gewöhnlichen Wochentagsmorgens wecken in mir zurzeit nicht selten den Wunsch, meine noch im Haus lebenden Kinder auf dem nächsten Wochenmarkt zu verhökern.

Der wie tot im Bett liegende Laurin wird von mir an jedem Morgen zwischen halb sieben und sieben zwanzigmal in unterschiedlicher Vehemenz an seine Schulpflicht erinnert. Ab dem zwölften Mal sage ich, dass ich nicht noch einmal nach ihm rufen werde und er jetzt alleine aufwachen müsse. Fünf Minuten später gehe ich wieder in sein muffiges Zimmer und fange von vorn an.

«Dann soll er eben verschlafen», ruft Franziska mir dann zu, «muss er halt die Konsequenzen selber tragen.»

«Will ich, dass er hier bis zehn Uhr rumliegt?», rufe ich darauf zurück. Nein, das will ich nicht.

Das geht jeden Morgen so.

Die Zwillinge dagegen lassen sich immer wieder neue perfide Dinge einfallen, um mir das Leben schwer zu machen. Heute zum Beispiel weigert sich Nick laut schreiend, sich für den Kindergarten anziehen zu lassen. Er möchte lieber nackt gehen. Wie seine Schwester probiert er gerade aus, wie es sich anfühlt, zu den Eltern nein zu sagen und nicht ganz unwichtige Dinge wie das Tragen von Kleidern oder die Einnahme von Speisen grundsätzlich in Frage zu stellen. Mag ja sein, dass so etwas zur Entwicklung von Kindern dazugehört, aber muss das denn immer gleich morgens sein?

Nick schreit also. Und wenn Nick schreit, bellt Berlusconi, und wenn Berlusconi bellt, piepsen Putin und Erdoğan, die beiden Meerschweinchen, die meine Mutter den Zwillingen zum Geburtstag geschenkt hat. Verantwortung für ein Tier sei für die Entwicklung der Kleinkinder sehr hilfreich, das habe sie in einem Brigitte-Dossier gelesen. An meiner Schwester und mir sehe man ja, wie sehr uns als Kindern eine solche Erfahrung gutgetan hätte. Da mache sie sich große Vorwürfe.

«Könnt ihr mich nicht mal früher wecken?», meckert Laurin,

als er endlich in die Küche geschlurft kommt. «Hab schon wieder keine Zeit zum Frühstück. Mann!»

Wortlos nehme ich mir vor, ihm morgen beim Erstwecken einen Eimer voll eisgekühltem Wasser über den Kopf zu gießen. Laurin vergisst sein Frühstücksbrot einzupacken und verlässt grußlos das Haus.

Frida möchte an diesem Morgen ausschließlich von ihrer Mutter versorgt werden. Und dies ist keine Bitte, sondern ein Befehl, den wir widerspruchslos befolgen, damit es nicht noch schlimmer wird. Passt ja ganz gut, schließlich ist das Projekt Nick bei weitem noch nicht abgeschlossen. Er sitzt nackt, mit nur einer einzigen Socke bekleidet, zu der ich ihn mühsam überreden konnte, im Kindersitz am Frühstückstisch und manscht zufrieden in seinem Müsli herum. Als Frida ihren Bruder so leger sitzen sieht, möchte sie das natürlich auch. Denn wenn *der* das kann, kann *sie* das schon lange.

Voller Euphorie reißt auch sie sich ihre Klamotten vom Leib, bis auf eben eine Socke, und erhält dafür lautstarke, begeisterte brüderliche Zustimmung. Väterliche eher nicht, aber das spielt jetzt auch keine Rolle mehr.

Franziska, die gerade noch hektisch im Bad zugange war, stößt fünf Minuten später hinzu, sieht uns drei da sitzen, hält eine Sekunde inne, ehe sie dann zehn Minuten nicht mehr aus dem Lachen herauskommt. Es mag daran liegen, dass auch ich inzwischen nackt am Tisch sitze. Immerhin aber trage ich neben meiner linken Socke im Gegensatz zu unseren Kindern aus Anstandsgründen zusätzlich eine schicke Unterhose. Es dauert nicht lang, dann sitzt auch Franziska in Unterwäsche neben uns und bittet um die Marmelade. Die Stimmung ist plötzlich bestens. Bei allen.

Und das kollektive Anziehen im Anschluss ist dann auch kein großes Problem mehr. Der heutige Morgen endet also harmonisch. Schließlich sitzen die Kinder zufrieden bei Franziska im

Auto. Wie wird es morgen sein? Dass wir ab nun immer alle nackt frühstücken, geht ja wohl nicht.

Franziska startet den Wagen, und ich winke ihnen hinterher. Die Zwillinge besuchen trotz unseres Umzugs von Bad Salzhausen nach Obermoos weiterhin ihren angestammten Kindergarten, die elternselbstorganisiertundverwaltete Gruppe «Schlumpfloch» e. V. Sie fühlen sich dort wohl, und so nehmen wir bis auf weiteres die gut halbstündige Anfahrt in Kauf. Da Franziska als Klavierlehrerin in der Musikschule Nidda arbeitet und sowieso ungefähr in die Richtung fährt, nimmt sie sie fast an jedem Morgen mit.

Für mich durchaus bequem.

Ich bleibe alleine zurück in meiner Arbeitslosigkeit und rede mir ein, ein Hausmann zu sein, räume daher alibimäßig den Frühstückstisch ab und mache dann eine Hunderunde um den Obermooser See, der in Wahrheit eigentlich Teich heißt.

Als ich eine knappe Stunde später zurückkehre, stehen zwei riesige Motorräder vor dem Hoftor. Ich wundere mich, öffne das Tor, und da stehen im Hof zwei auf den ersten Blick furchterregende Mannsbilder. Beide sind groß gewachsen, muskulös und gleichzeitig fett, tragen millimeterkurzes Haar, Sonnenbrillen und enganliegende, kurzärmlige T-Shirts, die ihre tätowierten Oberarmmuskeln ordentlich zur Geltung bringen. Ihre Lederjacken haben sie über der Schulter hängen, in der Hand halten sie ihre Helme. Ihre Nacken sind speckig und faltig. Es könnten Brüder sein. Wahrscheinlich auch im Geiste.

Gut, dass meine Kinder nicht da sind. Die würden diese Gestalten für Monster halten und schreiend wegrennen. Ich aber möchte mich in meinem eigenen Wohnumfeld nicht von Äußerlichkeiten einschüchtern lassen und frage mit fester Stimme, ob ich helfen könne.

Die beiden blicken mich darauf durch ihrer dunklen Brillen

an, und mir weht urplötzlich ein Hauch von Tumbheit und Aggression um die Nase.

«Nee», murmelt mit einiger Verzögerung einer der beiden. «Wir warten bloß.»

«Ach so», sage ich, und nachdem sie von sich aus nicht weiterreden, sondern sich stattdessen Zigaretten anzünden, frage ich keck hinterher: «Und worauf?»

Sie meiden weiterhin Blickkontakt und schweigen stur, während Charlie hochinteressiert an den Hosenbeinen der beiden zu schnuppern beginnt. Ich bekomme ein bisschen Angst um ihn und ziehe ihn an der Leine zu mir. Da man mir weiterhin nicht antwortet, verliere auch ich die Lust an dieser einseitigen Kommunikation und möchte mich gerade an ihnen vorbei hin zu unserem Wohnungseingang bewegen, da sagt plötzlich der dickere von beiden:

«Auch hier wegen der Wehr, oder was?»

«Wehr? Wie? Was?», entfährt es mir.

«Ei, die Wehr. Die Bürgerwehr. Bist du net deswegen hier?»

Fast fange ich zu kichern an, ehe mir schließlich ein «Ja, klar!» herausrutscht.

Ich ernte erst skeptische Blicke, dann nicken sie. Ich nicke auch. Beide nicken noch einmal. Der Dickere macht ein ekliges Geräusch mit dem Hals und spuckt auf den Boden.

«Wird auch Zeit, dass was passiert», sagt er, und nun nicken wir alle.

«Man kann sich ja net mal mehr uff die Polizei verlasse.»

«Genau», sagt der andere.

Ich nicke wieder.

«Der Rüdiger, der sagt wenigstens mal, was Sache ist», meint der eine.

«Genau», bestätigt der andere.

Beide Herren glotzen mich nun plötzlich erwartungsvoll an, so als müsste ich nun auch etwas sagen. «Jaja, der Rüdiger», sage ich also, und das scheint fürs Erste zu genügen. Man nickt wieder.

«Und wenn die da obe nix in den Griff kriege, dann müsse mir halt selber gucke, dass man für sichere Sicherheit sorgt. Ich will den Muselmanen jedenfalls net die Straße überlasse.»

Das kann doch nicht wirklich Rüdis Ernst sein! Eine Bürgerwehr? Mit solchen Flitzpiepen? Wo sind wir denn? Da hat ihn nicht nur ein Teufel geritten, sondern mindestens fünf.

«Haste das mitbekomme, das mit dem Bürgermeister, häh?»

«Klar», antworte ich.

«Wenn das so weitergeht, dann war's das mit Deutschland», sagt der eine.

«Und mit Hesse aach», sagt der andere.

«Gute Nacht, Deutschland!»

«Guhde Nacht, Hesse!»

«Danke, Merkel!» Ich weiß eigentlich so gar nicht, warum ich das hier gerade so mache, warum ich hier so mitspiele. Es macht irgendwie Spaß, widert mich aber gleichermaßen an.

Da stehen wir hier in Rüdis Hof. Und Rüdi hätte ich ja schon einige merkwürdige Dinge zugetraut. Dass er allerdings tatsächlich drauf und dran ist, eine Bürgerwehr zu gründen, das dann nun doch nicht.

«Kannste einen drauf lassen, dass das die Flüchtlinge aus Bretzenhain waren. Aber wehe, das sagste laut. Der Bürgermeister war nämlich selber gegen die.»

«Jedenfalls wollte er nicht noch mehr in Bretzenhain aufnehmen», bestätige ich.

«Vor allem net von dene Afghanistaner und Nafris.»

«Wird Zeit, dass wir Patrioten dene mal uff unmissverständliche Weise zeigen, welche Werte mir hier habbe.»

«Und zwar mit 'ner Sprach, die wo auch jeder versteht!»

«Welche Werte meint ihr da so?», frage ich.

«Ei, UNSERE Werte. Deutschland halt.»

Wieder nicken wir alle.

«Hessen auch», meint der Jüngere.

«Hessenwerte», sage ich. «Find ich super.»

«Und net nur unsere Werte werden wir verteidige, mit allem, was dazugehört. Denn wir sind viele», sagt darauf der Ältere.

«Was denn noch?», frage ich nach und bekomme an diesem gruseligen Spiel immer mehr Spaß. Mein vormittägliches Leben muss wirklich sehr langweilig sein.

«Fraue! ... Werte und Fraue!»

In diesem Moment kommt Rüdis blauer SUV in den Hof gefahren. Dynamisch steigt Rüdi aus, er bleibt aber erst einmal stehen, spürbar verwundert über die Zusammensetzung dieser Herrenrunde.

«Moin, Henninger», begrüßt er mich und sieht mich durch seine Sonnenbrille fragend an.

Ich sage, ich sei gerade vom Spaziergang mit den Hunden zurückgekehrt und mit diesen beiden Herren in ein spannendes Gespräch verwickelt worden. Berlusconi und Charlie haben inzwischen gelangweilt neben meinen Füßen Platz genommen.

Rüdi begrüßt meine beiden neuen Freunde per Handschlag und deutet in Richtung Schuppen, zu dem sie doch schon mal vorgehen mögen. Das tun sie dann auch.

«Rüdi, das ist doch nicht dein Ernst?», sage ich, als die beiden außer Hörweite sind. «Du willst doch nicht wirklich eine Bürgerwehr gründen?»

«Ach, Bürgerwehr», entgegnet Rüdi. «Das klingt so blöd. Aber solidarisch sein in diesen Zeiten, aufeinander aufpassen, das kann doch nicht verkehrt sein.»

«Ich will bestimmt nicht, dass solche Typen auf mich aufpassen, Rüdi. Dafür gibt es die Polizei. Wer sind diese Heinis überhaupt? Ist das 'ne Rocker-Gang, oder was?»

Rüdi greift mir jovial an die Schulter. «Erzähl mir doch nix, Henning. Du warst doch selbst bei diesem Polizeiverein. Du weißt doch, dass das alles vorne und hinten nicht reicht. Ihr kommt doch immer erst dann, wenn was passiert ist. Ich möchte dich aus gegebenem Anlass daran erinnern, dass gerade ein Bürgermeister totgeschlagen wurde.»

«Da weiß man doch noch gar nicht, wer das war», fahre ich ihn fast schon an.

Rüdi lacht überheblich in sich rein. «Mein Lieber», sagt er und fasst mir schon wieder an den Arm. «Ich durfte aber gerade direkt und aus erster Hand aus dem Bretzenhainer Flüchtlingsheim erfahren, dass seit gestern zwei junge Afghanen verschwunden sind. Tadamm! Komischer Zufall, oder, Henning, was meinst du dazu?»

Er nutzt meine kurze Sprachlosigkeit, um mir noch mitzuteilen, dass er nun zu seinem kleinen Termin müsse, und rauscht nahezu triumphierend ab. Mir schwillt, wie man so schön sagt, der Kamm, und so rufe ich ihm hinterher: «Mit wem hast du eigentlich vorgestern Nacht im Hotel in Herbstein telefoniert, Rüdi? Das würde mich mal interessieren.»

Da stockt sein selbstgefälliger Gang kurz. Fast bleibt er sogar stehen, entscheidet sich dann aber doch schnell dagegen und ruft mir, ohne sich noch mal umzuschauen, zu: «Was redest du denn da für ein wirres Zeug? Echt, Henninger, ich glaub, du brauchst ein Hobby.»

Ja, vielleicht brauche ich das wirklich. Da mag er nicht unrecht haben, der Rüdi, aber ich war noch nie so der Hobbytyp. Habe weder einen gleichnamigen Keller, noch zieht es mich zu Feuerwehren, Naturschutzgruppen, Schützenvereinen, Elferräten, Parteien oder Lauftreffs. Ganz sicher zieht es mich nicht in Bürgerwehren. Und Henninger heiße ich schon mal gar nicht. Und vielleicht, mein lieber Rüdi, mache ich es nun zu meinem Hobby, dir auf die Finger zu schauen, dich im Auge zu behalten, mein Freund. Ich war nicht umsonst zwanzig Jahre bei der Polizei. Das macht man nicht mit, ohne eine Antenne dafür zu entwickeln, wenn bei irgendjemandem irgendetwas nicht stimmt.

Ich versorge die Hunde mit diversen Leckerlis, wische ihre matschigen Pfoten ab, nachdem sie schon durch die halbe Wohnung getappst sind, räume die Geschirrspülmaschine aus und säubere den Käfig von Erdoğan und Putin, um mir das Gefühl zu geben, an diesem Morgen etwas Sinnvolles getan zu haben. Danach stelle ich mich zu lange unter die Dusche, sodass ich müde statt wach werde, lege mich daraufhin erschöpft aufs Sofa und nicke ein wenig ein.

Eine knappe Stunde später greife ich nach meinem Handy und rufe Jutta «Hessi» Hesswig an. Sie dürfte ja wie an jedem Vormittag im Bretzenhainer Flüchtlingsheim sein, um die Welt zu retten.

«Ja?», stöhnt sie ins Telefon.

«Hallo, Jutta», begrüße ich sie. *Hessi* geht mir immer noch schwer über die Lippen. «Du, ich ...»

«Sorrrrrry, Henning, nimm's mir net übel, du, aber ich hab grad gaaanz wenig Zeit. Du, weißte, hier bei uns brennt grad aaaabsolut der Bär.»

«Was ist denn los?», frage ich.

«Da bitte ich dich um Verständnis, mein Lieber. Da darf ich aaabsoooluuut net drüber spreche. Ich habe aaaabsooooluuuutes Schweigepflischtverbot.»

Sie passt wirklich gut zu Manni.

«Nee, klar», zeige ich mich verständnisvoll. «Stimmt es denn, dass zwei afghanische Männer seit gestern bei euch verschwunden sind?», frage ich dann einfach direkt das, was ich wissen will.

«Woher weißt'n *du* das schon?», ruft sie und beantwortet mir damit schon meine Frage. «Tut mir leid, Henning, wie gesagt, da darf ich nix drübber sage. Ich muss gugge, dass ich den Laden hier im Griff habbe und dass net noch mehr Wasser ins Feuer gegosse wird.»

Ja, gieß du ruhig noch mehr Wasser ins Feuer, ich lasse dann mal viel Öl den Rhein runterfließen und beende betont verständnisvoll das Telefongespräch.

Am Abend koche ich Spaghetti bolognese, das heißt, ich wärme sie wieder auf, vielmehr wärme ich die gestern überbackenen Spaghetti bolognese von vorgestern auf. Die Kinder sind begeistert, der Vater auch, die Mutter hält sich zurück. Sie merkt sich das für das nächste Mal, wenn ich ihr vorrechne, dass ich drei Tage in Folge aufopferungsvoll für die Familie gekocht hätte.

Kapitel 4

• • •

Im Fernsehen brüllen angetrunkene deutsche Jungmänner: «Die Nummer eins, die Nummer eins, die Nummer eins der Welt sind wir, die Nummer eins der Welt sind wiiihier, die Nummer eins der Welt sind wir!»

Laurin hängt im Wohnzimmer auf der Couch neben mir und singt leise mit.

Es gab Fußball. Und Deutschland hat gespielt. Wir haben uns alles angeguckt. Alles, von Anfang bis Ende. Wir haben gesehen, wie der Bus mit «Der Mannschaft» powered by Coca-Cola eingetroffen ist, wie die Spieler nach und nach ausgestiegen sind und dabei riesengroße Kopfhörer trugen. Wir beobachteten, wie Oliver Kahn als Experte angestrengt unangestrengt wirkte, bewunderten Jogi Löws stilsicheren Schal, bejubelten die deutschen Tore und freuten uns nach dem Schlusspfiff über den Sieg. Danach haben wir selbstverständlich alle Interviews mitgenommen und die Spielanalyse verfolgt.

Und ganz zum Ende gibt es eben noch diesen Beitrag, in dem junge angetrunkene deutsche Männer durch die Straßen grölen, dass «wir» die Nummer eins der Welt seien.

Laurin freut sich, findet mit seinen zwölf Jahren diese Dödel lustig und singt mit. Und ich bin unentspannt. Patriotisch unentspannt. Ich finde, Zurückhaltung tut uns Deutschen noch immer gut und schadet uns auf keinen Fall. Jede Form von Nationalismus und Deutschtümelei steht uns einfach schlecht zu Gesicht. Wir können glücklich sein, in diesem Land nach dem Krieg im Wohlstand aufgewachsen zu sein. Wir dürfen solche Vorzüge genießen wie kaum ein anderes Land auf der Welt, da ist es doch durchaus zumutbar und leicht auszuhalten, im Bereich Patriotismus ein bisschen kleinlauter zu sein. Also Klappe halten!

«Mann, Papa, du immer mit der Nazi-Keule», stöhnt mein Sohn, nachdem ich ihm das alles nicht zum ersten Mal aufgetischt habe.

«Das ist keine Keule, Laurin, es ist nicht *schon* 75 Jahre her, sondern *erst*.»

«Aber warum sollen wir uns immer schuldig fühlen, wenn unsere Vorfahren diese Scheiße verbrochen haben?»

«Das verlangt doch kein Mensch, darum geht es doch gar nicht», antworte ich. «Natürlich bist du, sind wir nicht schuld. Aber es kann doch nicht schaden, sich verantwortlich dafür zu fühlen, dass so etwas nie wieder passiert.»

Ich weiß nicht, wie und ob diese Sätze bei einem Zwölfjährigen ankommen. Sie müssen aber gesagt werden. Je älter ich werde, desto wichtiger wird mir das. Laurin hat sichtlich keine Lust, weiter von seinem Vater belehrt zu werden, schält sich aus der Couch und geht in sein Zimmer. Ich blicke ihm nach.

Eine Dusche täte ihm auch mal gut.

Ach, er müsste mehr raus, unter Leute, mit Freunden irgendetwas unternehmen. In der Gruppe. Meines Wissens hat er nur einen richtigen Freund. Jannik. Der taucht als einziger bei uns gelegentlich mal auf.

Ich starre auf die Twitterkommentare, die nun auf dem Fernsehbildschirm eingeblendet werden. Seit wann machen sie das eigentlich? Twitterkommentare einblenden? Reicht es nicht, wenn schon im Internet jeder und jede zu allem seinen oder ihren ungefragten Senf dazugeben? Muss das jetzt auch noch im Fernsehen gezeigt werden?

Ja, es scheint so, weil das Fernsehen wohl immer noch glaubt, einen längst abgefahrenen Zug noch aufhalten zu können, indem es mit Twittereinblendungen auf modern und interaktiv macht. Und überhaupt: Muss denn eigentlich ständig alles kommentiert werden? Kann man nicht auch mal die Dinge einfach so stehenlassen? Muss denn jeder zu allem immer eine

Meinung haben, und muss diese dann in alle Welt rausgepupst werden?

Mannmannmann, denke ich und schalte trotz des 2:0-Sieges schlecht gelaunt den Fernseher ab.

Franziska kommt hereingeschlendert. Sie trägt schon Schlafanzug, und wir freuen uns beide auf den gemütlichsten Teil des ganzen Tages: den kinderlosen spätabendlichen Ausklang mit zeitgemäßem Serienstreaming.

Wir haben gerade eine Flasche billigen Rioja geöffnet, da klopft jemand an unsere Terrassentür.

Gisa und Rüdi. Sie stehen draußen und winken grinsend in die Wohnstube.

«Das darf doch nicht wahr sein», fluche ich tonlos, ohne die Lippen zu bewegen, und öffne die Tür.

«Heyyyy», ruft Gisa ein wenig zu überdreht, und Rüdi fragt rhetorisch: «Ich hoffe, wir stören nicht?!»

Eine Antwort wäre zwecklos. Rüdi hält mir eine Flasche Portwein vor die Nase. «Vintage», haucht er mir ins Gesicht. Beide tragen, wie so häufig, ein leuchtfarbenes Sportdress. Man möchte meinen, ihr gesamtes Freizeitleben bestünde aus Workout und Fitness-Studio.

«Wir wollen echt nicht stören», wiederholt Gisa, «fänden es aber supersupernett, wenn wir kurz mal auf ein Gläschen ... einfach so ... so unter Freunden.»

Franziska bietet ihnen einen Platz auf der Couch an. Ich gehe in die Küche, hole ein paar Gläser, zwänge mich neben Gisa auf unser schon seit Bad Salzhausener Zeiten durchgesessenes Sofa und lasse Rüdi seinen Vintage in die Gläser schütten.

«Portweingläser haste keine?»

Nein, habe ich keine.

«Egal, geht auch so.»

Ich will das hier nicht. Ich will meine Ruhe und dass die beiden so schnell wie irgend möglich dieses Wohnzimmer wieder verlassen. Doch ich bin wie gelähmt, sage nichts und nippe hilflos an meinem Glas.

«Ach, ihr habt noch immer keine Wandlampe», stellt Rüdi mit Blick auf die verwaisten Drähte an der Wand fest. Franziska und ich reagieren nicht. Rüdis und auch Gisas Augen wandern weiter sezierend durch unser Wohnzimmer. Das lässt mein Gefühl stärker werden, in unserem eigenen Zuhause zu Gast zu sein.

«Also», ergreift Rüdi erneut das Wort. «Lasst uns nicht lange drum herumreden. Ich glaube, es gab in den letzten Tagen so ein paar kleine Spannungen zwischen uns, so ein paar atmosphärische Störungen, und die ...»

«Und das finden wir supersuperschade», fällt ihm Gisa ins Wort.

Rüdi wirft ihr einen strengen Blick zu. Er möchte nicht unterbrochen werden.

«Und die», setzt er nun in entschlossenerem Tonfall wieder an, «und die sollten wir jetzt mal aus der Welt schaffen.»

Franziska und ich schweigen.

«Ich weiß, dass euch das aufstößt, dass ich bei ‹Hessen zuerst› mitmische. Aber, wisst ihr, wir leben in einer Demokratie, und es wäre doch schade, wenn ...»

«Supersuperschade», wirft Gisa ein.

«Es wäre doch schade, wenn unser gutes Verhältnis nur wegen unterschiedlicher politischer Meinungen leiden würde.»

Rüdi gießt sich ein weiteres Glas ein. Er wirkt angetrunken. Nein, er wirkt nicht, er ist es.

Ich räuspere mich. «Also, ich finde, es geht da nicht bloß um unterschiedliche Meinungen, Rüdi. ‹Hessen zuerst› ist eine rechtspopulistische Partei. Das ist für mich Hetze. Und hier stehen plötzlich bei uns im Hof merkwürdige Gestalten mit dümmlichen Gesichtern herum, mit denen du eine Bürgerwehr gründen willst.»

Rüdi lächelt. «Genau das ist es, Henning. Genau das ist es,

warum wir hier in Hessen bald bei 20 Prozent stehen. Diese Arroganz. Das sind keine merkwürdigen Gestalten mit dümmlichen Gesichtern. Das sind Menschen, die sich Sorgen machen.»

Er hält kurz inne.

«O.k., ich gebe dir recht, die Typen von heute Morgen sind jetzt wirklich nicht die hellsten. Vielleicht auch manchmal etwas grob. Aber egal. Es sind eben auch Menschen, die sich nicht mehr vertreten fühlen. Die sich abgehängt fühlen.» Er macht eine Kunstpause. «Und für diese Menschen will ich da sein.»

«Nur weil sich jemand abgehängt fühlt, ist es noch lange kein Grund, fremdenfeindlich oder radikal zu werden», wirft Franziska ein.

«Und außerdem bekommt ‹Hessen zuerst› doch die meisten Stimmen aus der Mittelschicht», lege ich nach, «also von denen, denen es wirtschaftlich gar nicht schlechtgeht. Rüdi, ich verstehe das einfach nicht. Wieso machst du da mit? Das passt doch gar nicht zu dir.»

Wieder lacht Rüdi und deutet in Richtung Fernseher. «Ich würde übrigens die Kabel gebündelt hinter den Schrank verlegen. Sieht besser aus.»

Franziska zieht ihre Stirn in Falten und verschränkt die Arme. «Du gründest wirklich eine Bürgerwehr?»

«Ach, immer dieser Kampfbegriff. Das ist keine Bürgerwehr, das ist eine Bürger*gruppe*. Eine Gruppe, die für mehr Sicherheit sorgen will. Damit wieder mehr Ruhe einkehrt. Da kann doch keiner ernsthaft was dagegen haben.»

«Ich hab dir doch von Cornelia erzählt, Franzi», schaltet sich Gisa ein. «Das war supersuperkrass. Die geht in Bretzenhain zur Apotheke, und danach laufen ihr zwei Typen mit dunkler Haut hinterher und rufen ihr so Sachen nach. Das ist schon heftig. Da kann ich schon verstehen –»

«Der ist doch Hammer, der Portwein, oder?», bellt Rüdi mitten rein. «Jetzt trinkt doch mal was!» Und dann: «Ey, Leute, jetzt aber bitte mal die Kirche im Dorf lassen. Ihr kennt mich doch. Ihr wisst, ich bin kein Nazi. Aber ich habe ein Herz für die kleinen, die anständigen Leute. Und wenn man die erreichen will, muss man manchmal rhetorisch eben auch ein bisschen überspitzen oder auch mal ein wenig vereinfachen. Wir meinen doch nicht alles so, wie es manchmal rüberkommt. Natürlich nicht. Aber auf dieses ewig gleiche Politiker-Bla-Bla haben die Leute keinen Bock mehr. Oje, jetzt sind wir schon wieder bei der Politik angekommen. Viel wichtiger als das ist doch erst mal, dass wir vier mit unseren Familien weiter gut miteinander auskommen, oder nicht? Und deswegen sind Gisa und ich noch auf einen Sprung hier rübergekommen, um etwaige Missverständnisse auszuräumen.»

Rüdi ist bei seinem Monolog immer lauter geworden. Ich bitte ihn, leiser zu sprechen, damit Frida und Nick nicht aufwachen.

«Was meinst du denn für Missverständnisse?», fragt Franziska direkt zurück.

«Na ja, wir fänden es halt schön, wenn wir uns gegenseitig wieder mehr *vertrauen* würden», antwortet Gisa.

Ich sehe meiner Frau an, dass sie nicht weiß, was Gisa denn damit nun meint.

«Ich will ehrlich sein», fährt Gisa fort. «Also, dass Henning nachts in Rüdis Büro rumschnüffelt, finden wir schon, wie soll ich sagen, etwas straaaaiiiiinge.»

Franziska sieht mich fragend an. Jetzt rächt es sich, dass ich bisher noch keine Zeit gefunden habe, ihr von Rüdis Telefonat im Wanderhotel zu erzählen und auch nicht davon, dass ich in seinem Schuppen herumgegeistert bin, ehe ich beide Male von Gisa erwischt wurde.

«Ich hatte doch nur nach einem Akkubohrer gesucht», werfe ich sinnloserweise ein.

«Du? Einen Akkubohrer?», rutscht es Franziska heraus. Sie weiß natürlich wie keine Zweite, dass ich mit Akkubohrern so viel anfangen kann wie Erdoğan mit Demokratie. Das läuft jetzt hier in eine Richtung, die mir so gar nicht gefällt.

«Oder, Henning», setzt Rüdi wieder ein, inzwischen fast schon ein bisschen lallend: «Was sollte diese Bemerkung vorhin von dir, diese Frage, mit wem ich im Hotel nach der Wanderung telefoniert hätte? Was sollte das denn? Was interessiert dich denn, mit wem ich telefoniere? Und jetzt mal ganz ehrlich: Wieso stehst du bitte nachts vor unserer Hotelzimmertür und lauschst?»

Auf all diese Fragen hätte Franziska nun auch gerne eine Antwort. Das spüre ich, dazu muss ich sie gar nicht ansehen.

«Wolltest du uns zuhören?», giggelt Gisa und lächelt so vielsagend dazu, dass die Nachfrage «Wobei» völlig überflüssig ist.

«Wusste gar nicht, dass du auf so was stehst», setzt Rüdi dem Ganzen die Krone auf und lacht laut.

«Von was redet ihr bitte?», fragt Franziska.

Irgendetwas schwillt in mir. Ich glaube, es ist der Kamm.

«Soll ich dir sagen, lieber Rüdi, warum ich vor eurer Tür stand?», beginne ich mit zunächst leiser Stimme, die aber von Wort zu Wort lauter wird. «Weil ich, nachdem ich gegenüber von eurem Zimmer nach meiner Mutter geschaut hatte, da es in ihrem Zimmer merkwürdige ... ach, das tut jetzt nichts zur Sache ... jedenfalls wollte ich gerade wieder zurück in unser Zimmer, da habe ich dich durch die dünne Tür sprechen gehört.»

«Ach was», prustet Rüdi und kippt sich ein weiteres Glas in den Rachen. «Er hat mich *reden* gehört. Na so was, das ist ja gahanz merkwürdig, wenn man in seinem eigenen Zimmer redet.»

Ich wende mich an Franziska, merke, wie meine Wangen heiß und die Ohren rot werden oder auch umgedreht. Jedenfalls tun sie das immer, wenn ich wütend werde.

«Soll ich dir sagen, was ich gehört habe? Er hat total geflüstert ... ‹Nicht am Telefon›, hat er gesagt und so was wie: ‹nur drohen› oder so. Das klang alles mehr als verdächtig.»

«Henninger, das ist wirklich traurig», lallt Rüdi. «Da geht dir die Phantasie durch. Dir scheint dein alter Job wohl doch ein bisschen zu sehr zu fehlen, was?»

Wieder lacht er, der Rüdi, und nun stimmt auch Gisa mit ein, die inzwischen ebenfalls alles andere als nüchtern ist.

Rüdi beugt sich zu mir vor, rülpst leise in sich hinein und sagt dann: «Es geht dich zwar wirklich nichts an, mein Gutster, aber ich habe in der Nacht nur mit unserem Sohn telefoniert. Und wahrscheinlich über Computergespiele geredet und über ähnlich Wichtiges. Lustig, lustig, was der Herr Bröhmann sich für schrille Gedanken macht.

«Rüdi, ich bin nicht blöd», brülle ich nun fast und springe auf. Franziska greift nach meiner Hand, wohl um mich zu beruhigen. «Ich bin mir sicher, dass du irgendeine Scheiße hier am Laufen hast. Wenn es demnächst Übergriffe gegen Flüchtlinge gibt, dann weiß ich jedenfalls, dass du deine Finger da mit im Spiel hast.»

«Henning, hör auf», ruft Franziska.

Und ich höre auf.

Rüdi lächelt nur. «Was du hier abziehst, Henning, das spricht für sich. Mich macht's gerade eher traurig als wütend. Ich habe so gehofft, dass das eine tolle gemeinsame Zeit hier wird. Hier auf unserem Hof. Wirklich schade.»

Ich stehe auf und sage: «Ich würde jetzt gerne meine Ruhe haben. Ich bin müde.» Dabei blicke ich zur Terrassentür, durch die die beiden bitte nun bitte wieder abziehen.

«Mensch, Henninger, was ist denn nur los? Lass uns das doch klären. Oder, Franzi, was meinst du?»

Franziska zuckt nur mit den Schultern.

«Dann lasst uns doch wirklich mal Klartext reden», versucht es Rüdi aufs Neue und bittet mich in meinem eigenen Wohnzimmer, wieder Platz zu nehmen. Ich bleibe stehen. Ich habe genug.

«Wie man das unter Freunden tut», fährt er fort. «Seit der Geschichte mit euch beiden, Henning und Gisa, seitdem ist diese Verkrampfung drin. Machen wir uns da doch nichts vor.»

Nun ist mir doch nach Hinsetzen, außerdem steht mir der Mund offen. Gisa blickt zu Boden und reibt nervös die Finger aneinander. Ich blicke zu Franziska und schüttele den Kopf, um ihr nonverbal mitzuteilen, dass Rüdi nun völlig durchdreht und das alles *gar nichts* zu bedeuten hat.

«Wir wissen alle, dass da zwischen euch irgendwas gelaufen ist. Gisa hat mir das erzählt, und für mich ist das inzwischen auch o.k. Ich glaube ihr, wenn sie mir sagt, dass es vorbei ist. So was kommt eben vor, so what.»

Franziska hat ihre leichte Schockstarre inzwischen hinter sich gebracht. «Du verarschst uns jetzt, Rüdi, oder?»

Und was macht Rüdi darauf? Er lacht. Ich warte noch immer, dass Gisa die Sache aufklärt und die Wahrheit sagt. Ich habe ihr den Gefallen getan, niemandem von ihren unerbetenen Avancen zu erzählen. Ich habe Franziska nichts davon erzählt, einfach deshalb, weil wir doch so hofften, dass das hier am Obermooser See sehr schön werden könne. Dieses Gefühl wollte ich einfach nicht negativ belasten.

«Ja, hast du denn mit Franzi nicht darüber gesprochen, Henning?», fragt mich Rüdi. «Gisa und ich haben das geklärt. Details weiß ich auch keine, will ich auch gar nicht wissen.»

Ich bin völlig fassungslos. Wie schafft es dieser Mensch nur, die gesamte Situation so hinzudrehen, dass ich mich schon wieder in eine Ecke gedrängt sehe, in die ich gar nicht reingehöre? Mir fehlen die Worte. Stattdessen suche ich den Blickkontakt zu Gisa, die zu allem Überfluss zu ihrer alten Freundin Franziska schaut, unsicher lächelt und mit den Schultern zuckt.

«Bevor ihr jetzt endlich gleich geht, sagst du, Gisa, bitte hier noch die Wahrheit», bringe ich mühsam hervor.

Gisa sagt darauf zu Franziska gewandt: «Das ist wirklich vorbei, glaub mir. Und viel ist sowieso nicht gelaufen. Es war ein bisschen so ein Flirt, mehr nicht. Du weißt doch, wie das ist. Manchmal fühlt man sich halt auch zueinander hingez...»

«Stopp», brülle ich. Und: «Raus!» Ich zeige mit dem Finger zur Tür.

Rüdi hebt beschwichtigend die Hände. «Alles gut. Komm wieder runter, Henninger. Wir haben alle mal so Phasen. Kein Ding, ich nehm das nicht persönlich.»

«RAUS!», wiederhole ich. «Und ich heiße Henning, nicht Henninger!»

Rüdi greift nach Gisas Hand. «Ist doch auch mal lustig, aus dem eigenen Haus geschmissen zu werden, oder, Schatz?»

Dann gehen sie.

Und als ich danach in die verständnislosen Augen meiner Ehefrau blickte, mich sofort heftig bemühte, diese Dinge ins rechte Licht zu rücken, sie allerdings keine große Lust mehr hatte, sich das alles nach einem langen, anstrengenden Tag anzuhören, ich zwar von ihr versichert bekam, dass sie mir glaube, sie sich aber doch wundere, warum Gisa davon ausginge, bei mir landen zu können, so ganz aus dem Nichts käme so was doch auch nicht, sie aber keine Lust hätte, das zu vertiefen, jedenfalls nicht jetzt, und ich mir daher sicher bin, dass doch irgendetwas hängen bleibt, da wird mir, noch bevor mir erschöpft die Augen zufallen, klar, dass ich mir in Zukunft von diesem Rüdi nichts mehr gefallen lassen werde.

Und wenn ich sage «nichts», dann meine ich auch «nichts».

Kapitel 5

•••

Zwei Tage später steht in unserer Tageszeitung Folgendes zu lesen:

Nachrichten aus der Region Bretzenhain

Übergriff gegen 18-jährigen Flüchtling

Am gestrigen frühen Abend kam es in der Schubertgasse in Bretzenhain zu einer Attacke gegen einen 18-jährigen Mann. Augenzeugen zufolge wurde der junge Mann, der aus Syrien stammt und als Asylsuchender in der Flüchtlingsunterkunft lebt, von drei Männern aufgelauert. Nach einem kurzen Wortgefecht habe er mehrere Schläge und Tritte erlitten. Erst als er wehrlos am Boden lag, sollen die Täter von ihm abgelassen haben. Das Opfer erlitt leichte Kopfverletzungen und Prellungen an Armen und Beinen. Die Täter blieben unerkannt.

Hinweise bitte an die örtlichen Polizeidienststellen.

Mein Vater war Polizist durch und durch.

Voller Ehrgeiz, Leidenschaft und Verve brachte er es bis zum Polizeipräsidenten und wäre es gerne auch noch nach seiner Pensionierung geblieben.

Auch ich war Polizist, jedoch so gar nicht durch und durch, und ich schaffte es ohne Ehrgeiz, Leidenschaft und Verve zum Kriminalhauptkommissar. Allerdings zu einem mehr als mittelmäßigen. Ich fremdelte von Anfang an mit diesem Beruf, was mich allerdings aufgrund einer Mischung aus Entschlussunfähigkeit, Antriebslosigkeit und Feigheit nicht davon abhielt, diesen Berufsweg zu gehen. Von Jahr zu Jahr dachte ich, ich könne ja jederzeit aufhören und etwas anderes beginnen, vorausgesetzt, dass mir etwas einfiele. Doch dann war ich mit vierundzwanzig Jahren Vater, wurde wenig später Beamter und hatte eine Doppelhaushälfte abzuzahlen. Immer mehr quälte ich mich in meinem Job, und ausgerechnet, als ich zu resignieren begann und immer gleichgültiger wurde, verbuchte ich erste größere Erfolge, die mir plötzlich Respekt verschafften. Sogar von meinem Vater, der vor einigen Jahren starb und dem ich kurz vorher, sagen wir es doch, wie es war, das Leben rettete.

Mit diesem Gefühl, doch kein völliger Rohrkrepierer zu sein, fiel es mir plötzlich nicht mehr schwer, die Brocken hinzuwerfen. Bald fünf Jahre ist es nun her, dass ich meinen Job als Kriminalhauptkommissar in der Polizeidirektion Alsfeld gekündigt habe. Ich war Anfang vierzig, da kann man doch noch mal was Neues anfangen. Prompt wurde ich wieder Vater, und das gleich doppelt, und wieder gingen ein paar Jährchen ins Land. Und so harre ich noch immer der Dinge und frage mich, ob und was bei mir beruflich noch passieren wird. Die Besuche in meiner alten Dienststelle wurden in den letzten Jahren jedenfalls immer seltener, und auch die Freundschaft zu meinem Kollegen Markus Meirich flachte, wie das halt im Leben manchmal so ist, zunehmend ab.

Und nun also, an diesem schwülen Frühsommertag, stehe ich vor meiner alten Arbeitsstätte in Alsfeld, und es kommt mir vor, als sei es ein anderes Leben gewesen, als ich hier Tag für Tag noch ein und aus ging.

Und was ist das Erste, das mir zu Gesicht kommt, gleich nachdem ich die Eingangstür durchschritten habe: Teichner!

Oder genauer gesagt: Teichners Hintern. Hinter der sicherheitsverglasten Pforte bückt er sich mit dem Rücken zu mir und sucht nach irgendetwas, das auf dem Boden zu liegen scheint.

Die Hose zu eng, der Hintern zu dick, das T-Shirt zu kurz, und so quillt mitleidslos in aller Brutalität pobackig Nacktes hervor.

Ich schaue verzweifelt irgendwo anders hin.

Teichner, mein nervtötender Exkollege, der Mann ohne Vornamen. Ich frage mich, was er an der Pforte zu suchen hat und warum er nicht oben im Büro ist. Noch immer hat er mich nicht bemerkt. Ich warte still, bis er sich zu mir umdreht.

«Höhhhh», blökt er los, nachdem er mich erkannt hat. «De Bröööhmi, schau mal einer gugg. Aus welcher Versengggunggg kommt der dann rausgekroche?»

«Hallo, Teichner», antworte ich nüchtern. «Bist du jetzt der Pförtner?» Der dumme Spruch bietet sich an, da ich hinter der Glasscheibe keine andere Person entdecke.

«Was?» Teichner wirkt kurz irritiert. «Ach so, nee, ich bin nur ... grad ... halt ... hier. De Dings, de Kurti, der ist halte mal kurz für kleine Pförtner gegange ... und weißte ... seinen Jürgen würgen.»

Ich verziehe keine Miene. Das ist notwendig, will man Teichners Sprüche und Scherze einigermaßen unbeschadet überstehen. Einfach nicht reagieren. Lacht man auch nur ein einziges Mal, und sei auch nur aus reiner Höflichkeit, folgen noch viel mehr Teichnereien.

«Und da warte ich halt hier so lang, bis er wieder da ist.»

«Na, dann warte ich mal mit, damit er mich oben anmeldet», sage ich.

«Willste zum Maggus?»

«Genau.»

Das Telefon klingelt. Teichner hebt ab und verbindet den Anrufer problemlos weiter. Ich wundere mich. Teichner ist Kriminalkommissar, er müsste ein Stockwerk weiter oben im Team von Markus Meirich seinen Job erledigen.

«Und sonst?», fragt Teichner. «Alles fit im Schritt?»

Ich nicke. «Und bei dir?»

«Na ja. Ich sach mal so: Früher war alles besser. Beispielsweise gestern. Da war nämlich Sonntag.»

Nicht lachen, nicht grinsen.

Teichner allerdings freut sich noch eine Weile diebisch über seinen Spruch. «Is net von mir, is von 'nem Kumbel, und der hat den aus'm Internet.»

Ich werde ein bisschen ungeduldig. «Du, Teichner, ich hab jetzt nicht soo viel Zeit, ich schlage vor, ich gehe dann einfach ohne Anmeldung hoch. Du kannst ja Kurt Bescheid geben, wenn er wieder zurück ist. Er kennt mich ja noch von früher, dürfte doch kein Problem sein.»

«Hmm», macht Teichner und nickt schwach.

«O. k., dann geh ich mal», sage ich und mache mich auf den Weg zu meinem alten Büro.

«Ja, scheint 'ne längere Sache zu sein, mit dem Kurti aufm Pott», ruft mir Teichner hinterher. «Er schickt wahrscheinlich noch ein Fax aus Darmstadt.»

Ich beschließe, diesen Scherz nicht zu verstehen. Ich bin ja auch nicht zum Spaß hier. Es ist keine launige «Ich-besuche-meine-alte-Kollegen»-Unternehmung. Nein, ich möchte meinem alten Freund, dem jetzigen Dienststellenleiter Hauptkommissar Markus Meirich, ein paar Dinge erzählen.

Als ich das Büro betrete und Markus mir die Hand zur Begrüßung entgegenstreckt, spüre ich gleich, dass mein Besuch ihm nicht so wirklich gut in den Kram zu passen scheint. Daher sage ich: «Keine Angst, Markus, ich bin nicht hier, um nostalgisch mit euch Kaffee zu trinken und euch von der Arbeit abzuhalten. Nein, ich hab ein paar Infos, die euch bei der Geschichte in Bretzenhain weiterhelfen könnten.»

«Ach, ja, echt?», antwortet Markus. Euphorische Neugierde klingt anders.

«Warte mal kurz», sagte er dann, steht von seinem Platz auf, springt an mir vorbei zur Tür und ruft irgendetwas in den Gang hinaus. Markus ist und war seit jeher die personifizierte Dynamik. Ein zwei Meter großer Kerl, der früher Volleyball in der Bundesliga spielte und heute mit Anfang vierzig nicht viel von seiner athletischen Art eingebüßt hat. Nicht nur darum habe ich ihn immer beneidet. Er war schon immer der viel bessere Polizist, auch in der Zeit, als ich noch absurderweise sein Vorgesetzter war.

«Entschuldige bitte, Henning, aber bei uns geht's gerade drunter rund drüber. Wir sind wie immer notorisch unterbesetzt, und den Teichner haben wir auch noch nicht ersetzt.»

«Wie? Wieso Teichner ersetzen? Den habe ich doch unten gerade eben gesehen.»

«An der Pforte, ja», antwortet Markus kurz und knapp.

Er sieht meinen fragenden Blick, gibt mir aber klar zu verstehen, dass dies eine längere Geschichte sei, die er mir zu einem anderen, besser passenden Zeitpunkt erzählen werde, jetzt jedoch nicht.

«O. k., Markus, also pass auf», lege ich kurzatmig los, viel Zeit habe ich ja nicht, «ich glaube, ich habe ein paar gute Hinweise für euch. Ich weiß, wer hinter dieser Aktion gegen den jungen Syrer steht, äh, stehen könnte. Ich habe das heute früh in der Zeitung gelesen. Es gibt, wie soll man sagen, in meinem näheren Umfeld einen, äh, Typen, einen Menschen ...»

Ich stammle rum wie früher, wenn ich schlecht vorbereitet meinen Vorgesetzten irgendetwas berichten musste. Doch ist Markus nicht eigentlich ein Freund? Sein Blick wirkt nicht so. Ich bin da empfindlich, ich spüre so etwas. Ich merke, wenn Missmut ins Spiel kommt. Nimmt er mich nicht für voll?

«Henning?», sagt er dann mit Blick auf die Wanduhr, die seitlich hinter mir hängt. «Du, ich muss echt gleich los hier. Kannst du mich vielleicht nachher einfach anrufen? Du hättest doch gar nicht hierher ...»

«Doch, hätte ich», entfährt es mir patzig. «Denn es ist *wichtig*. Ich weiß so einiges.»

Markus versucht mich nun ein klein wenig zu beschwichtigen. Er spürt meine Verärgerung.

«Markus, ich war lange genug selber Polizist, um einschätzen zu können, wann etwas merkwürdig läuft. Sagt dir der Name Rüdiger Buttig etwas?»

Markus denkt nach. «Der Name sagt mir was, ja. Aber ich weiß jetzt nicht, woher.»

«Der ist seit neuestem ganz engagiert bei ‹Hessen zuerst› dabei und will nun ...»

«Ist das nicht euer Vermieter?»

Ich stocke. «Ja ... äh ... auch. Aber vor allem gründet er zurzeit eine Bürgerwehr und aktiviert dafür gewaltbereite Typen. Zum Beispiel so ’ne Rocker-Dings ... -Bande ... -Gang. Zwei von denen durfte ich schon kennenlernen.»

Ich erzähle ihm von dem belauschten Gespräch und dass Rüdi wahrscheinlich den Mord an Bürgermeister Groß für seine Zwecke instrumentalisiert. Dass er die Stimmung anheizt und Menschen aufhetzt. Und dass möglicherweise Männer aus dieser von ihm initiierten Bürgerwehr den jungen Flüchtling attackiert haben.

«Dein Vermieter?», fragt Markus und bedenkt mich mit diesem amüsiert-herablassenden Blick, mit dem er früher manchmal Teichner anguckte, wenn der seine kruden Geschichten vom Stapel ließ. Eine Demütigung. Ich merke selber, dass ich übermotiviert und wirr klinge.

Aus Höflichkeit fragt er noch kurz zwei, drei Dinge nach, bedankt sich dann für meine *Hinweise* und entschuldigt sich schließlich, dass er los müsse. Nichts von dem, was ich ihm erzählte, hat er ernst genommen. Und ich kann es ihm nicht einmal verdenken. Da taucht wie aus dem Nichts sein arbeitsloser Exkollege auf und behauptet ohne einen Anflug von Beweisen, dass sein Vermieter ein schlimmer Finger sei.

Markus greift nach seiner Tasche, huscht an mir vorbei, legt fast schon mitleidig seine Hand auf meine Schulter und verlässt sein Büro. Ich bleibe noch eine Minute sitzen und starre apathisch an die Wand. So, wie ich es früher oft tat, wenn ich in meinem Job nicht ein, nicht aus, nicht vor, nicht zurück wusste.

Von mir selbst genervt bis frustriert, schleiche ich durch Gänge und Treppen zurück zur Eingangspforte. Dort sitzt noch immer Teichner. Kurz überlege ich, an ihm vorbei aus der Tür zu huschen, doch ich entscheide mich, vor der Glasscheibe stehen zu bleiben.

Teichner schaut aus seiner ADAC-Motorwelt-Zeitschrift hervor und blickt mich unsicher an.

«Tschüss, Teichner.»

«Tschüssikowski, Bröhmi, de Kurti ist schon wieder ... äh ...»

Er stoppt sich selbst, kratzt sich unsicher irgendwo in der Nähe seines Schritts. Er scheint zu spüren, dass ich genau weiß, dass dieser Posten hier, die Pforte der Polizeidirektion Alsfeld, sein neuer Arbeitsplatz ist.

Wie er da so sitzt, tut er mir leid, der Teichner. Fast so leid, wie ich mir selber leidtue. Vielleicht ist das der Grund, warum ich noch immer nicht gegangen bin und ihn durch die blöde Pforten-Scheibe anglotze.

Und so leiste ich seiner Aufforderung Folge, mich zu ihm zu setzen und eine abgestandene Cola mit ihm zu trinken.

«Was ist denn passiert?», frage ich ihn, stelle fest, dass er wie eh und je schlecht riecht, und winke einem grinsenden Exkollegen zu, der das Polizeigebäude eiligen Schritts betritt.

«Nu ja, das Lebe ist halt eines der schwersten, was willste mache?»

Teichner bietet mir einen Schokoladen-Osterhasen an, den ich, da Juni, dankend ablehne.

«Was haste denn verbrochen, dass du hier jetzt sitzt?»

«Was heißt verbroche, ich wollte das selbst so. Das ist doch subba hier. Musste dir net mehr die Laberei von dem Riesenbaby

Meirich anhörn. Hab keine Böcke mehr gehabt, mir uff der Nas rumtrampeln zu lassen.»

Ich runzle etwas ungläubig die Stirn. «Du hast dich freiwillig vom Kommissar zum Pförtner degradieren lassen?»

«Ei, ist doch nur kurzfristig. Is ’ne Durchlaufstation. Man muss auch mal abwarte könne ... bis die ganz großen Dinger komme. Danach wird durchgestartet. Weißte, rausmobbe brauch ich mich net lasse. Das kann ich auch selber. Ich hab mich selber rausgemobbt.»

«Aha.»

«Privat genauso.»

«Wie?»

«Privat hab ich mich von meiner Ollen auch rausgemobbt. Ich hatte von ihrem Gemegger so die Schnauze voll, dass ich es ihr so leicht wie möglich gemacht hab, mich aus der Wohnung rauszuschmeiße.»

Er lacht, doch ich scheitere an der Suche nach dem Witz in seinen Worten.

«Ihr seid also nicht mehr zusammen? Das ist aber schade.»

Ich erinnere mich, wie ich vor ein paar Monaten aus Mitleid an seinem Junggesellenabschied teilgenommen habe. Eine traurige Veranstaltung mit einer Handvoll Männer, die im Keller eines Dorfgasthofes biertrinkend an einer Kegelbahn saßen. Der unvergessene Höhepunkt war ein von Teichner selbst engagierter männlicher Stripper. Es war ein Versehen gewesen. Er hatte sich bei der Online-Buchung vertan.

«Das tut mir wirklich leid, Teichner», sage ich. Teichner winkt ab und erzählt, dass er jetzt zu seinem Vater ziehen wolle, ganz in die Nähe zu mir, nach Gedern.

«Da könne mer uns ja öfter mal sehen.»

Ich übergehe diese Bemerkung und frage ein weiteres Mal, was denn vorgefallen sei. Doch wieder weicht er mir aus, der Teichner, und es ist Zeit, zu gehen.

Kapitel 6

•••

«Wir müssen eine Lösung finden.»

Franziska steuert mit pragmatisch entschlossenem Blick unsere röhrende, in die Jahre gekommene Familienopeldieselkutsche über eine der unzähligen Landstraßen des Vogelsbergs.

«Wofür?», frage ich zurück. «Für den Klimawandel? Die Eurokrise? Den Rechtsradikalismus? Den Terrorismus? Den Syrienkrieg? Den Hunger in der Welt? Die Flüchtlingskrise?»

Franziska antwortet auf Bemerkungen dieser Art schon lange nicht mehr. Sie zieht nur eine Braue hoch, die andere lässt sie dort, wo sie war, und verzieht ihren Mund zu einem Anflug eines spöttischen Lächelns. Ich liebe diesen Blick. Noch immer.

Ich liebe diese vereinzelten grauen Haare, die sich inzwischen seit ein paar Jahren in ihrer blonden Mähne eingefunden haben. Ich liebe diese feinen Fältchen an den Seiten ihrer Augen, ihre feingliedrigen Hände, die etwas unruhig auf dem Lenkrad herumklopfen, was sie gerne tun, wenn eine Lösung gefunden werden soll.

«Das geht so nicht mehr. Wir müssen ausziehen, wir müssen aus diesem Mietvertrag raus.»

«Wohin denn?»

Darauf weiß Franziska auch keine Antwort.

«Wir haben eben einen Fehler gemacht», fährt sie fort. «Punkt, so ist es nun mal. Und wenn wir diese Situation noch mehr in die Länge ziehen, ist das gleich der nächste Fehler. Das geht so nicht mehr mit Rüdi und Gisa.»

Ich nicke. Doch es graut mir bei der Vorstellung eines erneuten Umzugs. Wir haben kein Geld für diese Umzugsfirmen, wir müssen jeden Scheiß selber machen. Und finde mal jemanden aus dem Freundeskreis über vierzig, der noch ohne Knie-, Rücken- oder Leistenbeschwerden selbst bei noch so gutem Willen mit fröhlichem Gesicht irgendwelche Waschmaschinen heiter durch die Weltgeschichte hievt.

«Und du, Henning, musst auch aufpassen, dass du dich da nicht in so einen persönlichen Kleinkrieg mit Rüdi verrennst. Bei allem berechtigten Ärger, du steigerst dich da ein bisschen rein, finde ich.»

Das klingt ein wenig abwertend. Das ärgert mich, feine Fältchen hin oder her.

Und so meckere ich zurück: «Was heißt hier reinsteigern? Merkst du nicht, dass er alles und jeden manipuliert? Ist es denn nicht so, dass er die aktuelle fremdenfeindliche Stimmung auf widerwärtige Weise für sich nutzt? Für seinen narzisstischen Feldzug? Ich will keine fucking Bürgerwehr mit Halbgorillas im Garten stehen haben, ich will ...»

«Das meine ich mit Reinsteigern, Henning», unterbricht sie mich. «Das ist alles so negativ. Du stürzt dich da doch mit Wonne drauf. Du verbeißt dich da. Das ist total destruktiv.»

«Es macht mich einfach kirre, was der abzieht. Der hetzt Typen auf, einen achtzehnjährigen Syrer zu verprügeln.»

«Ach, Henning, du weißt doch gar nicht, ob er damit direkt was zu tun hat.»

Natürlich hat sie recht. Ich weiß es nicht. Aber ich werde es herausbekommen. Reinsteigern hin oder her.

«Und es ist auch nicht deine Aufgabe, das herauszubekommen», fährt Franziska fort, als könne sie meine Gedanken lesen. «Wenn dich das alles so umtreibt, dann mach doch was Sinnvolles. Engagier dich und mecker nicht nur rum.»

«Ich engagiere mich doch. Ich will doch gegen Rüdi vorgehen und –»

«Nein, Henning, nicht *gegen*, engagier dich doch mal *für* etwas. Mach doch was für die Geflüchteten. Da gibt's genug Möglichkeiten. Guck doch, wie viele hilfsbereite Menschen gerade bei uns hier in der Gegend mit anpacken. Es gibt so viele tolle, vernünftige, tolerante Menschen hier, und du stürzt dich allein auf Rüdi. Das erzeugt nur negative Energie.»

Negative Energie, negative Energie, wenn ich das schon höre. Doch ein klein wenig macht es mich schon nachdenklich, was sie da sagt. Auch wenn ich das selbstverständlich auf gar keinen Fall zugebe.

Franziska bemerkt meine Nachdenklichkeit und legt ihre Hand auf meinen Unterarm. «Ich kann doch Rüdi auch nicht mehr in meiner Nähe ertragen. Lass uns da weg. Auch wenn Gisa mir leidtut. So schnell wie möglich.»

«Und wohin? Zu meiner Mutter?»

«Ja, warum nicht? Platz ist doch genug», sagt Franziska und lacht.

Und da steht sie auch schon, meine Mutter, am Gartentor meines Elternhauses in Rudingshain, einem winzigen Stadtteil von Schotten. Sie hat uns zum Kaffee eingeladen. Und es scheint dazu irgendeinen Anlass zu geben.

«Ach, die Kinder sind gar nicht dabei?», begrüßt sie uns mit enttäuschtem Blick. «Das ist aber schade.»

«Na, die sind doch im Kindergarten», erwidere ich und versuche ihr parallel dazu ein Begrüßungsküsschen auf die Wange zu drücken.

«Wie? Jetzt noch?», ruft sie entgeistert und blickt auf die Uhr. Das Nachbarehepaar Gnauth, das schon in meiner Kindheit uralt war und heute eigentlich hundertzwanzig Jahre alt sein müsste, und zwar einzeln, sitzt im benachbarten Garten und schaut interessiert zu.

«Ja, jetzt noch», antworte ich in leicht genervtem Tonfall. «Es ist ein Ganztageskindergarten ... wie der Name schon sagt. Ganz-Tag.»

«Jetzt sei doch nicht gleich wieder so patzig, Henning. War

doch nur 'ne Frage. Verstehe ich trotzdem nicht, du arbeitest doch nichts, du bist doch ... na ja ... Hausmann.» Das *Hausmann* rutscht ihr deutlich abschätziger heraus als vielleicht beabsichtigt. «Da bist du doch den ganzen Tag zu Hause, was machst du denn da die ganze Zeit?»

«Sooo, ich würde jetzt auch mal gerne meine Schwiegermutter begrüßen», wirft Franziska die Situation entschärfend ein.

«Ja, natürlich, meine Liebe», singt meine Mutter und drückt Franziska an sich. «Kommt doch rein.»

Ich winke den Gnauth-Nachbarn zu, die dies allerdings nicht zu bemerken scheinen. Sie blicken zwar noch immer in unsere Richtung, rühren sich aber nicht. Vielleicht sind sie ja längst gestorben, und keiner der Nachbarn hat es mitbekommen, und so sitzen sie schon seit Wochen, vielleicht sogar seit Monaten, leblos auf der Terrasse. Oder sie wurden von ihren Kindern zum Gedenken ausgestopft und auf der Terrasse drapiert. Wer weiß?

Zu unserer Überraschung ist meine Mutter nicht alleine. Johann steht im Wohnzimmer. Brunftschrei-Johann. Vergeblich hatte ich versucht, die Erinnerungen an diese Hotelnacht aus dem Gedächtnis zu löschen. Jetzt ist alles wieder da.

Franziska und ich begrüßen ihn freundlich, und ich tue alles, um nicht wie ein missmutig eifersüchtiges Söhnchen rüberzukommen, das seiner Mutti nach dem Tod seines Vaters keine Freuden mehr gönnt. Nur brauche ich einfach ein bisschen, um mich daran zu gewöhnen. Denn Johann ist in allem, was ich bisher von ihm kennenlernen durfte, der reine Gegenentwurf zu meinem Vater.

Er ist zum Beispiel ein sehr körperlicher Typ und umarmt mich sogar gerade zur Begrüßung, etwas, das mein Vater in meinem ganzen Leben vielleicht dreimal getan hat. Seine Stimme ist weich, seine Sprache blumig, mein Vater dagegen war ein in allen Belangen zackiger Vertreter. Auch Johanns Äußeres hat nichts von dem korrekten Erscheinungsbild meines Vaters. Mein

Vater hatte *einen* Scheitel, Johann hat fünf. Vorne ist sein Haar dünn und erreicht nur mühsam die Stirn, hinten wirbelt es wild herum, als gäbe es kein Morgen.

Wir setzen uns alle auf die Terrasse um einen runden Gartentisch, und meine Mutter verschwindet in die Küche, um sich um den Käsekuchen, oder besser den «Mattekuche», wie man in Oberhessen sagt, zu kümmern.

Johann schenkt uns Kaffee ein, den guten alten, seit jeher für meinen Geschmack viel zu dünnen Filterkaffee meines Elternhauses.

«Da ist ja einiges los da in Bretzenhain, was?», sagt Johann. «Menschmenschmenschmensch, schlimmschlimmschlimm.»

Franziska und ich stimmen ihm zu. Ich habe allerdings wenig Lust, dieses Thema jetzt zu vertiefen.

«Das ist alles kein Zufall», sagt Johann.

«Inwiefern?», frage ich nach.

«Tja, es will ja keiner hören, aber wenn man sich mal genau informiert, dann weiß man, dass es Kräfte gibt, die ganz bewusst diese negativen Energien in unsere Gesellschaften steuern.»

Huch! Was ist das denn nun?

Johann bemerkt unsere fragenden Gesichtsausdrücke.

«Glaubt ihr wirklich, dass die Politiker unsere Geschicke in der Hand haben? Neeneeneeneennee, da geht es um ganz andere Interessen. Da sind ganz andere Mächte am ...»

«Echt schade, dass die Kinder nicht dabei sind.»

Meine Mutter ist inzwischen mit dem Kuchen hinzugestoßen. «Echt schade. Die lieben doch meinen Mattekuchen.»

Johann lässt nun von seinen Theorien ab, strahlt stattdessen verliebt meine Mutter an, und wir reden ab nun ein bisschen über das so schöne warme Wetter in diesen kalten Zeiten.

Über dem Wetter und der Gesundheit landen wir schnell beim Thema Bildung und wie wichtig diese sei.

«Bildung ist aber nicht gewollt», bemerkt Johann und tupft

sich die Oberlippe mit Mutters Serviette ab. Seine liegt unbenutzt neben seinem Teller.

Wieder habe ich Mühe, seine Bemerkung zu verstehen. «Wie meinst du das?», frage ich daher erneut. «Von wem nicht gewollt?»

«Nun ja», antwortet er in seinem typischen Singsang, «es gibt Kräfte, die uns gannnnz bewusst dumm halten wolle. Wir werden ruhiggehalten, mit Konsum, werden berieselt mit Seichtigkeit. Damit wir nicht aufbegehren, damit wir leise bleiben und sie bei ihrem Plan nicht stören. Schlimmschlimmschlimmschlimm das Ganze, aber ist leider so.»

Gerade will ich nachfragen, wer «sie» sind und welche «Kräfte» das sein sollen, da wirft meine Mutter ein: «Ja, der Johann, der hat schon so seine interessanten, spannenden Gedanken. Da braucht man gar nicht so das Gesicht zu verziehen, Junge.»

«Mach ich doch gar nicht», antworte ich im Tonfall eines beleidigten Neunjährigen.

«Wirklich schade, dass die Kleinen nicht da sind. Ich habe sie schon so lange nicht mehr gesehen.»

Auch Franziska rutscht inzwischen etwas unruhig auf ihrem Stuhl hin und her. Dann wechselt sie einfach das Thema:

«Sagt mal, wie habt ihr euch denn eigentlich kennengelernt?»

Meine Mutter strahlt. Das war die richtige Frage.

«Oh, das ist eine lange Geschichte», kichert sie und fasst nach Johanns Hand.

«Ach, die Kurzform reicht auch», sage ich.

«Siehst du, Johann, wie ich gesagt habe, er wird immer mehr wie mein Mann. Also, mein ... verstorbener ... Günther ... sein Vater. Unter dieser Art hatte ich, Gott hab ihn selig, bei aller Liebe auch nicht selten zu leiden.»

Ich verdrehe die Augen. Allerdings nur innerlich.

«Kennengelernt haben wir uns», nimmt nun Johann den Faden wieder auf, «beim Aqua-Fitness.»

«Aaah», ruft Franziska heraus. «Wie nett.»

«Genau», bestätigt meine Mutter. «Bei der Übung mit der Poolnudel, da hat's gefunkt.»

«Bei der *was?*», frage ich.

«Poolnudel», wiederholt Mutter.

«Genau», wirft nun Johann ein, «beim Poolnudel-Twist bist du mir auf den großen Zeh gesprungen. Autschautschautsch, was hat das weh getan, haha, was, Inge?»

«Nein», korrigiert ihn meine Mutter, «das war nicht beim Twist, das war beim Hampelmann.»

«Nee, nee, Hase, es war ein Twistsprung, ganz sicher.»

Wie nennt er meine Mutter? Hase? Sie machen es mir aber auch nicht leicht.

«Hampelmann, Hase, Hampelmann. Ganzganzganzganz sicher. Ich seh es genau vor mir. Du hattest beide Hände an den Enden der Poolnudel, und dann bist du ...» Nun steht er auf und macht es vor. «... zack auf mich zu gesprungen.»

Ich sagte ja, sie machen es mir nicht leicht.

«Das sind ja wirklich spannende Übungen, die man da so macht, bei dieser Wassergymnastik», wirft Franziska ein.

«Aqua-Fitness», korrigiert Johann. «Das ist wirklich toll. Vor allem, wenn man dort so tolle Frauen kennenlernen kann.»

«Ach, Johann.» Meine Mutter küsst ihren Zeigefinger und drückt ihn auf seine Lippen.

«Meine letzte Exfrau hatte ich auch dort kennengelernt», ergänzt er.

«Echt jetzt?», frage ich ungläubig. «Auch beim Poolnudeln?»

«Henning», wirft Mutter ein. «Ich höre doch wieder deinen Unterton.»

«Nein, das war bei der Bauchrolle», antwortet Johann ernst. «Da war ich noch jünger.»

Die Rudingshainer Vögelchen zwitschern fröhlich im Chor, und ich denke an meinen Vater. Der dort immer saß, wo ich gerade sitze. Wie er das hier wohl alles finden würde? Er fehlt mir. Wir hatten weiß Gott kein einfaches Verhältnis, aber darum geht es nicht. Er war mein Vater, er war so, wie er war, und er liebte mich, auf seine Weise. Leider ist mir das erst nach seinem Tod so richtig klargeworden. Ich glaube, er hätte mit Johann so seine Schwierigkeiten. Vorsichtig formuliert. Doch meine Mutter scheint der seltsame Vogel glücklich zu machen, und dagegen hätte mein Vater ganz sicher nichts einzuwenden.

Er war streng, er war autoritär, er war unnahbar, doch eines wollte er immer: dass seine Familie glücklich ist. Und so beginne auch ich jetzt, hier auf dem Platz meines Vaters, ganz vorsichtig, mich sachte darüber zu freuen, wie verliebt meine Mutter den Nacken dieses merkwürdigen Johann krault.

Da erhebt Johann sich von seinem Stuhl und blickt uns sehr feierlich an.

«Lieber Henning, liebe Franziska, es ist schön, dass ihr hier seid. Dass ihr an diesem so sonnigen Tag zu uns gekommen seid.»

«Schade nur, dass die Kleinen nicht da sind», wirft meine Mutter ein, doch Johann lässt sich nicht beirren:

«Wir, Erika und ich, möchten euch die freudige Botschaft übermitteln ...»

Ist meine Mutter jetzt schwanger? Würde mich inzwischen auch nicht mehr wundern.

«... dass wir noch in diesem Jahr uns das eheliche Ja-Wort geben möchten.»

«Oh», entfährt es Franziska.

Ich überlege noch, wie ich einen passenden Gesichtsausdruck hinbekomme.

Meine Mutter schaut unter sich und lächelt selig.

Johann fährt fort: «Ja, auch Erika war überrascht, als ich letzte Woche um ihre Hand anhielt. Ich bin halt ein Mann der Tat, was soll ich machen? Doch auch Erika weiß, was sie will. Das liebe ich so an ihr. So zögerte sie keine Sekunde, auch wenn es in meinem Fall schon vier, fünf Mal mit der Ehe schiefging. Doch wer weiß, wie lange wir noch haben?»

Aber darum muss man doch nicht gleich heiraten, schießt es mir durch den Kopf. Man kann doch auch unverheiratet, ganz freundschaftlich, im Wasser mit Poolnudeln Hampelmänner machen. Doch die beiden wirken mehr als entschlossen.

«Wow», ruft Franziska, und mir fällt auf der noch immer andauernden Suche nach einem Gesichtsausdruck auch kein passendes Wort ein, das ich ausstoßen könnte.

Meine Mutter sieht mich an. Lange und intensiv. Mit feuchten Augen. Dann erhebe ich mich einfach vom Platz meines Vaters und umarme sie.

Kapitel 7

•••

Ich liege wach. Zu viel wütet in meinem Kopf herum. Mutterhochzeit, Populistennachbar, Bürgerwehr und erneut aufkommende Bauchschmerzen vereinen sich zu einer unheiligen Allianz.

Ich grübele über den achtzehnjährigen Flüchtling nach, der so heftig attackiert wurde. Da flieht ein junger Syrer, fast noch ein Kind, vor dem Krieg ganz allein und ohne seine Familie aus seiner Heimat, erreicht irgendwann nach einer lebensbedrohlichen Flucht Deutschland und wird einige Wochen später von drei erwachsenen Männern zur Begrüßung verprügelt. Einfach so, ohne einen für ihn nachvollziehbaren Grund.

Wie muss sich dieser Junge jetzt fühlen?

Und dann denke ich an den fürchterlichen Mord an Bürgermeister Groß. Wurde er tatsächlich von Bewohnern der Flüchtlingsunterkunft erschlagen? Waren es wirklich die seit ein paar Tagen vermissten Afghanen?

Natürlich erhitzt dies alles die Gemüter. Doch es geht nicht anders, man muss einen kühlen Kopf bewahren. Aufgrund dieses Verdachts nun alle Asylsuchenden in einen Topf zu schmeißen ist falsch, dumm und gefährlich.

Franziska hat recht, schießt es mir durch den Kopf. Ich konzentriere mich ausschließlich auf das Negative. Das schlägt mir natürlich auf die Stimmung und anscheinend auch auf den Bauch. Die Schmerzen werden auch mit Wärmflasche kaum besser. Ich denke an den verstorbenen Bürgermeister, an seine Frau, an die beiden erwachsenen Töchter. Und dann landen meine Gedanken wieder bei dem jungen Syrer. Kaum ein paar Jahre älter als Laurin, kaum ein paar Jahre jünger als Melina.

Ich fasse einen Entschluss und schlafe damit endlich ein.

Vor dem alten Postgebäude in Bretzenhain, in dem zurzeit 38 geflohene Menschen untergebracht sind, stehen unübersehbar zwei Polizeiwagen. Ich nicke den Beamten wortlos zu, als sei ich noch selber im Dienst. Dann stelle ich mich, wie vereinbart, neben die Eingangstür und warte auf die Leiterin der Unterkunft. Zu meiner Überraschung habe ich gleich heute noch an diesem Nachmittag einen Termin bei ihr bekommen können.

Die Tür öffnet sich, und eine schlanke, sportliche Frau, Ende dreißig mit dunkler Kurzhaarfrisur, schwarzer Brille, dunkler Jeans und heller Bluse begrüßt mich etwas fahrig, aber freundlich und mit festem Handschlag. «Jana Wilhelm», stellt sie sich vor und bittet mich ins Gebäude.

Ich folge ihr in einen kleinen Raum, eine Art Teeküche. Sie bietet mir einen Kaffee an, den ich dankend annehme, und wir setzen uns gegenüber an einen Tisch. Der Raum ist für die Tageszeit recht dunkel und riecht leicht muffig. Ein altes Sofa steht herum, ein langer Tisch mit Wasserkocher, Teebeuteln und Kaffeemaschine. Auf einer Eckbank sitzt einsam ein junger Asylsuchender und blickt schweigend aus dem Fenster.

«Sie sagten mir am Telefon, dass Sie mithelfen wollen», eröffnet Jana Wilhelm unsere Unterhaltung und schenkt mir ein.

«Können wir immer gebrauchen», ergänzt sie und lächelt. Sie wirkt ein bisschen nervös, ihr Blick ist unruhig. «Vor allem jetzt gerade. Viele ehrenamtliche Helfer und Helferinnen haben sich zurückgezogen seit dem Mord an Bürgermeister Groß. Sie haben das ja vermutlich alles mitbekommen, nicht wahr?»

«Ja, das habe ich», antworte ich. «Auch, dass seitdem zwei afghanische Männer aus dieser Unterkunft hier spurlos verschwunden sind.»

Jana Wilhelm nickt. «Es sind keine leichten Zeiten.»

Dann klatscht sie in die Hände, als müsse sie sich in einen funktionalen, motivierten, positiveren Modus zurückrufen.

«Wir haben hier eine Flüchtlingsinitiative, einen Arbeitskreis, der tolle Arbeit macht. Das sind bewundernswert engagierte Menschen. Als Ende 2015 alles so überhandnahm, wurde hier sofort angepackt. Es gab sie in Bretzenhain tatsächlich, die vielzitierte ‹Willkommenskultur›. Ganz viele Menschen haben mit angepackt. Ich habe diese Stelle daher auch sehr gerne angenommen. Es war ein tolles Miteinander.»

Der junge Mann in der Ecke erhebt sich von der Eckbank, nickt uns beiden zu und verlässt die Teeküche.

«Warum ist die Stimmung gekippt?», frage ich Jana Wilhelm.

«Das hat viele Gründe», antwortet sie. «Die Menschen hier müssen zu lange auf ihren Bescheid warten. Einige waren schon Monate hier, ehe sie überhaupt einen Asylantrag stellen durften. Dann sind, und das sage ich ganz offen, auch viele junge Männer dabei, die wissen, dass sie so gut wie keine Chance haben, anerkannt zu werden. Wir haben einige Tunesier und Marokkaner hier. Viele sind frustriert, viele sind unterfordert, vielen ist schlicht langweilig. Na ja, und dann gab es einfach diese Vorfälle.»

Hier stoppt sie ihren immer hektischer werdenden Redefluss und atmet erst einmal durch.

«Teilweise wurde im Haus Mobiliar zerstört», fährt sie fort. «Es gab Vorwürfe über Belästigungen im Schwimmbad und an Badeseen und diverse Schlägereien. Ich sage Ihnen das ganz offen, es macht keinen Sinn, drum herum zu reden, wenn Sie hier mithelfen wollen. Es sind keine zehn Männer, die hier Schwierigkeiten machen, aber das reicht leider schon. Das sind zehn zu viel.»

Die letzten Worte rutschen ihr lauter heraus, als sie es wohl beabsichtigt hat. Wieder atmet sie dreimal tief durch, um einen Gang runterzuschalten.

«Trotzdem ist und bleibt es noch immer bewundernswert, wie hilfsbereit, gelassen und verständnisvoll die Menschen hier im Ort sind. Auch die Kirchen engagieren sich weiterhin vorbildlich. So belastend das alles hier auch ist, das sage ich Ihnen ganz offen.»

Ich nicke und frage sie nach dem jungen Syrer, der überfallen wurde.

«Das ist sehr schlimm gewesen. Nadim ist ein ganz ruhiger, sensibler junger Mann. Er ist alleine aus Aleppo geflohen. Er hat bei einem Bombenangriff seine komplette Familie verloren. Und kurz danach sollte er zum Militär, für Assad kämpfen. Da ist er dann geflohen.»

«Und wie geht es ihm jetzt?»

«Körperlich wieder gut, seelisch ist er nachvollziehbarerweise noch etwas verstört.»

Jana Wilhelm blickt auf die Uhr, ruft kurz «Oh» und teilt mir mit, sie stünde ein bisschen unter Zeitdruck. Dann sagt sie: «Es gibt zahlreiche Felder, auf denen Sie sich betätigen können. Sie können eine Patenschaft übernehmen, können Fahrdienste zu Ämtern, Behörden oder Ärzten übernehmen, Sie können bei der Praktikums- oder Arbeitssuche helfen und und und.»

Wie zur Bekräftigung drückt sie mir eine kleine Broschüre in die Hand. «Hier können Sie sich alles in Ruhe durchlesen. Die ehrenamtliche Hilfe wird dann vom Arbeitskreis koordiniert. Dort melden Sie sich am besten. Kontakte stehen alle hier drin. Sie können sich aber, wenn Sie Fragen haben, jederzeit auch bei mir wieder melden.»

Sie reicht mir noch schnell zur Verabschiedung ihre kalte Hand, da steht plötzlich Jutta Hessi Hesswig in der Teeküche.

Das hätte jetzt nicht unbedingt sein müssen.

«Jaa, huuuch, was macht denn der liebe Henning da? Daaaas ist ja 'ne Überraschung.»

In einem Bruchteil von Sekunden bekomme ich Hessis üppigen Busen voller Verve an meine Brust gedrückt.

«Ach, Sie kennen sich?», bemerkt in deutlich sachlicherem Tonfall Jana Wilhelm.

«Aber hallo kenne mir uns, der Henning und ich. Mir sinn richtig dick, mir zwo. Gelle, Henning?»

«Na ja, was heißt jetzt dick?», versuche ich Hessis Überschwang etwas abzumildern.

«Na, das ist doch praktisch», bemerkt Jana Wilhelm. «Da kann Ihnen die Frau Hesswig vieles erzählen. Frau Hesswig ist bewundernswert engagiert in der Flüchtlingsinitiative.»

Hessi schüttelt ein wenig verlegen und noch mehr geschmeichelt ihre wilde Mähne durch die Gegend. «Na ja, man kann immer noch mehr mache. Aber ich sach immer: Jetzt erst recht. Grad jetzt muss mer die Haltung halte. Und die Jungs, das sind für mich wie Söhne. Ei, ich konnte da gar net viel gege mache, plötzlich war ich hier die Muddi der Kompanie.»

Jana Wilhelm lächelt höflich, ich etwas gequält.

«Henning, und du willst echt bei uns mitmache? Ei, weißte, was *das* jetzt mit mir macht? Das tut mich freue. Einen Polizist könne mer noch richtig gut gebrauche bei uns. Grad jetzt.»

«Ein Polizist?» Jana Wilhelm starrt mich verwundert an.

«Nein, nein», wiegele ich ab. «Ich bin schon lange keiner mehr. Ich, äh, möchte einfach, äh, helfen.»

Jana Wilhelms Handy klingelt. Sie geht ran, hört ein paar Sekunden zu, geht dann einige Schritte von Hessi und mir weg und führt ein spürbar wichtiges Telefonat.

Hessi ist noch immer außer sich vor Freude, mich hier angetroffen zu haben. «Ei, der Henni, das ist ja echt ein Ding.»

Sie greift nach der Kaffeekanne. «Habt ihr noch ein Käffche für die guhde alde Hessi da?»

Der junge Mann, der eben noch auf der Eckbank saß, ist zurückgekehrt und wirft einen Blick in die Teeküche.

«Aaaaah, de Aaaarif», ruft Hessi urplötzlich.

Jana Wilhelm, die noch immer in der Ecke stehend telefoniert, hält sich mit einer Hand ihr Ohr zu, um den Anrufer besser verstehen zu können.

«Ei, Aaaarif, ei, komm mal her.» Hessi ruft ihn in einem Tonfall zu sich, als sei Arif ein kleines Hündchen. Mir ist das unangenehm.

«Der Arif, das ist ein ganz Toller, der Arif. Gell, Arif?»

Arif nickt und lächelt. Was soll er auch sonst tun? Er scheint in die Stadt gehen zu wollen, denn er trägt eine dünne Jacke und einen Rucksack.

«Wo willste dann hin?», fragt Hessi.

«Go out. Go to city», antwortet der junge Mann.

«Neinneinneinneinnein», entgegnet ihm Hessi und fuchtelt mit dem Zeigefinger vor seiner Nase herum. «Du hattest gestern noch ein böse Schnuppe.»

Arif blickt erst sie, dann mich fragend an. Ich lächle. Arif lächelt zurück. Derweil läuft Jana Wilhelm nach beendetem Telefongespräch wortlos und mit ernster Miene in zügigem Tempo an uns vorbei und verlässt die Teeküche.

Hessi zählt Arif weiter auf, welche Erkältungssymptome er noch habe.

Arif lächelt, nickt und sagt: «O. k., not going.»

«So ist brav, Arif», lobt ihn Hessi.

Während sie mir darauf detailgenau zu erklären versucht, wie man am besten mit diesen jungen Männern hier umgeht, beobachte ich durch die geöffnete Teeküchtentür, wie Arif gelassen aus der Haustür hinausschreitet.

«Was grinst du so, Henning?», fragt Hessi.

«Och, nur so», antworte ich.

Im Hintergrund telefoniert Jana Wilhelm immer noch. Ihre Stimme klingt angespannt, verstehen kann ich nichts, da Hessi ohne Punkt und Komma auf mich einredet.

«Du brauchst hier mit dene Leut keine Angst habbe, mein lieber Henni, ich nehm dich da an die Hand.»

Ich will jetzt aber wissen, was für ein Problem die Leiterin der

Unterkunft da gerade hat. «Ich müsste mal auf Toilette», schwindele ich und lasse mir den Weg von Hessi erklären.

Ich verlasse die Teeküche und suche nach Jana Wilhelm. In diesem Moment geht sie durch die Haustür nach draußen. Ich folge ihr. Sie steht draußen, zündet sich eine Zigarette an, starrt auf den Boden und schüttelt ziemlich lange den Kopf. Soll ich zu ihr hingehen und fragen, was los ist? Ich bin unsicher. Es wäre vermutlich unangemessen.

Nun geht sie auf einen der Polizisten zu, die in ihren Autos den Zugang zu der Unterkunft absichern. Sie unterhalten sich lebhaft. Dann entdeckt sie mich, wie ich da so neben der Eingangstür stehe. Reflexartig winke ich ihr zu und ernte keine Reaktion. Ich drehe mich um und gehe wieder zurück in den Eingangsbereich der Unterkunft.

Irgendetwas muss passiert sein. Das rieche ich kilometerweit gegen den Vogelsberger Wind.

Auf der Treppe im Flur des Gebäudes spricht Hessi in gewohntem Eifer mit einem der Bewohner. Sie winkt mir zu, und ich gehe zu beiden hin. «Guck mal, Henning, was die Drecksack-Nazis mit unserem Nadim hier gemacht habbe!»

Ich blicke auf entzündete Kratzer und blaue Flecken im Gesicht und an den Armen des jungen Mannes. Mit unruhigen, ängstlichen dunklen Augen sieht er mich an. Er ist von schmaler Statur, seine Gesichtszüge sind weich.

«Gugg, Nadim, das ist der Henning. Der Henning ist ein guter, ein starker, strong Mann. Der ist Policepolizist.»

Ich schüttele den Kopf, sage: «Nein, nein, ich *war* Polizist, jetzt nicht mehr», und möchte ihm die Hand reichen. Doch Nadims Hände sind beide verbunden. Zum Gruß hebt er die rechte.

«Hello, my name is Nadim», sagt er mit heller Stimme. «And thanks for helping.»

«Ach, na ja», stammle ich, «I didn't do anything yet.»

«Der Henning was ein good Polizist-Man», unterbricht mich

Hessi. «Der kann helfen, diese Männer zu finden. Can help. Der weiß, wie das geht. Du bist not alone, Nadim. Mir sinn für dich da, mein Bub.»

Nadim nickt und lächelt vorsichtig. «Danke», sagt er.

«Mir habbe dich all gern, Nadim», sagt Hessi und legt dabei ihre Hände auf ihren Herzbusen.

In Nadims Augen schimmert es wässrig, und sein Kinn zittert leicht. Dann greift er nach Hessis Hand und hält sie lange fest. Hessi umfasst sie. Eine Weile stehen wir zu dritt schweigend im Treppenhaus, bis sich Nadim zurück auf den Weg in sein Zimmer macht.

Hessi packt meinen Unterarm. «Du, Henning, sage mal, kann ich dich in Sache Planung für unser großes ‹Jetzt-erst-recht-Nachbarschaftsfest› einplane?»

«Wie? Ich weiß jetzt nicht, wie ...»

«Da bräucht ich noch den einen oder annern, der mit anpackt. Es sind zu viel abgesprunge. Und ganz allein kann selbst die guhde alde Hessi das kaum schaffe, und das soll schon was heiße.»

Ich höre ihr nur halb zu, da in dem Moment Jana Wilhelm hektisch auf uns zugelaufen kommt.

«Frau Hesswig, bitte kommen Sie mal kurz. Ich muss mit Ihnen was besprechen.» Dann ruft sie eine weitere Frau zu sich, die ebenfalls in der Initiative mitmacht und ein Stockwerk über uns zugange ist. Zu dritt verschwinden sie in ein Zimmer direkt neben der Eingangstür. Ich bleibe allein zurück und stehe ein bisschen blöd in der Gegend rum.

Ich schau mich ein wenig im Eingangsbereich der Unterkunft um und entdecke an einer Pinnwand ein kleines Plakat, das für dieses Nachbarschaftsfest am nächsten Sonntag wirbt, in das Hessi mich so gerne einbinden möchte.

«Große Bretzenhainer Flüchtlingsbegegnungsfete – Jetzt erst recht!», steht da. Eingeladen seien «alle Bürger, Flüchtlinge und sonstige Menschen», am Sonntag, dem 11. Juni, zum Bretzenhainer Grill- & Sportplatz zu kommen. Geboten werde ein «reichhaltiges Angebot an Speisen, Kultur, Kinderhüpfburgen und an Möglichkeiten zum Miteinander-ins-Gespräch-Kommen». Darunter steht in sehr dicken Buchstaben:

«Planung, Idee, Durchführung, Gesang und Moderation: Jutta Hesswig.»

Der Arbeitskreis «Flüchtlingshilfe» wird kaum lesbar nur ganz unten in einer Ecke des Plakats aufgeführt.

Es macht ein wenig den Eindruck, als habe sich Hessi mit dieser ganzen Geschichte wieder einmal unaufhaltsam auf einen waghalsigen Solotrip gemacht, der mit einem bösen Eigentor enden könnte. In diesen Tagen solch ein Fest zu veranstalten, das fühlt sich eindeutig unpassend an und kann eigentlich nur nach hinten losgehen. Vermutlich hatten weder Jana Wilhelm noch irgendein anderer im Arbeitskreis engagierter Mensch die Nerven und die Kraft, Hessi von ihrem Vorhaben abzubringen.

Durch die geöffnete Eingangstür sehe ich nun ein weiteres Polizeiauto vor der Unterkunft parken. Zwei Beamte steigen aus, und einen der beiden erkenne ich sofort wieder. Es ist Markus Meirich. Die Welt hier im Vogelsberg ist einfach klein.

Wenn Markus persönlich auftaucht, muss mehr passiert sein als eine einfache Schlägerei oder ein Taschendiebstahl. Ich winke ihm zu, und voller Erstaunen kommt er auf mich zu. Seine erste Frage, noch bevor wir uns die Hand reichen, ist natürlich, was ich denn hier zu suchen hätte.

«Ich ... äh ... helfe hier so ein bisschen mit», antworte ich.

«Aha», sagt er dazu, immer noch etwas verwundert. Dann stellt er mir seinen jungen Kollegen vor, den ich noch niemals gesehen habe. Er hört auf den Namen Niklas Freund, ist maximal Mitte zwanzig, mittelgroß und wirkt austrainiert wie so viele Männer in seiner Generation.

«Was ist denn passiert?»

Markus sieht mich wieder mit diesem skeptischen Blick an,

den er schon bei meinem zugegebenermaßen merkwürdigen Auftritt vor ein paar Tagen in der Dienststelle an den Tag legte. «Wo finde ich denn Jana Wilhelm? Du weißt doch, ich kann dir jetzt nicht ...»

«Jaja, ist schon klar», unterbreche ich ihn und deute auf die Tür, in die die Leiterin dieser Unterkunft eben verschwand.

Markus und Niklas Freund klopfen und gehen hinein, während Hessi und die andere Dame herauskommen.

Ich fange Hessi ab. «Was ist denn passiert?», frage ich.

Hessi gibt alles und präsentiert den wichtigsten Gesichtsausdruck, den sie im Programm hat. «Das sind leider sehr vertrauliche interne Internatas, über die ich leider net spreche kann und über die ich vor keinem anneren zu dem jetzige Zeitpunkt Auskunft gebbe darf.»

«Och komm, Hessi», versuche ich es auf die joviale Art. «Du hast doch eben selber noch dem Nadim gesagt, dass ich so ein toller Polizist bin oder war. Da kannst du mir doch vertrauen.»

«Tut mir leid, mein lieber Henning. Selbst wenn ich wolle würde täte, ich derf nix sage. Das muss alles in einem kleine exklusive Kreis bleibe.»

Ich blicke auf Hessis Flüchtlingsfest-Plakat. «Aber wenn ich dir bei dem Fest am Sonntag helfen soll, muss ich doch wissen, was Sache ist.»

Dieser Satz zeigt Wirkung. Hessi reißt ihre Augen auf. «Also ja, so gesehe, also Hilfe brauch ich da allemal. Weil die annern sich da immer mehr rausziehe, die Feiglinge. Die vom Abbeitskreis wolle ja kneife. Die wolle das Fest net. Da hab ich denen gesagt: Passt acht, ihr Leut, wenn ihr net wollt, dann mach ich's ebe allein. Da hättste die Gesichter mal sehe solle. Also daher, Hilfe kann ich wirklich gebrauche, zumal der Manni ja auch ausgefalle ist. Mir habbe ja grad net so 'ne gute Zeit. Der Simpel und ich.»

Ich beginne meinen letzten Satz und das damit verbundene Hilfsangebot heftig zu bereuen. Doch es ist zu spät.

«O. k., Henning, ich sag dir, was passiert ist, und du, du packst dadefür für das Fest mit an.»

Hoffentlich ist das jetzt kein verhängnisvoller Pakt. So als sei ich Angela Merkel und Hessi der Erdoğan.

«Aber net rumerzähle, gelle?»

Ich verspreche es. Darauf erzählt sie mir, dass sie einen der beiden afghanischen Männer gefunden hätten, die kurz nach dem Mord an Bürgermeister Erhard Groß verschwunden sind.

Tot. Überfahren auf einer Landstraße bei Bad Orb.

Ich sitze in meinem hundert Meter von der Unterkunft entfernt geparkten Auto und lasse das alles erst mal sacken.

Es nimmt wahrlich überhand. Erst der Mord an Bürgermeister Groß, dann der Angriff auf den jungen Nadim, und nun wird einer der beiden kurz nach dem Mord an Groß verschwundenen Afghanen überfahren. Man muss kein Hauptkommissar gewesen sein, um in Erwägung zu ziehen, dass dies alles miteinander zusammenhängen könnte.

Was mache ich eigentlich gerade hier? Franziska hat recht. Ich verrenne mich da in etwas. Ich habe da einen Kleinkrieg gegen Rüdi begonnen, der vermutlich zu nichts außer schlechter Laune führt. Nur weil mir seine politische Einstellung nicht passt und sein narzisstisches selbstherrliches Gehabe auf die Nerven geht, darf ich ihn nicht für alles verantwortlich machen. Nur weil er eine alberne Bürgerwehr gegründet hat, wird er keinen Afghanen überfahren haben.

Im Nachhinein wird mir mein Auftritt bei Markus in der Polizeidirektion immer peinlicher. Ich muss jetzt wirklich aufhören mit diesem Mist und mit meiner Familie so schnell wie möglich wegziehen, weg von Rüdi, weg von Bretzenhain, mich um die Kinder kümmern und versuchen, mich zu entspannen.

Ich werde auch ganz gewiss nicht mit Hessi dieses Flüchtlingsfest planen, das außer ihr keiner will.

Ich schaue auf die Uhr, stelle fest, dass noch ein bisschen Zeit ist, bis die Kinder im Kindergarten abgeholt werden müssen, und entscheide mich für einen kleinen Spaziergang, um meine wirren Gedanken etwas zu ordnen. So schlendere ich gemächlichen Schrittes durch Bretzenhain. Nach fünf Minuten Fußmarsch entdecke ich Arif, den jungen Mann aus der Unterkunft, der gegen Hessis Befehl trotz schlimmer Erkältung losgezogen ist. Er sitzt auf einer Bank und zieht an seiner Zigarette. Ich winke ihm zu, er lächelt und winkt zurück. Ich laufe weiter in Richtung Wald. Ein hübsches Örtchen, dieses Bretzenhain, denke ich gerade so, als plötzlich drei nicht ganz so hübsche Burschen vor mir stehen.

«Ei, wen haben wir denn da?», ruft einer der Männer. Jetzt erkenne ich sie wieder. Zwei der drei Typen standen kürzlich bei uns im Hof, um sich mit Rüdi in Sachen Bürgerwehr zu treffen.

«Ist das net der Lauch, der meinte, uns ein bissi verarschen zu können?»

Sie rücken mir alle viel zu nah auf die Pelle. Ich weiche einen Schritt zurück.

«Verarscht hat der uns.»

Der älteste dieser drei massiven Burschen berichtet dem dritten Heini von unserem ersten Zusammentreffen.

«Aha», sagt der darauf, und sein Blick macht mir Angst. Ich schaue nach links und nach rechts. Keiner in der Nähe, ich bin ganz allein.

«Aha, du bist also ein ganz lustiger Vogel, oder wie?»

Nun fasst er mich tatsächlich an. Er packt mich mit seiner Pranke am Hemd.

«Hey, hey», rufe ich. «Jetzt entspannt euch mal. Und angefasst wird nicht.»

Ich will mutiger rüberkommen, als ich mich tatsächlich fühle.

«Soso, angefasst wird nicht?», äfft er mich nach.

«Du bringst dich in Schwierigkeiten, mein Freund, ich bin Polizist», zische ich ihm zu. Meine Stimme wird immer dünner.

Nun lachen sie alle drei.

«Haha, habt ihr das gehört? Der Lauch ist bei der Polizei? Huhuhu!»

Was soll das denn immer mit dem Lauch?

«Wir haben dich gesehen», sagt jetzt wieder der Ältere. «Du warst da eben in dem Kriminellenwohnheim, bei den süßen Rapefugees.»

Inzwischen stehen sie im Kreis um mich herum. Ich mache Anstalten, weiterzugehen, doch sie versperren mir weiterhin den Weg.

Langsam bekomme ich es wirklich mit der Angst zu tun, denn sie fangen an, mich herumzuschubsen.

«Guck mal, du Lauch, so fühlt es sich für unsere deutschen Frauen an, wenn sie hier im Ort mit dem Bus fahren.»

Die Schubser werden fester, einer tritt mir auf den Fuß.

«Na, wo bleiben denn die lustigen Sprüche? Gar nicht zu Scherzen aufgelegt heute, oder was?»

Nun greift mir der grobschlächtigste der drei wieder ans Hemd.

«Wir lassen uns nicht verarschen. Ist das klar? Weder von dir noch von den Arschlöchern aus dem Heim da und auch nicht von den Volksverrätern. Das ist unser Land. Wir bestimmen, was hier passiert und was nicht.»

Ich entscheide mich dafür, nichts mehr zu sagen, sondern nur irgendwie hier wegzukommen. Ich befreie mich aus seinem Griff und will so schnell wie möglich weg von hier.

«Habt ihr das gesehen?», schreit urplötzlich dieser Blödmann. «Der hat mich angefasst, einfach so angefasst.»

Und dann geht es plötzlich ganz schnell. Ich bekomme einen Tritt in den Bauch, dass ich mich nach unten krümme. Dann spüre ich einen Faustschlag im Gesicht. Mitten auf die Nase. Vor Schmerz schießen mir Tränen in die Augen. Die Männer laufen entspannt davon. Meine Nase blutet leicht.

Ich setze mich auf den Weg, bekomme nach und nach wieder mehr Luft und stille mit Taschentüchern meine Nase. Nach zehn Minuten geht's mir wieder gut. Ich richte mich langsam auf. Dann gehe ich zum Auto zurück und denke über das Wort Lauch nach.

Kapitel 8

•••

Den Vorfall vom Mittag in Bretzenhain habe ich schnell verdaut. Franziska habe ich allerdings zunächst nichts erzählt, und auch eine Anzeige wollte ich nicht erstatten. Ich habe einfach so getan, als sei nichts passiert.

Ich habe die Schnauze voll von diesem Mist. Einfach um die Kinder kümmern und abends zum Elternabend der Schlumpfloch-Kindergruppe fahren. Zack. Das soll das Leben sein, verdammt noch mal! Ablenkung tut gut.

Und so sitze ich noch am selben Abend mit vier anderen ambitionierten Vätern zum Ausklang eines viel zu mehrstündigen Elternabends der selbstverwalteten Kindergruppe Schlumpfloch e. V. auf viel zu kleinen Stühlen feierabendbiertrinkend im Kreis und beschließe kühne, ja waghalsige Unternehmungen.

Die Mütter sind bereits zu Hause, nun kann man also mal endlich die ganz großen Dinger aushecken. Gerade haben wir in aller Ausführlichkeit das anstehende große Kindergartenlagerfeuer mit anschließender Übernachtung besprochen und aufgeteilt, welche Eltern mit welchen Kindern das nötige Holz aus dem Wald holen dürfen und wer als zusätzliche Betreuungsperson sich die ganze Nacht um die Ohren zu schlagen hat.

Ich jedenfalls nicht, das habe ich hinter mir. Da sollen mal die jungen Elterndinger ran. Die, die noch schmerzfrei auf hauchdünnen Isomatten liegen können und die vor allem am nächsten Morgen ohne fremde Hilfe und würdelose Ächzlaute wieder vom Boden hochkommen.

Und da nun mal gerade das Thema Feuer und Holz besprochen wurde und man also im Nachgang in dieser Männerrunde beieinandersitzt, kommt es zwangsläufig zum fachgesimpelten Austausch über kammergetrocknetes Brennholz, die hochwertigsten Öfen, selbstgebaute Unterstände und falsch berechnete Raummeter.

Ich erzähle, dass wir uns früher, als wir noch im eigenen Haus in Bad Salzhausen lebten, die perfekt auf 33 cm zurechtgesägten Brennhölzer von einer Firma vor das Haus kippen ließen. Dr. jur. Jan-Holger Hansen, Dipl. Ing. Andreas Naumann, Dr. med. Erik Hinrichs und Matthew Rowman, Magister Artium der Germanistik und Romanistik, sehen mich mit einer Mischung aus Verachtung, Mitleid und Ungläubigkeit an.

Wie? Ich war noch nie selber im Wald? Wie? Noch nie Holz selber geschlagen?

Nein, noch nie, und wenn ich ehrlich bin, hat es mir bisher auch nicht sonderlich gefehlt.

Ich hätte ja keine Ahnung, singt darauf einstimmig der Männerchor, und Germanist Matthew fügt hinzu, das Holz habe dann doch gar keine Seele. Außerdem: Wie sollten unsere Kinder denn lernen und greifbar erfahren, woher das Holz, das später vor unseren Augen brennt, herkäme, wenn es nicht von den eigenen Vätern geschlagen würde?

Hmm, kann man so sehen, muss man aber nicht. Ich für meinen Teil finde es erst einmal wichtiger, wenn die Kinder selbst nicht von ihren eigenen Vätern geschlagen werden.

Wie dem auch sei, schnell ist man sich einig, dass es doch eine phantastische, gruppendynamisch lohnende Unternehmung sei, am kommenden Samstag einen Traktor samt Anhänger auszuleihen, zu fünft in den Wald zu fahren und mit stolzgestählter Männerbrust vollbeladen nach Hause zurückzukehren.

Und so ein kommender Samstag kommt immer schneller, als man denkt.

Jetzt stehen also Andreas, Erik, Matthew und ich einträchtig an der Straße vor dem «Schlumpfloch» und warten auf Jan-Holger. Jan-Holger Hansen, Doktor der Juristerei und Vorsitzender unseres Elternvereins, wird gleich mit einem vom Landwirt Eugen geliehenen Traktor um die Ecke geknattert kommen.

Es regnet. Und der Himmel deutet an, dass er es sich für die nächsten Stunden auch nicht anders überlegen wird.

Ich selber hatte am Morgen fast zwei Stunden nach einer sogenannten Arbeitshose gesucht.

Franziska fragte: «Was suchst du denn?»

Ich: «Meine Arbeitshose.»

Sie: «Du hast doch gar keine.»

Und das war dann auch der Grund, warum ich keine finden konnte. Ich zog ersatzweise meine Ganzkörper-Regenallwetterhose an, die ich manchmal in aller Würdelosigkeit bei verregneten Hundespaziergängen trage.

Die Warterei auf Jan-Holger wird mit Geschichten aus der Welt der Säger und Spalter überbrückt. Gerade Erik, der Gynäkologe, scheint ein ganz ausgebuffter alter Holz-Hase zu sein. Er muss schon einige Sägeschlachten geschlagen haben. Während ich ahnungslos schweigend und fast ein bisschen ängstlich danebenstehe, benennen meine Spalterkameraden mit ernstem Gesicht die Gefahren der Holzarbeit und erzählen wie Kriegsveteranen Anekdoten von fehlenden Großväter-Fingern oder komplett abgetrennten Unterarmen.

Besonders beeindruckt mich Matthews orientalisch ausgeschmückte Erzählung von einem riesigen Holzbeil, das nach intensiver Schwungbewegung nicht im Holz, sondern im Schienbein seines Cousins stecken blieb. Für mich steht danach fest, ich werde weder an die Säge gehen, noch das Spaltbeil schwingen. Ich möchte Finger, Unterarme und Schienbeine behalten und mich anderweitig nützlich machen.

Zum Beispiel, indem ich Holz von links nach rechts schleppe, von A auf B hieve oder Kaffee holen fahre. Eine Aufgabe, die ich gerne übernehmen werde, denn ich bin hier der Einzige, der keine glänzend leuchtenden Augen bekommt, wenn er das Wort

«Säge» hört. Ich bleibe heute mal gerne im Hintergrund. Ganz im Gegensatz zu den anderen vier Holzmännern. Die wollen alle an die Front, das spüre ich.

Dann endlich, schon jetzt fühle ich mich durchnässt, kommt auf dem Traktor sitzend Jan-Holger Hansen herangeknattert. Ein kurzer sachlich-männlicher Gruß, dann wird von den anderen erst einmal das Fahrzeug fachmännisch und kritisch begutachtet.

Was hier allerdings so akribisch begutachtet werden muss, bleibt mir schleierhaft. Es ist doch nur ein stinknormaler Traktor, mit einem noch stinknormaleren Anhänger. Ein Traktor, den man hier bei uns in den Vogelsberger Dörfern ständig zu sehen bekommt. Aber jetzt, da ein promovierter Jurist, ein Ingenieur, ein Arzt, ein Germanist und ein Expolizist in den Wald ausrücken, da bekommt dieses rostige Gefährt einen fast okkulten Überbau, eine mystische Bedeutung.

«Da ist ja das Baby», murmelt Erik, der Gynäkologe, und tätschelt zärtlich den Traktoren-Popo. Mir fällt auf, dass ich der Einzige bin, der keine Axt dabeihat.

«Ich kann nur mit meiner eigenen Fiski arbeiten», betont Andreas, der niemals Andi genannt werden möchte, und springt wie wir alle auf den Anhänger.

«Was ist denn eine Fiski?», frage ich. Die anderen lachen. Man klärt mich auf, dass dies ein Kosename der führenden Herstellermarke im Bereich Spaltaxt sei. Alle haben so ein Ding dabei, doch Jan Holger hat die größte. Sein Gerät sei der «unangefochtene Mercedes unter den Hochleistungsspaltäxten», ruft er vom Fahrerplatz des Traktors. Er trägt sie in einem für sich genommen schon ziemlich teuer aussehenden Futteral aus Leder auf den Rücken gespannt.

«Ich hatte jahrelang eine Ochsenkopf», berichtet Andreas, «aber die Fiski hier, das ist ’ne ganz andere Sache. Die ist auch emotional ganz anders belegt.»

Ich lache. Die anderen nicken ernst.

So sitzen wir nun auf dem völlig durchnässten Boden des Anhängers inmitten von Hochleistungsfiskis und furchterregend aussehenden Motorsägen. Wir knattern ortsauswärts, und ich frage, warum eigentlich Gerd nicht mit dabei sei, der arbeite doch im Forstamt und sei früher ja auch beruflich zur Holzarbeit häufig im Wald gewesen.

Da lacht Matthew, der Germanist, spöttisch auf. «Ach, der Gerd.» Danach schweigt er. Ich empfinde meine Frage als nicht ausführlich beantwortet und wiederhole sie daher.

«Ach, der Gerd. Der hat sich von dem bisschen Regen abschrecken lassen.»

Alle anderen lachen laut. Seit heute Nacht regnet es ununterbrochen.

«Ich sag immer», ruft Erik, «es gibt kein schlechtes Wetter, es gibt nur schlechte Schutzkleidung.»

Ich begutachte seine Stahlkappenschutzschuhe und bin beeindruckt.

«Außerdem spaltet der Gerd nicht mehr eigenhändig mit der Axt», ruft Jan-Holger nach hinten. «Um seinen Rücken zu schonen, sagt er.»

Wieder lachen alle. «Der hat sich 'ne Spaltmaschine zugelegt.»

«Würde ich niemals», wirft Erik ein. «Dann kann ich auch gleich alles fertig geschnitten beim Baumarkt holen.»

Ich lasse mir erklären, was eine Spaltmaschine ist, höre aber eigentlich gar nicht richtig zu, sondern beobachte die an der Bushaltestelle wartenden Teenager, die diese im Traktor-Anhänger hockenden vorbeifahrenden merkwürdigen Männer bekichern. Wie recht sie haben.

Andreas, der Ingenieur, führt mich tiefer in die Geheimnisse des Spaltens ein. «Weißt du, Henning, am leichtesten spaltet das Holz in radialer Richtung von der Hirnfläche aus, besonders dann, wenn hohe oder zahlreiche feine Markstrahlen vorhanden sind. Verstehst du?»

«Klar», lüge ich.

«Etwas weniger leicht spaltet das Holz von der Mantelfläche aus. Ist ja logisch, oder? In tangentialer Richtung ist die Spaltbarkeit ja viel kleiner als in radialer, und quer zur Faser spaltet das Holz gar nicht.»

«Ja, das ist logisch», sage ich und stelle fest, dass meine Ganzkörper-Anti-Regenhose in ihrer Leistungsfähigkeit irgendwann auch an ihre Grenzen gelangt. Und dieser Punkt ist jetzt erreicht.

«Wieso fährst'n hier lang?», ruft Erik zu Jan-Holger.

«Na, weil dies der Weg ist.»

«Dann sind wir ja noch bis morgen früh unterwegs.»

Auch ich bemerke, dass unser Traktor sich nur sehr langsam fortbewegt. Manchmal merkt man gar nicht, dass wir fahren.

«Fahr doch direkt hier rüber. Das ist 'ne Abkürzung», insistiert Erik weiter. «Ehrlich ... die kenne ich. Dann musste nachher nicht den ganzen Bachweg hoch.»

Unser Schlumpfloch-Vorsitzender und Traktorlenker Jan-Holger lässt sich ungerne reinreden, das haben wir schon mehrmals bei Elternabenden erleben dürfen. Doch hier beugt er sich Eriks Sachkenntnis. Er biegt auf einen sehr schmalen, wenig befahrenen Feldweg, der leicht ansteigend direkt in den Wald führt.

Nicht nur an meinem Hintern ist es nass, sondern auch der Weg wird von Meter zu Meter morastiger. Und so rufe ich: «Oh, das ist ja ganz schön matsch...»

Und schon stecken wir fest.

Die leichte Kurve nach links hat der Traktor nicht mehr geschafft. Jetzt hängt er schief im Matsch. Eine kurze Zeit ist es still. Keiner sagt etwas, zum ersten Mal, seit wir uns heute Morgen getroffen haben, hört man die Vögel im Walde zwitschern.

«Alles kein Problem», sagt dann Andreas, springt mit einem Satz vom Anhänger, schreit «Au!» und hält sich den Knöchel.

«Alles o. k.?», frage ich.

«Ja, natürlich», antwortet er verkniffen, «kein Problem.»

Auch Jan-Holger hat inzwischen seinen Fahrersitz verlassen und schaut skeptisch auf die tief im Schlamm eingesackten Räder. «Hmm, wir stecken wohl fest», stellt er messerscharf fest, um sich dann mit ebenso messerscharfen Worten an Erik zu wenden:

«Super Abkürzungstipp, Erik, danke, vielen Dank, echt.»

Erik lässt das nicht auf sich sitzen. «Ich bin eigentlich davon ausgegangen, dass du *auf* dem Weg fährst, und nicht *daneben.*

«Hey, Leute», beschwichtigt Matthew. «Ruhe bewahren. Lasst uns die Sache mal lösungsorientiert angehen und jegliche Destruktivität vermeiden.»

Eine Lösung für unser Problem habe auch ich nicht, aber die Frage zur Problemlösung könnte ich formulieren: Wie nur kriegen wir diesen riesigen Traktor samt Anhänger aus dieser Matschkuhle? Mit eigener Kraft jedenfalls nicht, das ist allen klar.

«Wirklich alles gut mit dem Fuß?», frage ich Andreas ein weiteres Mal, da er doch recht mitgenommen wirkt.

«Kein Problem», antwortet er.

Ungeachtet unserer Situation regnet es in einem fort weiter. Alle blicken stumm in den Matsch und schweigen.

«Wer könnte uns denn da rausziehen?», spreche ich die Frage laut aus, die sich vermutlich alle in diesem Moment stellen.

Matthew scheint eine Idee zu haben: «Mensch, Jan-Holger, dein Vater, der kann uns doch hier helfen. Der hat doch noch große Landwirtschaftsfahrzeuge, oder nicht?»

Jan-Holger, der diese Frage vermutlich schon erwartet hat, scheint kein großer Fan dieser Option zu sein. «Hmm? Was?», murmelt er kaum hörbar. «Ich glaub, der ist nicht da.»

Jan-Holger ist auf einem Bauernhof in Nidda-Harb aufgewachsen. Einem recht großen Hof, der seit mehreren Generationen von seiner Familie geführt wird. Gelegentlich macht Jan-Holger Andeutungen, dass sein Vater seinen Entschluss, statt den Hof zu übernehmen, Jura studieren zu wollen und Anwalt zu werden, wohl nicht mit ungetrübter Freude zur Kenntnis genommen hat.

Alle Blicke ruhen auf Jan-Holger, da keinem von uns eine andere, eine bessere Lösung einfällt.

«Ach, verdammte Scheiße!», flucht er schließlich und zückt dann sein Handy. Er geht ein paar Meter von uns weg, da er scheinbar ungestört mit seinem Vater sprechen will.

Das Gespräch dauert nur kurz.

«Er kommt», ruft er uns zu.

«Super», jubele ich. «Das ist ja nett von deinem Vater.»

Jan-Holger nickt nur kurz und möchte das Thema nicht weiter vertiefen.

Nun klingelt Matthews Telefon. «Oh, das ist Sabine, da muss ich ran», sagt er, als müsste man sich als knallharter Holzspalter dafür entschuldigen, wenn während der Arbeit die Frau anruft.

«Hallo, Schatz, wie geht es Nele? Ja ... oh ... ja ... ei je ... ja ... hm ... nee, klar ... ja ... logisch, ja ... bin gleich da. Bis gleich. Kussi.»

Und so verlieren wir unseren ersten Mann.

Klein-Nele habe eine starke Erkältung, eine verstopfte Nase und manchmal auch hustenartige Anfälle. Schon die Nacht sei schlimm gewesen. Christianes Nerven lägen blank, und daher müsse er, so schwer es ihm falle und so leid es ihm tue, so schnell wie möglich nach Hause.

Wir anderen Väter drücken selbstverständlich unser Verständnis aus.

«Ist das echt o. k.?», vergewissert Matthew sich noch einmal.

«Kein Problem», sagt Andreas mit noch immer schmerzverzerrtem Gesicht.

«Hast du noch Schmerzen?», fragt Matthew.

«Nee, kein Problem», antwortet Andreas.

«Ich laufe das Stück», kündigt Matthew an. «Ihr könnt mir ja nachher meine X25 und MS230 nach Hause bringen.»

«Klar», antworte ich und weiß nicht, wovon er redet.

Dann verschwindet Matthew im Laufschritt am Horizont.

Zwanzig Minuten später hören wir ein Motorengeräusch aus der Ferne. Die Rettung naht in Person von Bauer Hansen. Kurz darauf stellt er seinen wuchtigen Traktor hinter unserem ab.

Bauer Hansen trotzt dem Regen. Er ignoriert ihn einfach. Er trägt ein kariertes Hemd, eine dunkelblaue zeitlose Baumwollarbeitshose, keine Kopfbedeckung und erst recht keine Jacke. Beeindruckt starre ich auf seine irrsinnig muskulösen und behaarten Unterarme.

«Ei, ei, ei, ei, ei, ei», röhrt er uns aus der Ferne zu. «Was macht ihr dann für Sache hier?»

Er stapft heran und stellt sich grußlos neben unseren immer tiefer in den nassen Schlamm einsinkenden Anhänger.

«Holger, was haste dann da für ein Scheiß gemacht? Wieso fährst du überhaupt mit dem lahme Ding vom Eugen rum? Warum fragste dann mich net? Du bist mir ein Simpel.»

Langsam ahne ich, warum Jan-Holger nicht gefragt hat.

«Wieso fahrt ihr dann net wie normale Leut bei dem Wetter uff dem Bachweg?»

«Wollt ich ja», piepst Dr. Jan-Holger Hansen patzig wie ein Achtjähriger. «Aber der Erik meinte, ich soll hier langfahren.»

«Ist ja auch 'ne Abkürzung», verteidigt sich Erik und verschränkt beleidigt seine Arme vor der Brust.

«Abkürzung», sagt Bauer Hansen abschätzig und raunt dann: «Akademiker.»

Dann wirft er einen Blick in den Anhänger. «*Damit* wollt ihr spalte?»

Er sieht mich an. Ich zucke mit den Schultern. Hansen schüttelt den Kopf. «Akademiker.»

Wieder sagt er: «Ei, ei, ei, ei.» Und dann: «Habt ihr keinen Spalthammer? Keine Keile? Ei, ei, ei, ei, ei ... Akademiker!»

Wir schweigen alle und schauen bedröppelt.

Bauer Hansen stapft kopfschüttelnd zu seinem Gefährt zurück und holt ein Abschleppseil vom Beifahrersitz. Eines der Enden wirft er seinem Sohn zu, der es aber nicht gleich zu fassen bekommt.

«Mann, Mann, Mann. Los, dranmache!»

Jan-Holger macht es dran.

«Bleibt mein eigen Fleisch und Blut im Matsch stecke», murmelt der Alte mehr zu sich als zu uns und schüttelt aufs Neue fassungslos den Kopf.

«Ich hab doch grad gesagt, ich wollte hier nicht langfahren. Aber *er* hier», nun zeigt Jan-Holger tatsächlich mit dem Finger auf Erik, «*er* meinte ja, die Superabkürzung zu kennen.»

Nun wird Erik sauer. «Ach, leck mich doch, ich konnte ja nicht wissen, dass du nicht Traktor fahren kannst.»

«Blödmann», rutscht es Jan-Holger heraus.

«Was hast du gesagt? Was hast du grad gesagt?»

Erik ist nun außer sich. «Wisst ihr was? Das brauch ich mir nicht geben. Da kann ich mir echt was Besseres an einem dienstfreien Wochenende vorstellen.»

Bauer Hansen, der inzwischen beide Traktoren mit dem Seil fachmännisch verbunden hat, blickt kurz zu Erik auf, hebt die Brauen und fragt: «Was machste dann beruflich?»

«Ich bin Arzt in der Klinik. Gynäkologie.»

Da schüttelt Bauer Hansen einfach wieder den Kopf, diesmal ohne das Wort «Akademiker» auszusprechen.

«Das muss ich mir echt nicht anhören», bellt Erik nun wieder in Richtung Jan-Holger.

«Dann hau doch ab», zischt der.

«Du wirst lachen, das mache ich auch.»

Alle schweigen, Bauer Hansen arbeitet.

«Ich geh wirklich», wiederholt Erik sein Vorhaben.

Da auch mir inzwischen alles egal ist, versuche auch ich so wenig wie Jan-Holger und Andreas, ihn davon abzuhalten.

«Ohne Scheiß, ich geh jetzt wirklich heim. Da kenn ich nichts. Wegen dir, Andreas, tut's mir leid, wollte deine F75 gerne mal ausprobieren.»

«Kein Problem», sagt Andreas, der inzwischen auf einem Baumstumpf hockt und sich seinen Arbeitsschuh aufgebunden hat. Ein letztes Mal blickt Erik zu mir, dann noch mal zu Andreas, wartet weitere fünf Sekunden, und dann geht er.

«Ihr seid mir ein paar Hampelmänner», kommentiert Bauer Hansen die Geschehnisse.

Nach einigen weiteren Minuten ist Bauer Hansen fertig zum Abschleppen. Wir alle befolgen seine Befehle und packen da an, wo wir anpacken sollen, und kurze Zeit später ist unser Traktor samt Anhänger ohne viel Mühe aus dem Schlamm befreit.

«Okay, danke», schreit Jan-Holger seinem Vater von Traktor zu Traktor zu. «Das reicht.»

Doch der reagiert nicht, scheint die Rufe des Juristensohnes nicht zu hören oder tut jedenfalls so und zieht uns immer weiter den Feldweg hinauf. So als säßen wir alle wie kleine Jungs auf einem Bobby-Car und Papi zieht uns den Berg hinauf. Jan-Holger brüllt noch eine Weile weiter, vergebens. Bauer Hansen, dem es nichts auszumachen scheint, inzwischen komplett eingeregnet zu sein, lässt sich durch nichts davon abbringen, uns bis in den Wald hineinzuziehen.

Jan-Holger gibt auf und lässt es geschehen, mit Zornesröte im Gesicht. Ich frage Andreas, der mir im Anhänger stoisch gegenübersitzt, einmal mehr nach seinem Fuß.

«Kein Problem», sagt er. «Geht schon.»

Fünf Minuten später stoßen wir am Waldrand auf eine Weggabelung. Bauer Hansen hebt zur Vorwarnung seinen Arm und bringt den Traktor zum Stehen.

«Was sollte das denn jetzt?», keift Jan-Holger. «Du solltest uns doch nur rausziehen.»

«Damit mich dann zehn Minuten später mein Herr Sohn mit seinen Akademiker-Freunden wieder anruft, weil er rausgezogen werden muss? Nee, nee, nee, ihr seid mir echt ein paar ...»

«Aaaaaahhhh», kreischt Andreas, nachdem er, abgestiegen vom Anhänger, auf seinen Fuß aufgetreten ist.

«Was ist dann mit dir los?», fragt Bauer Hansen.

«Ach, das ist nichts, kein Pro... Aua!» Andreas fühlt mit seiner Hand nach dem Knöchel. «Scheiße, ist der dick.»

Offenbar kann er nun gar nicht mehr auftreten.

«Los, Holger, fahr den Dings hier nach Hause», befiehlt Bauer Hansen. «Soll doch dieser andere Dings, dieser Arzt, den du vorhin vergrault hast, mal nach gucken.»

Jan-Holger verdreht die Augen. «Der ist Gynäkologe.»

«Na und, ist doch worscht. Ich hatte mir mal einen halben Baumstamm in den Oberschenkel gerammt, und den hat der Hardy rausoperiert, und der ist Tierarzt.»

Jan-Holger und ich begutachten Andreas' Knöchel, machen ein paarmal «Ui» und «Aaah», zischen Luft durch die Zähne und sind uns schließlich alle einig, dass das alles keinen Sinn hat und Andreas so schnell wie möglich ärztlich untersucht werden muss. Ob von einem Gynäkologen oder Tierarzt, das soll er selber entscheiden.

«O.k., ich fahr dich», sagt Jan-Holger, hilft Andreas wieder auf den Anhänger, dreht unter kritischer Beobachtung seines Vaters das Gefährt und fährt grußlos von dannen.

Und plötzlich stehe ich da ganz alleine mit Bauer Hansen. Er mustert mich von oben bis unten. Das Regenwasser läuft dabei über sein Gesicht und tröpfelt von Nase und Ohren fidel zu Boden.

«Na, wir habbe im Leben aber auch noch nicht einmal richtig körperlich gearbeitet, was?»

Ich lächle, da ich keine so richtige Antwort auf diese Frage habe.

«Beruf?», fragt er nun im Stil eines Oberleutnants.

«Nein, keinen», hätte ich fast reflexartig geantwortet, doch ich beiße mir auf die Zunge und sage lieber: «Polizist ... Hauptkommissar.»

«Hoi», macht er darauf, und ich weiß diesen Laut nicht richtig zu deuten.

«Sososo», murmelt er, «aha, aha ...»

Ich nicke.

«So, so, Kriminalhauptkommissar ...», wiederholt er. «Und der Vater?»

«Wie bitte?»

«Beruflich ... der Vater?»

«Meiner?»

«Nein, meiner ... ja, natürlich deiner, Mann, Mann!»

«Auch Polizist.»

«Na, immerhin.»

Wenigstens ein Sohn, der mal in Fußstapfen tritt, scheint er zu denken, und nicht blöder Jurist wird, statt den Hof anständig zu übernehmen.

In diesem Moment beendet der Regen seine Dauershow. Ich empfinde das als große Erleichterung, ziehe meine Regenjacke aus und schüttele das Wasser ab. Bauer Hansen, den Regen ja bekanntlich nicht interessiert, beobachtet mich dabei. Ich warte auf eine hämische Bemerkung, oder zumindest auf ein «Akademiker», doch stattdessen sagt er: «Dann haltet mal schön diese rechten Deppen im Zaum.»

Ich blicke ihn verwundert an.

«Ihr Poliziste, passt mal schön auf, dass diese Idioten nicht mache, was sie wolle. Geflüchtete Leut zusammeschlage, da müsst ihr härter gegen vorgehe.»

Ich stimme ihm vorsichtig zu und merke an, dass die Polizei ja leider notorisch unterbesetzt sei. Bauer Hansen nickt. Er macht keine Anstalten, zurück ins Dorf zu fahren. Warum eigentlich ist er noch hier? Ich bin doch schon groß und könnte alleine auf Jan-Holger warten, der, so nebenbei bemerkt, auch langsam mal wieder zurückkommen könnte.

Erst jetzt wird mir richtig bewusst, wie sehr unsere fünfköpfige Männerspaltgruppe zahlenmäßig gelitten hat. Ich beschließe, Jan-Holger nachher gleich vorzuschlagen, die ganze Sache hier abzublasen.

«So», stößt nun Bauer Hansen aus. «Was stelle wir zwei Priestertöchter denn jetzt an?»

Ich antworte zaghaft, dass wir doch auf seinen Sohn warten. Bauer Hansen winkt ab. «Ach was, der kommt net mehr. Der ist sauer, ich kenn doch meine Pappeheimer. Der hat die Schnauze voll, der wärmt sich daheim schon längst sei nasse Füß.»

Das täte ich jetzt auch gerne, denke ich still.

«Na, dann mach ich mich wohl auch mal auf den Weg», sage ich daher.

«Was?», ruft Bauer Hansen. «Wieso denn? Wo mir zwo schon mal hier sind, könne mer doch schön mal ein bissi Holz mache. Sonst habbe mer ja ganz umsonst die Zeit totgeschlage.»

«Ups, nee, ich weiß nicht. Wenn ich ehrlich bin, ich kann das selber gar nicht. Ich wollte nur den anderen assistieren.»

«Ach, papperlapapp, kann ich net gibt's net. Dann zeig ich dir mal, wie das geht. Dann lernste das auch gleich einmal richtig und net von dene Akademiker. Ich hab alles dabei, Säge, Axt, Spalthammer und ein paar Keile.»

Ich gucke auf die Uhr und suche nach Formulierungen, dieses so großzügige Angebot auszuschlagen. Doch Bauer Hansen ist schon einen Schritt weiter.

«Wenn mich net alles täuscht, liege da drübbe die Stämme. Auf geht's, hopp», ruft er, und urplötzlich sitze ich neben ihm auf seinem Traktor und knattere weiter ins Waldinnere.

«Ich habe gar nicht so einen Sägeschein, ich darf doch gar nicht ...», gebe ich zaghaft zu bedenken, doch Bauer Hansen fällt mir ins Wort.

«Ach, Sägeschein, wenn ich das schön hör. Diese Bürokrate. Irgendwann verlange die auch noch 'ne Bescheinigung, um kacke gehe zu dürfe. Sägeschein ... was ein Blödsinn. Bürokrate.»

Meine dringliche Anmerkung, dass ich zwei linke Hände hätte, übergeht er lächelnd mit der Erwiderung, dass ich halt noch nicht den richtigen Lehrmeister gehabt hätte. Und ehe ich mich versehe, trage ich Schutzkleidung, eine Brille und Handschuhe und stehe mit einer Motorsäge in der Hand vor einem Baumstamm. Das, was ich nie wollte, genauso wenig, wie an einer Saalpolonaise teilzunehmen.

«So, mein Freund, los geht's. Und wiederhol, was hab ich grad gesagt?»

Ich atme tief durch und wiederhole seine Worte, die er mir gerade eintrichterte: «Zutrauen haben, Werkzeug und Material fest anpacken, fester Stand, durchatmen, Konzentration, Klappe halten, und los geht's», rufe ich in den Wald.

Und dann säge ich wie ein Weltmeister. Erst zögerlich, dann immer sicherer, und am Ende macht es mir sogar ... ja, Spaß.

Bauer Hansen lächelt zufrieden, und ich blicke stolz auf mein erstes selbstersägtes Holz. Angetrieben von diesem großen Erfolg, stehe ich zehn Minuten später breitbeinig vor ebendiesem Holz und schwinge eine riesige Axt hinein, als hätte ich mein Leben noch nichts anderes getan.

«Geht doch», murmelt Bauern Hansen.

«Nächstes!», rufe ich.

Und so suche ich nach Rissen, treibe mit dem Spalthammer einen Keil ein oder spalte gleich direkt mit der Axt. Ich erkenne mich nicht wieder.

«Alles 'ne Frage der Einstellung», bemerkt Bauer Hansen.

Nach gut zwei Stunden machen wir eine kleine Pause. Bauer Hansen fragt mich, ob ich in meiner Arbeit als Polizist viel mit Flüchtlingen zu tun hätte. Ich weiche etwas aus, da es mir peinlich ist, ihn im Glauben gelassen zu haben, dass ich aktuell noch im Dienst sei.

«Mir müsse uns um die kümmern», sagt er. «Anners geht's net. Grad um die junge Kerle. Die müsse was schaffe, was lerne. Sonst wird das nix.»

Ich nicke.

«Ich hatte letztes Jahr so drei Kerleburschce aus Schwatzafrika bei mir uff'm Hof arbeite lasse. Das waren guhde Jungs, waren das. Die wollte gar net mehr aufhöre zu schaffe. Nur das mit der Pünktlichkeit, das habbe die bis zum Schluss net hinbekomme. Das habbe die net gelernt. Ein Jammer, dass die dann woanders hinmusste. Die sind mir richtig ans Herz gewachse.»

Und er mir inzwischen auch, der Bauer Hansen.

Wie beenden unsere kurze Pause und arbeiten noch geschlagene drei Stunden weiter, bis es zu dämmern beginnt. Am Ende laden wir das Brennholz auf einen Anhänger und fahren zurück ins Dorf zum Hansen-Hof.

Wir verabschieden uns, und nur mühsam kann ich mir verkneifen, ihn zu umarmen. Ich glaube, das wäre für ihn dann doch deutlich zu viel des Guten gewesen. Kurz lasse ich mir noch den Traktor erklären, ein Kinderspiel, gemessen an dem, was ich heute schon an Heldentaten verrichtet habe, und springe wie ein junges Reh auf den Fahrersitz.

Ich nehme die lässigste Pose ein, die mir möglich ist, und fahre damit die vier Kilometer bis zu Jan-Holgers Wohnhaus, wo ich kurz wende und rückwärts in die Einfahrt fahre. Ich springe wie ein noch jüngeres Reh hinab und klingele an der Tür. Mit einer Mischung aus Verwunderung und schlechtem Gewissen steht Jan-Holger vor mir.

«Ich habe das Holz dabei. Soll ich es hier auskippen?»

Jan-Holger geht an mir vorbei und starrt auf den beladenen Anhänger.

«Äh, wo hast du das denn her?»

«Na, aus dem Wald. Hat ein bisschen länger gedauert. Ich musste ja alles allein machen. Mit euch war ja nichts los.»

Dann kippe ich den Anhänger fachmännisch nach hinten und ihm das Holz vor die Füße.

«So, ich muss dann mal, war ein langer Tag», sage ich und verlasse federnden Schrittes seine Einfahrt. Dass mir alle Knochen, Gelenke und Muskeln so dermaßen weh tun, muss er nun wirklich nicht sehen. Darüber werde ich erst bei Franziska jammern. So, wie es sich gehört.

Kapitel 9

• • •

Ich bin kein Typ, der «einfach mal gucken will».
Ganz im Gegenteil, ich verachte jede Art von voyeuristischer Gafferei.

Es beschert mir Würgreize, wenn ich Menschen sehe, die sich am Unglück anderer berauschen. Unerträglich, wenn man lesen muss, dass Einsatzkräfte durch Gaffer daran gehindert werden, so schnell wie möglich zu einer Unglücksstelle zu kommen. Ich bin weiß Gott kein aggressiver Mensch und habe selten Gewaltphantasien, doch wenn vor mir auf der Autobahn ein Fahrer auf Tempo 40 abbremst, um sich sorgfältig ein umgekipptes Auto samt verletzten Insassen auf der Gegenfahrbahn zu Gemüte zu führen oder besser noch zu filmen, dann wünsche ich ihm nicht nur das Beste.

Ähnlich schrecklich sind diese Internet-Videos, in denen Väter ihre Kinder filmen, während sie sich am Swimmingpool lustig verletzen und danach putzig weinen. Für mich ist Schadenfreude nicht die schönste Freude. Ich labe mich nicht am Leid der anderen, und so habe ich auch ein schlechtes Gewissen, hier bei der Trauerfeier von Bürgermeister Groß an der katholischen Kirche in Bretzenhain als Zaungast herumzustehen.

Ja, ich gebe zu, ich wollte auch einfach mal gucken. Ich habe den Bürgermeister nicht persönlich gekannt, wohne nicht hier, hatte mit ihm so gut wie nichts zu tun, also hätte ich hier eigentlich auch nichts verloren.

Doch es zog mich zur Trauerfeier. Mit meinem Vorsatz, diese Bretzenhainer Geschehnisse und Rüdis populistisches Rumgehampele ruhen zu lassen, habe ich ohnehin seit dem gewaltsamen Angriff gebrochen. Ich lasse mir doch nicht einfach aufs Maul hauen und tu so, als wäre nichts gewesen!

Langsam rückt neben den persönlichen Freunden und Verwandten des Verstorbenen auch die regionale politische Prominenz an. Sogar der Ministerpräsident wird erwartet. Ungefähr fünfzig Meter von mir entfernt entdecke ich Hessi, die wild mit ihren Armen herumfuchtelt und sich über irgendetwas hörbar ärgert. Sie beschimpft jemanden, doch ich kann sie nicht verstehen.

Ich gehe etwas näher hin, denn inzwischen scheint die Situation zu eskalieren. «Nazi», schreit sie und schlägt einem Mann einen Stapel Zettel aus der Hand.

«Haut ab, ihr Dummbeudeldeppe!», legt sie nach. Der Mann und die Leute um ihn herum lachen.

«Hessi», rufe ich ihr zu und bin nun fast bei ihr.

«Hessi, haha», lachen die Leute noch lauter. Vielleicht hätte ich sie besser Jutta rufen sollen.

«Was ist denn los?», frage ich, als ich bei ihr bin, und sehe, was sie derart erregt. Überall auf dem Boden liegen «Hessen-zuerst»-Flugblätter. Ich lese: *Wenn nicht auch der nächste Bürgermeister erschlagen werden soll, dann wählt: «Hessen zuerst».*

«Ist das zu fasse», ereifert sich Hessi. «Verbreite diese Dumpfbackedödel tatsächlich ihren Müll hier. Und nutze 'ne Beerdigung für ihre Zwecke. Ihr habt ja echt 'nen Knallschuss, der sich mehr als gewasche hat.»

«Hey, komm mal runter, du Hessi, du», sagt der Mann, dem sie die Zettel aus der Hand geschlagen hat. Ein übergewichtiger, kurzgewachsener knapp Sechzigjähriger mit Halbglatze, kariertem Hemd und zu weiter Jeans.

Plötzlich steht auch Manni da.

«Hier, mach mei Hessi net an», sagt er und zeigt mit dem Zeigefinger auf die Nase des anderen.

Wieder lachen alle.

«Was seid ihr dann für Deppe?», fragt Manni treffend. «Seid ihr von dene Hesse-zuerst-Hetzer-Heinis? Kerle, Kerle ...»

Er schüttelt mit dem Kopf.

«Wisst ihr was?», fragt er weiter. «Ich gründ jetzt auch 'ne Partei. Und die heißt ‹Hessi zuerst›.» Danach läuft er direkt auf Hessi zu, hält ihre Wangen und setzt ihr einen dicken Kuss auf den Mund.

Hessi ist für einen Moment sprachlos, was selten genug vorkommt, greift sich dann aber ihren Manni, zeigt zum Abschied den unsicher grinsenden Parteileuten den Stinkefinger und zieht mit ihm ab.

Ich lächle in mich hinein. Wie schön, dass die beiden sich zumindest für den Moment versöhnt zu haben scheinen.

«Oh Gott, was für eine dämliche Gutmenschen-Trulla», sagt eine junge Frau, die hinter mir steht. «Und dümmer, wie die Polizei erlaubt.»

«Als», korrigiere ich und drehe mich zu ihr um.

«Häh?»

«Als die Polizei erlaubt, nicht *wie* die Polizei erlaubt.»

«Was willst du denn?», keift sie mich an. Ich belasse es dabei, einmal Nasenbluten pro Woche reicht.

Eigentlich sehen diese Leute um mich herum ganz harmlos aus, bei weitem nicht so furchterregend wie die Bürgerwehr-Dumpfbacken. Trotzdem fühle ich mich zunehmend unwohl, da ich feststellen muss, dass das nicht nur eine Handvoll «Hessen-zuerst»-Menschen sind, sondern sich hier bestimmt vierzig, fünfzig Wuthessen zusammengefunden haben. Sie scheinen hier tatsächlich eine kleine Kundgebung veranstalten zu wollen. Und das nach einer Trauerfeier. Links vor mir hält einer ein Plakat vor sich auf dem Boden, auf dem zu lesen ist: «Ich bin für Schweinefleisch auf dem Gartengrill. Bin ich jetzt ein Nazi?»

Erst in dem Moment, als sich die Kirchentür öffnet, die Trauerfeierstunde also beendet ist und die Politiker das Kirchenschiff verlassen, wird mir klar, was die hier vorhaben. Denn mit einem Mal kreischen die Leute wie entrückt los.

Der Ministerpräsident erscheint auf der Bildfläche, und schon ertönt es: «Volksverräter, Volksverräter!», und: «Hau ab, hau ab.»

Ich stehe mittendrin und schäme mich. Harmlos wirkende Menschen verlieren jede Form von Anstand und brüllen enthemmt durch die Gegend. Am schlimmsten wird es, als eine junge Grünen-Ministerin erspäht wird. Da wird es noch lauter. Es wird gepfiffen, gepöbelt, beleidigt.

«Hau ab, hau ab», brüllen sie wieder. Einer schreit: «Du blöde Schlampe.»

Da dreht sich die Ministerin um und läuft auf die Gruppe zu. Ich stehe immer noch inmitten dieser Leute. Die Ministerin ruft in die Menge: «Wie haben Sie mich gerade genannt?»

Auch mich trifft ihr Blick. Wie gerne hätte ich ihr irgendwie vermittelt, dass ich nicht dazugehöre.

«Ökoschlampe», ruft dann tatsächlich wieder einer.

«Wieso sagen Sie so was?», fragt sie zurück.

«Meinungsfreiheit, Meinungsfreiheit», ruft der Mann neben mir und bläst dämlich in seine Trillerpfeife.

Im Gesicht der Politikerin ist deutlich Fassungslosigkeit zu lesen. Kurz setzt sie an, etwas zu sagen, dann brüllt wieder einer: «Volksverräter, Volksverräter.»

Darauf dreht sich die Ministerin weg und lässt die Meute stehen.

«Hau ab, hau ab», brüllen sie ihr nach.

Mir reicht es, auch ich haue ab. Ich will so weit weg von diesen Menschen wie irgend möglich. Physisch und politisch.

An der Kirchenpforte verabschiedet die Pfarrerin die Gemeinde. Die nahen Angehörigen stehen noch in einem kleinen Kreis zusammen und blicken verunsichert und irritiert zu dieser großen Menge an Zaungästen und vor allem zu den Damen und Herren, die da eben so herumkrakeelt haben.

Ich will nur noch so schnell wie möglich zu meinem Auto. Da höre ich von hinten eine mir bekannte Stimme kehlig meinen

Namen rufen. Es ist mein Patenonkel und langjähriger Chef bei der Alsfelder Polizei, Kriminaloberrat Ludwig Körber.

Jedes Mal, wenn ich ihn sehe, denke ich, dass er wieder etwas dicker geworden ist. Und das geht schon seit meiner Kindheit so. Wir begrüßen uns, und ich frage ihn, ob er den Bürgermeister gekannt habe.

Ja, habe er, sie hätten sich mehrmals auf Veranstaltungen getroffen und sich auch sonst gut verstanden. «Erhard war ein hervorragender Politiker und sehr integer. Solche Politiker fehlen heute, Henning.»

Ich sage, dass ich ihn persönlich nicht gekannt, seinen politischen Kurs von Abschottung und Obergrenzen allerdings nicht geteilt hätte.

«Ich finde, er hat mit seinen Aussagen über Bewohner des Flüchtlingsheims in Bretzenhain Ängste geschürt.»

Ludwig sieht mich verärgert an. «Und? Gibt ihm sein Tod nicht recht?», fragt er mich. «Er hatte vor diesen gewaltbereiten Männern gewarnt.»

«Moment mal», falle ich ihm ins Wort. «Das weiß man doch noch gar nicht sicher, ob das wirklich einer der Bewohner war.»

«Oh doch, mein Lieber. Seit heute sind wir so gut wie sicher, dass der tote Afghane in Bad Orb einer der Täter gewesen sein muss. Wir haben die DNA abgleichen lassen.»

Hätte er mir natürlich nicht sagen dürfen. Und das weiß er auch in diesem Moment. So richtig hat mein Patenonkel und langjähriger Freund meines Vaters auch nach fünf Jahren noch nicht verarbeitet, dass ich nichts mehr mit der Polizeiarbeit zu schaffen habe.

«Aber das ist noch inoffiziell, Henning, ja? Vertraulich, verstehst du?»

«Selbstverständlich», antworte ich.

«Das bin ich dem Erhard schuldig, seine Mörder noch vor meinem Ruhestand zu überführen», trompetet er mir noch etwas zu pathetisch hinterher. «Den anderen Spezi werden wir auch bald haben.»

Eigentlich ist Onkel Ludwig Körber seit Monaten nur noch damit beschäftigt, sich auf seine anstehende Pensionierung vorzubereiten. Jedes Mal, wenn ich ihn bei privaten Treffen oder Geburtstagen traf, redete er von nichts anderem. Er hoffe, dass seine Kollegen sich nicht zu viel einfallen lassen. Er möchte einen bescheidenen Abgang. Bitte, bitte solle nicht zu viel Aufsehen um seine Person gemacht werden. Natürlich sei er wahnsinnig lange dabei gewesen, und er habe ja auch stets alles für die Polizei gegeben und auf vieles verzichtet, und daher könne er schon verstehen, dass man dies auch würdigen möchte, aber, bitte, bitte, er sei ja nur ein kleines Rädchen gewesen.

Und je länger und häufiger er davon redet, desto klarer wird allen, dass er nichts so sehr fürchtet wie eine bescheidene, unprätentiöse Verabschiedung.

Mein Vater mochte Ludwig, aber seine Eitelkeit ging ihm auf die Nerven.

«Volksverräter, Volksverräter», wird weiter hinter uns wutbürgerlich geplärrt.

«Passt aber auch mal auf diese Leute auf», sage ich zu Ludwig. «Hier geht es teilweise sehr aggressiv zur Sache.»

Ludwig winkt ab. «Ich kann die Wut ein bisschen verstehen. Manchmal muss das halt raus.»

Ich ziehe mein T-Shirt aus der Hose und zeige ihm mein Hämatom auf der linken Brustseite. Ein blauschwarzes Überbleibsel der Bürgerwehr-Tritte.

«Das ist ein Ergebnis dieser Wut. Kannst du das auch verstehen?»

Onkel Ludwig blickt mich fragend an.

«Habe ich von drei Typen, die von einem Hessen-zuerst-Politiker angestachelt wurden, der vielleicht bald im Hessischen Landtag sitzt.»

«Ich verstehe nicht.»

Ich berichte ihm daraufhin kurz von diesem Übergriff.

«Dann verstehe ich nicht, warum du keine Anzeige erstattet hast.» Er schüttelt mit dem Kopf. «Du, als ehemaliger Polizist, solltest das doch besser wissen.»

Ich stecke mein Hemd wieder in die Hose und kann dem nicht widersprechen.

«So, mein Lieber, ich muss mal los», sagt Ludwig und blickt auf seine Armbanduhr. «Ich habe gleich 'ne Besprechung mit dem Catering, wegen meiner ...»

«Verabschiedung», komplettiere ich.

«Ja, richtig. Woher weißt du das?»

«Ach, habe ich mir nur so gedacht.»

Hallo, ihr Leut,

danke das ihr mich in eure Gruppe «Die Stimmung kippt! Bürgerwehren in Hessen» aufgenommen habt.
Ich finde nämlich auch das wir zu lange stillschweigend zugesehen haben und jetzt ist Zeit das sich endlich was verändert!!!!
Jedes Volk und jede Bevölkerung hat nämlich ein
Recht auf Selbstverteidigung und
Selbstbestimmung!!
Und die Verteidigung unserer Freiheit und Demokratie ist eindeutig zu wichtig, um sie ausschließlich der Polizei oder den Politikern zu überlassen.
Wir sind das Volk. Wir sind der Souverän und Wir entscheiden wie wir unsere Sicherheit organisieren und unsere Demokratie schützen und niemand anderes!!
Die Regierungen in Europa bekämpfen die eigene Bevölkerung.
Diesmal stehen sie nicht vor Wien, sie greifen uns von innen an.
So sieht das nämlich aus.
Flüchtlinge = Invasoren. So siehts aus!!!!

Und weil wir alle unseren Volksvertretern=Volksverräter zu lange vertraut haben steht Deutschland und auch Hessen da wo wir stehen. Nämlich als Lachnummer der Welt.
Das ist meine persönliche Meinung. Doch wehe die sagt man in unserm ach so freien Meinungsfreiheitland. Hahhahaha, guter Witz. Hier gibts «Tugenddiktat», Meinungskartell und Gesinnungsterror!! Denken darf man aber wehe man äußert sich laut!
Wer sein Maul aufmacht und seine Meinung äußert, wird entsorgt. Bei 51 % Wahlstimmen für «Hessen zuerst» wird die Meinungsfreiheit wieder gelebt und ist Schluss mit Gendermainstreaming. Ich wohne in der Nähe von Bretzenhain und möchte gerne mit dafür sorgen das Bretzenhain wieder sicher wird. Ich war jahrelang Polizist, weis also ein bisschen was und könnte mein Wissen und die Erfahrung mit reinbringen.
Ich bin bereit!!!
Bitte leitet meine nachricht doch weiter an jemanden von der bretzenhainer wehr, der kann mir ja antworten und dann können wir uns genauer absprechen.
Wir sind das Volk!!!

Grüsse OT

Servus OT,
danke für deine Nachricht!
Bei uns jeder ist jeder willkommen, der für ein sicheres Deutschland, ein sicheres Hessen, ein sicheres Oberhessen, ein sicheres Bretzenhain einsteht.
Wir treffen uns jeden Dienstag in der Kneipe «Beim Kurti» ab 20 Uhr. Komm doch einfach dazu, dann besprechen wir alles weitere.
Viele Grüße,
Volker

Hi Volker,

ja ich guck mal, ob ichs schaff. Sonst komm ich die Woche drauf.
Hab grad in der zeitung gelesen das es der Afgane war, der den Bürgermeister umgelegt hat. Der ist zwar tot – gut so – aber der andere läuft noch frei rum.
Wie soll man sich da sicherfühlen???
Was sagen da jetzt die ganzen banhofsklatscher und Gutmenschen?
Das würde mich mal interesieren!!!!
Ich meld mich!
Gruss OT

Kapitel 10

• • •

Ob der seit neuestem so deutschtümelnde Rüdi seine Tochter heute noch einmal Nadeshdine nennen würde, wage ich zu bezweifeln.

Nadeshdine ist zu Besuch. Sie ist fast gleich alt wie unsere Zwillinge, sodass die drei sich doch eigentlich prima verstehen und miteinander spielen müssten. Doch leider ist dem nicht so. Sie haben sich schlicht und ergreifend nichts zu sagen.

Ich bin der Sitter, ich passe zwei Stunden auf die Kindchen auf, ehe Gisa von der Schule nach Hause kommt. Franziska ist in der Musikschule, Rüdi weiß der Geier, wo, und ich bin eben zu Hause.

Alle drei Minuten kommt die kleine Nadeshdine, die weder etwas für ihren Vornamen noch für ihren Vater kann, mit einem neuen Buch zu mir gedappelt und bittet mich, es vorgelesen zu bekommen. Das geht seit einer Stunde so.

Immer wieder versuche ich, sie vorsichtig dazu zu animieren, mit Frida und Nick doch irgendwas zusammen anzugucken oder zu spielen. Doch weder meine Kinder noch Nadeshdine haben daran Interesse. Sie gehen sich routiniert aus dem Weg.

So wie ihre Väter.

Nun schaue ich mir also noch ein Wimmelbuch mit ihr an und blicke dabei immer wieder auf die Uhr, deren Zeiger sich einfach nicht schneller drehen wollen. Nach dem achten Buch frage ich alle, ob sie nicht fernsehen wollen. Die Notlösung. Hier herrscht nun Eintracht, zu dritt nimmt man zielgerichtet auf dem Sofa Platz.

Ich mache «The Walking Dead» an.

Kleiner Scherz, ich entscheide mich für «Die Kinder aus Bullerbü», denn damit kann ich mein schlechtes Gewissen hübsch abfedern. Ich setze mich neben die drei, lege meinen Laptop auf den Schoß und tue das, was ich jedem empfehlen würde, der stark an zu guter Laune leidet. Ich lese mich durch die Facebook-Seiten der «Hessen-zuerst»-Partei.

Das eine sind die offiziellen Posts, bei denen akribisch darauf geachtet wird, doch nicht zu radikal rüberzukommen, das andere sind die unzähligen undemokratischen, menschenfeindlichen und hetzerischen Kommentare der Sympathisanten unter den Posts. Das Resultat ebendieser Politik.

Die «Hessen-Partei» postet:

«Nun ist es offiziell: Vogelsberger Bürgermeister von Flüchtling erstochen. Wir haben gewarnt, doch wir sind ja Hetzer! Nun schämen sich die Altparteien und schweigen. Wer ein sicheres Hessen will, muss ‹Hessen zuerst› wählen.»

Man braucht nicht viel Phantasie dazu, um sich vorzustellen, wie die Kommentare dazu ausfallen.

Nadeshdine steht vom Sofa aus, geht in Frida und Nicks Kinderzimmer, kehrt mit einem neuen Buch zurück und drückt es mir in die Hand. Ich sage ihr, dass sie doch gerade einen Film gucken würde. Derweil schaut sie mit einem Auge auf meinen Laptop-Bildschirm, zeigt mit dem Finger drauf und sagt: «Papa.»

Und sie hat recht, ich hatte ihn auf dem Foto gar nicht erkannt. Rüdi steht bei einer Wahlkampfveranstaltung in Fulda lächelnd hinter den führenden Landespolitikern in zweiter Reihe.

Ich klappe meinen Laptop zu und versuche Nadeshdine wieder an den Apparat zu bugsieren. Dass ich mal so tief sinken und ein kleines Kind zum Fernsehen drängen würde, hätte ich auch nicht für möglich gehalten.

«Langweilig», sagt sie.

Ich besteche sie mit einem kleinen Eis, das ich für alle drei Kinder aus der Kühltruhe hole, und habe danach wieder ein paar Minuten Ruhe.

Ich klappe den Laptop wieder auf und lese, dass die Hessen-zuerst-Partei aktuell landesweit bei 21 Prozent steht. Die Geschehnisse rund um den Mord in Bretzenhain haben der Partei weitere Prozentpunkte beschert. Bei dem jetzigen Stand käme Rüdi tatsächlich mit seinem Listenplatz in den Landtag.

Jetzt gehen diese Bauchschmerzen wieder los. Gerade gestern dachte ich, dass sich die Sache von alleine erledigt hätte. Ein paar Tage war ich komplett beschwerdefrei. Sogar Holz hacken konnte ich ohne Schmerzen, und auch nach den Tritten dieser Deppen in Bretzenhain gab es keine Probleme. Ich beschließe, in den nächsten Tagen wirklich endlich zum Arzt zu gehen. Rational hätte ich das schon längst machen müssen, doch wer geht schon rational mit Krankheitsängsten um?

Ich laufe in die Küche, lasse die Kinder eine Weile alleine den Astrid-Lindgren-Film weitersehen und setze mir einen Tee auf. Ich mag keinen Tee, doch er gibt mir das Gefühl, dass ich etwas Konstruktives gegen die Schmerzen tue.

Das Wasser kocht, der Schmerz verschwindet, und der Teebeutel wird wieder aus der Tasse geholt und zurück ins neckische Teedöschen verstaut, das Franziska einmal entzückt auf einem Flohmarkt in Antwerpen erstand.

Flohmarkt steht bei mir auf einer Stufe mit Baumarkt. Immer wenn ein Wort mit *markt* endet, wird es bedrohlich. Supermarkt geht, allerdings nur, wenn man dort zielgerichtet das Überleben der Familie sichert. Supermarkt-Bummeln dagegen ist eine Katastrophe.

Einen der schlimmsten Ehekräche mit Franziska hatte ich beim Einkaufen. Franziska liebt es zu schlendern, selbst durch Supermärkte. Manchmal starrt sie minutenlang auf 35-l-Müllsäcke und freut sich darüber, dass es diese nun auch mit Geruch gibt. Das macht mich wahnsinnig.

Wenn ich einkaufe, stürme ich in Vollspeed mit einem Gesicht wie Rainman durch die Gänge und schmettere die Lebensmittel in immer gleicher Reihenfolge in den Wagen. Wenn Franziska unvorhergesehene Dinge wie Ahornsirup auf den Zettel schreibt, bringt mich das total aus dem Konzept. Und wenn ein übermotivierter Filialleiter dann auch noch auf die Idee kommt, seinen Supermarkt neu zu sortieren, fällt es mir schwer, die Fassung zu bewahren. Ich brauche Wochen, um so einen Schock zu verkraften. Manche sagen, ich hätte in der Hinsicht etwas Zwanghaftes an mir, und ich gebe ihnen recht.

Großeinkäufe lehne ich übrigens auch ab. Ich hasse Großeinkäufe, erst recht am Samstag. Ich gehe lieber viermal in der Woche einkaufen und vergesse dabei dreimal den Ahornsirup.

Franziska liebt Flohmärkte. Ich liebe Franziska und gehe trotzdem nicht mit.

Nur in ganz wenigen Ausnahmen. Zum Beispiel in Antwerpen, da waren Freunde mit dabei, da macht man das dann halt mal mit. Schließlich sei der Flohmarkt in Antwerpen was ganz Besonderes. Aha. Da gebe es Vögel. Aha.

Doch macht es das besser? Nein. Allein schon das Gehtempo, das man bei gemeinsamem Flohmarktbummeln an den Tag legt, lässt mich innerlich implodieren. Ich erleide Erschöpfungsattacken und Rückenschmerzen, thematisiere diese allerdings nicht, sondern gucke nur leidgeprüft.

In Antwerpen stellte ich mir selbst die Aufgabe, irgendetwas an den Ständen zu entdecken, was mich interessiert. Ich fand nichts, fühlte mich bestätigt und damit besser.

Franziska dagegen interessiert auf dem Flohmarkt alles. Und sie liebt es, mit den urigen Typen hinter den Ständen launig ins Gespräch zu kommen. Sie findet diese Leute dann stets so nett, dass sie es ungehörig empfände weiterzuziehen, ohne etwas zu kaufen. Und darum steht neben haufenweise anderem nichtsnutzigem Zeug dieses Teedöschen im Schrank.

«Papa», tönt es aus dem Wohnzimmer. Das war keiner der Zwillinge, das war Nadeshdine. Vermutlich möchte sie wieder das

Foto ihres Vaters auf meinem Laptop sehen. Ich erwarte, dass sie jeden Moment in die Küche getapst kommt.

«Papa», ruft sie nun noch lauter, mit freudigem Tonfall.

Dann höre ich ein Klopfgeräusch aus dem Wohnzimmer, als klopfe jemand gegen die ... ach du liebe Güte, mir schwant Übelstes.

Zügig renne ich ins Wohnzimmer. Nadeshdine steht vor der Terrassentür und ruft immer wieder begeistert: «Papa!»

Und der Populisten-Papa, der nicht wie alle anderen und wie es sich gehört an der Haustür klingelt, steht klopfend und winkend auf der anderen Seite der Glastür. Dabei hatte ich Gisa erwartet und erhofft.

Ich öffne Rüdi die Tür und stelle gleichzeitig fest, dass eines der Kinder auf der Fernbedienung herumgedrückt haben muss, denn im Fernsehen läuft kein Kätzchen mehr minutenlang in Seelenruhe über eine Wiese, sondern eine überdick tätowierte bildungssehrferne Frau beschimpft ein muskelbepacktes Testosteron-Ungeheuer mit Ausdrücken, die selbst aus RTL-Sicht nicht für Dreijährige gedacht sein können.

Seit unserem Streit neulich am späten Abend hier an selbem Ort und selber Stelle habe ich Rüdi nicht mehr wiedergesehen, und dann das jetzt. Hektisch schalte ich unter Protest meiner Kinder mit der Fernbedienung den Fernseher aus.

«Henning, tut mir leid, aber das macht mich doch jetzt wirklich sprachlos.»

Rüdi hat alle Trümpfe in der Hand, und er scheint es zu genießen. «Du lässt wirklich unsere Kids ohne Aufsicht Privatfernsehen gucken? Wenn ich das Gisa erzähle, dreht die durch. Wo ist denn Franziska? Ich dachte, Franzi sei da.»

Tja, und ich dachte, Gisa käme Nadeshdine abholen.

«Du kannst es mir glauben oder nicht», sage ich in fast schon resigniertem Tonfall, «aber die Kinder haben Astrid Lindgren gesehen. Ich war nur kurz in der Küche ...»

«Jaja, ist klar», unterbricht er mich. «Du, ich bin da jetzt echt mal sehr enttäuscht von dir. Du bist doch Hausmann, du hast doch Zeit. Und dann parkst du die Kids vor der Glotze. Ich jedenfalls nutze jede freie Minute, und davon habe ich wahrlich nicht viele, und lese meiner Kleinen was vor. Gell, Nadeshdine?»

«Ja, vorlesen», jubelt sie und sucht nach dem Buch, das ich ihr vor einer Viertelstunde vorgelesen habe. Doch es hat keinen Sinn, ihm das zu erzählen, es geht ihm ja nicht um die Wahrheit, es geht ihm um sein Machtgefühl. Eben genau so wie bei seiner Politkarriere.

Frida und Nick haben sich inzwischen mit dem erloschenen Fernsehbild arrangieren können und gucken sich nun gemeinsam mit Nadeshdine eines der Wimmelbücher an. Rüdi und ich stehen uns gegenüber und schweigen.

«Mensch, Henninger», schlägt er mir plötzlich jovial gegen die Schulter, «lass uns doch mal dieses alberne Kriegsbeil begraben, oder? Wir sind doch erwachsene Leute.»

Mir fällt dazu auch nichts Schlaues ein. Nun zieht er wieder diese schmierige Schleimshow ab, und immer und irgendwie schafft er es, dass ich mich in der Defensive fühle. Das macht mich rasend, doch es fallen mir nie die richtigen Worte ein.

Da reiße ich plötzlich mein Hemd hoch und zeige ihm meine blauen Flecken am Oberkörper. «Ist das deine Art, Kriegsbeile zu begraben?», fauche ich ihn an.

Rüdi blickt mich fragend an.

«Komm, jetzt tu nicht so», lege ich nach. «Du weißt ganz genau, woher die kommen.»

«Henning, entschuldige, aber Gisa hat recht, du wirst echt immer seltsamer.»

«Das war *dein* Schlägertrupp, du Blödmann!»

«Henning, bitte», versucht mich Rüdi mit beschwichtigender Geste zu mäßigen. «Denk an die Kinder.»

«Blödmann, Blödmann», singt Frida.

Nun tische ich ihm im Flüsterton, den die Kinder am anderen Ende des Wohnzimmers nicht verstehen können, detailliert auf, wie ebendiese Männer, die noch vor ein paar Tagen auf unserem Hof hier standen, mir diese Hämatome zugefügt haben.

«Sollte das wirklich stimmen, Henning, dann glaubst du doch bitte nicht im Ernst, dass ich damit irgendetwas zu tun habe. Also, bitte. Wie konnte es denn dazu kommen? Hast du sie provoziert?»

«Nein», rufe ich, wieder etwas lauter. «Die haben ...»

«So wie du mich auch in letzter Zeit ständig provozierst?»

Ich atme tief durch. Dieses Gespräch dauert schon viel zu lange. Ich möchte, dass er geht, und werde ihm genau das jetzt auch sagen.

«Blödmann», ruft wieder Frida. Wenn sie nur wüsste, wie recht sie hat.

«Ich dachte immer, du bist Demokrat», setzt Rüdi neu an. «Oder gilt für dich Demokratie nur, solange es nach deiner Nase läuft?»

Berauscht von seinem eigenen Argument, wartet er auf meine Replik.

«Das ist doch Blödsinn, ich ...»

«Blödmann», ruft nun auch Nick, seiner Zwillingsschwester begeistert nacheifernd.

«Nein, ist es nicht», fällt mir Rüdi ins Wort. «Wir haben über zwanzig Prozent in Hessen, laut den Umfragen. Können die alle irren? Sind das alles Idioten?»

«Ja», rutscht es mir heraus. «Nein», korrigiere ich schnell. «Aber, wie habt ihr denn bitte diese Zustimmung erreicht? Mit Lügen, mit Hetze, mit Angstmacherei, mit albernen Versprechungen. Hitler wurde übrigens auch gewählt.»

Nun gibt sich Rüdi entrüstet. Das kann er auch gut.

«Jetzt mach aber mal halblang, Henning. Hast du mich nicht der Lüge bezichtigt, als ich sagte, dass Bürgermeister Groß von

Flüchtlingen ermordet wurde? Und? Was ist nun? Hatte ich nicht recht?»

Er fährt nun fast aus der Haut. Sein Hals wird immer röter, seine Stimme immer lauter.

«Wir sind die einzige Partei, die genau vor diesen Zuständen gewarnt hat, die den Finger in die Wunde gelegt hat. Ein Bürgermeister äußert sich kritisch über die Aufnahme von gefährlichen Flüchtlingen, und zur Strafe wird er erstochen. Ist das die Demokratie, in der du leben willst?»

Alle drei Kinder blicken nun mit großen Augen auf Rüdi. Es wird wirklich Zeit, die Sache hier zu beenden. Das tun wir auch. Rüdi packt seine Tochter, verabschiedet sich von Frida und Nick und verlässt durch die Terrassentür das Wohnzimmer.

«Blödmann», murmle ich leise vor mich hin.

«Blödmann», antworten im Duett meine Kinder.

Ich schalte den Fernseher wieder ein, und wir schauen «Die Kinder von Bullerbü» zu Ende.

Da ist die Welt wenigstens noch in Ordnung.

Kapitel 11

•••

Jana Wilhelm wirkt mitgenommen.

Ihr Gesicht ist blass, ihr Blick matt. Fahrig und voller Unruhe stellt sie Stühle für das anstehende Arbeitskreis-Treffen der ehrenamtlichen Flüchtlingshelfer um einen Tisch. Ich bin zehn Minuten zu früh, also helfe ich ihr bei den Vorbereitungen. Hessi hat mich gestern angerufen und gedrängt, an diesem Treffen teilzunehmen. Ich sei doch nun ihr erster Assistent bei der Organisation «ihres» Festes.

Mein Einwand, dass bei diesem Treffen doch ganz bestimmt als Allerletztes ein fröhliches Fest geplant würde, verpuffte. Trotzdem oder gerade deswegen sagte ich zu.

Sie tut mir leid, diese Jana Wilhelm, und das macht sie für mich interessant. Das war leider schon immer so. Frauen, die mir leidtun, wecken mein Interesse. Schon in der Schule interessierten mich stets die Mädchen, denen es sichtbar schlechter ging als mir. Ich bot dann meine Hilfe an, konnte dabei vergessen, wie beschissen es mir selbst in den pubertären Tälern ging, und scheiterte natürlich regelmäßig daran, diesen Mädchen zum großen Glück zu verhelfen. Das blieb dann auch so.

In Franziska verliebte ich mich bereits mit siebzehn. Wir trennten uns nach der Schule, um dann ein paar Jahre später wieder zusammenzufinden. Auch sie bot zunächst genügend Fläche für meine verzweifelten Hilfsengagements. Sie war damals drauf und dran, den Weg einer Konzertpianistin zu gehen, doch sie traute es sich ihrer schwachen Nerven wegen nicht zu. Ich legte mich wie ein Wilder ins Zeug, ihr Mut zuzusprechen, doch das war eine Aufgabe, die keiner bewältigt hätte.

Und ich schon gar nicht.

Später, als wir dann verheiratet waren, habe ich dieses Hilfsdings abgelegt, vor allem in Bezug auf Franziska. Manchmal kippte es sogar ins Gegenteil, ich ließ sie mit fast allem allein und suhlte mich in meinem Selbstmitleid.

Es passierten all die Dinge, die passiert sind, und heute sind wir Tag für Tag damit beschäftigt, alles im Lot zu halten.

Ein klein wenig also flackert dieser alte Hilfsimpuls beim Anblick der gestresst-nervösen Jana Wilhelm auf. Die Sympathie scheint auf Gegenseitigkeit zu beruhen, jedenfalls stellt meine verfrühte Anwesenheit für sie erkennbar kein Problem dar.

«Wissen Sie, Herr Bröhmann», sagt sie, «es fühlt sich nicht gut an, dass ich diejenige war, die sich ganz besonders dafür eingesetzt hatte, dass diese problematischeren jungen Männer aus Afghanistan hier noch nach Bretzenhain kommen sollten, das sage ich ganz offen. Ich dachte, wir bekämen das in den Griff. Und nun das.»

Floskelhaft versuche ich ihr zu versichern, dass sie sich doch bitte keine Schuld geben dürfe, dass solche Dinge eben manchmal passierten und man eben nicht alles verhindern könne.

Das wisse sie auch, antwortet sie, und trotzdem fühle sie so etwas wie eine Mitverantwortung.

«Manchmal scheitert man eben an den eigenen Ansprüchen.»

Darauf weiß ich nichts Tröstendes zu sagen.

Wenig später trudeln die ehrenamtlichen Helfer und Helferinnen der Flüchtlingsinitiative ein. Man begrüßt sich, man kennt sich. Ich selbst muss mich nicht vorstellen, denn das übernimmt schon Jutta «Hessi» Hesswig.

«Das is der Henning. Ein subber Typ, mir beide kenne uns schon seit Ewigkeite. Da passt zwische uns kei Kuhhaut dazwische. Deswege nehm ich den jetzt auch bei die Hand und lerne ihn an.»

«Bei die Hand»: Wenn es den hessischen Dialekt nicht schon gäbe, müsste man ihn erfinden.

Hessi spricht über mich, als sei ich ein Achtklässler, der bei seinem ersten Berufspraktikum dem Abteilungsleiter vorgestellt wird.

«Und außerdem isser Polizist ... also fast», legt sie nach.

Man blickt mich fragend an.

«Das heißt, ich war ... ich war Polizist. Hauptkommissar.»

Wir nehmen alle Platz. Mit mir sind es acht Personen, die sich nun um den Tisch setzen. Auch die Pfarrerin, die den Trauergottesdienst für Bürgermeister Groß leitete, ist mit von der Partie.

Renate Kurtz, eine ernsthafte, sachliche, kleingewachsene Frau um die sechzig eröffnet offiziell die Besprechung. Sie entpuppt sich als die Sprecherin dieses Kreises, als die Vorsitzende der Initiative. Zunächst bedankt sie sich bei Jana Wilhelm, dass die ihr Büro wieder für das Treffen zur Verfügung stelle. Dann kommt sie sehr schnell zur Sache.

«Ihr habt es alle mitbekommen, es stand ja auch schon in der Zeitung: Man hat DNA-Spuren von Halim Ansary am Tatort beim verstorbenen Bürgermeister gefunden. Es ist also nahezu erwiesen, dass er der Täter war und danach mit Javid geflohen ist. Halim wurde überfahren, von Javid fehlt wohl noch jede Spur. Unsere Arbeit wird dadurch natürlich noch schwerer. Aber das brauche ich euch ja nicht zu sagen, ihr wisst ja, wie die Stimmung überall ist.»

Alle nicken betreten, nur Hessi nicht. «Und destewege lasse mir uns net unnerkriege und feiern nächste Woche das große Fest. Jetzt erst recht.»

Nun schweigen alle noch betretener.

Renate, die in allem das reine Gegenteil von Hessi zu sein scheint, blickt lange und nachdenklich auf Hessi und sagt dann zur Überraschung aller: «Vielleicht hat Jutta recht. Vielleicht ist es wirklich eine gute Idee, dieses Zeichen zu setzen. Auch wenn es die schlimmen Vorkommnisse gab. Auch wenn Bewohner unserer Unterkunft diesen schlimmen Mord begangen haben, so müssen wir mehr denn je klarmachen, dass all die anderen Geflohenen in Bretzenhain nicht kollektiv dafür verantwortlich gemacht werden dürfen.»

Große Zustimmung. Auch Jana Wilhelm nickt, doch hundertprozentig überzeugt wirkt sie nicht.

Hessi dagegen ist begeistert: «Allein für die Kinner im Heim müsse mir das mache. Die müsse sich hier doch weiter willkomme fühle. Hier, ihr Leut, ich und der Henning, mir habbe das orgamäßig im Griff. Macht euch da keine Gedanke net, mir schaukeln das Schiffche schon. Gelle, Henni?»

Ich lächle etwas gequält und versuche damit vorsichtige Zustimmung zu signalisieren.

«Aber, Jutta», ruft eine junge, südeuropäisch aussehende Frau, die sich mir mit dem Namen Marcella vorgestellt hat, und schiebt das von Hessi im Alleingang kreierte und getextete Einladungsplakat in die Mitte des Tisches. «Ich finde, man sollte am Text noch ein bisschen arbeiten.»

«Wüüüso???», ruft Hessi.

Viele der Arbeitskreismitglieder lesen es zum ersten Mal.

Große Bretzenhainer Flüchtlingsbegegnungsfete – Jetzt erst recht!

Eingeladen sind alle Bürger, Flüchtlinge und sonstige Menschen, am Sonntag, dem 11. Juni, zum Bretzenhainer Grill & Sportplatz zu kommen.
Geboten wird ein reichhaltiges Angebot an Speisen, Kultur, Kinderhüpfburgen und an Möglichkeiten zum Miteinander-ins-Gespräch-Kommen.

Planung, Idee, Durchführung, Gesang und Moderation: Jutta Hesswig

«Ich finde auch, da könnte man in Nuancen etwas ändern», bekommt Marcella von Renate Unterstützung.

«Wüüso? Steht doch alles druff, was wichtig ist!»

«Schon, aber», stammelt nun Marcella, «man könnte das stilistisch ein wenig ...»

«Gestern noch wollte keiner von euch mitmache, jetzt seid ihr wieder alle am rummäkeln. Das ist mal wieder tybbbisch.»

Beleidigt lehnt sich Hessi zurück und verschränkt die Arme vor ihrem üppigen Busen. Mit Kritik umzugehen war noch nie eine ihrer Paradedisziplinen. Sie hat andere Stärken.

Vielleicht sollte ich mich an dieser Stelle mal einbringen. «Ich schlage vor, ich gehe gemeinsam mit Hessi da noch mal drüber», sage ich also.

Da freut sich Hessi, sie tätschelt mir die Hand: «Ich sach ja, der Henning, das ist ein Schätzche. Gut, dass ich den hier zu uns mitgebracht hab.» Diese Bemerkung rauscht zwar haarscharf an der Realität vorbei, tut aber in dieser Runde jetzt sowieso nichts zur Sache.

Die Runde wirkt erleichtert. Der Tagesordnungspunkt «Flüchtlingsfest» ist hiermit für den Moment beendet. Ich nutze die kurze Stelle und frage nach den beiden Afghanen:

«Was sind, was waren das denn für Typen?»

«Man muss sich da nichts vormachen», antwortet Renate. «Vor allem der verstorbene Halim gehörte zu einer Handvoll junger Männer, die schon vorher negativ auffielen. Es gab immer wieder Schlägereien, Pöbeleien und Sachbeschädigungen. Ihm war schon lange klar, dass er wenig Aussicht auf Asyl haben wird. Das hat die Sache nicht besser gemacht, also ein klassischer Teufelskreis. Der andere junge Mann, Javid, der war bisher meines Wissens nach noch nicht negativ aufgefallen, oder?»

«De Javid ist kein Unrechter net», wirft Hessi ein. «Der war beim Halim unter keinem guten Einfluss. Kerle, jetzt läuft der da allein in der Gegend rum.»

Jana Wilhelm stimmt Hessi zu. Javid sei auf keinen Fall mit Halim in einen Topf zu werfen.

Der dürre Guntram Binse, der bis zu diesem Moment noch gar nichts gesagt hat, fragt, ob man denn schon einen Verdacht habe, wer Halim überfahren haben könnte, und ob dies wohl ein Versehen mit Fahrerflucht oder Vorsatz gewesen sei.

Alle gucken auf mich, da ich ja der Fast-Polizist bin. Doch auch ich weiß nichts und teile es auch so mit.

«Das waren die Nazis», ist sich Hessi sicher.

Da öffnet sich die Tür, und ein Mann mit wildem Haar- und Bartwuchs betritt den Raum. Ich habe mit vielem gerechnet, aber mit ihm ganz bestimmt nicht. Sechs Jahre habe ich ihn nicht mehr gesehen und keine Sekunde davon bereut. Es ist Wolle. Wolle, der langjährige unumstrittene basisdemokratische Diktator unserer Kindergruppe Schlumpfloch e. V.

Unglaublich, was macht der denn hier? Wieder einmal wird mir klar, der Vogelsberg ist einfach klein. Man trifft sich hier im Leben mindestens dreimal.

Neben ihm stehen zwei Frauen. Seine langjährige Partnerin Molli ist nicht dabei. Eine der beiden Frauen könnte aufgrund der Ähnlichkeit mit Molli eine gemeinsame Tochter sein, die andere ist Mitte fünfzig, hat lange graue Haare und keinen BH an.

Wolle blickt vorwurfsvoll in die Runde. «Wieso habt ihr denn schon angefangen?»

Der Sound seiner Stimme beamt mich sofort in die frühere Schlumpflochzeit zurück, in der wir auf Elternabenden noch über Vollwert-Zahnpasta diskutierten und die Kindergruppe noch nicht von jungen Anwälten zu einer Frühförderungsanstalt umfunktioniert worden war.

«Das macht mich jetzt wirklich traurig, dass ihr schon ohne uns begonnen habt», wiederholt er seinen Vorwurf. «Da fühle ich mich übergangen, sorry!»

Die Gruppe weist ihn höflich, aber bestimmt darauf hin, dass er über zwanzig Minuten zu spät sei, doch da hat Wolle mich entdeckt.

«Ha, wenn das mal nicht der Henning ist», ruft er mir zu.

«Hallo, Wolle», grüße ich förmlich zurück.

«Da muss ich erst mal spüren, was das jetzt mit mir macht. Da kommen ganz viele ambivalente Gefühle in mir hoch. Da muss ich erst mal in mich reinhören.»

Ich schaue in aller Verlegenheit zu Jana Wilhelm, bei der ich zum ersten Mal an diesem Abend einen Anflug eines Lächelns um den Mund ausmache.

Renate bittet Wolle und die beiden Damen, sich zu setzen, um die Besprechung fortzusetzen.

Ich bin zutiefst beeindruckt, wie das hier abläuft. In atemberaubendem Tempo werden die Aufgaben verteilt, wer wann mit wem zu welchem Amt, zu welchem Sprachkurs, zu welchem Einkaufsmarkt, zu welcher Beratungsstelle fährt. Auch dies hier ist ein Teil der Wahrheit über Deutschland, über Hessen, über Bretzenhain. Diese Menschen, die in ihrer Freizeit mit anpacken, die ganz einfach denen helfen, denen geholfen werden muss, die gibt es auch zuhauf. Sie sind nur leiser als die, die da draußen herumkrakeelen, hetzen, hassen oder als Bürgerwehr über die Straßen patrouillieren.

Meine Aufgabe bleibt es, mit Hessi das Flüchtlingsfest am kommenden Wochenende zu organisieren.

Am Ende der Besprechung kommt Wolle auf mich zu. Seine Umarmung ist zu lang, zu intensiv, zu nah und der Sache aus meiner Sicht nicht angemessen. Aber so war es ja schon immer. Warum soll sich das noch ändern? Auch er ist älter geworden, seine langen strohigen Haare sind grauer, sein Bart schon weiß, seine tiefe Falte zwischen den Augen noch tiefer. Und er riecht genau so schlecht wie eh und je.

«Mensch, Wolle, was für ein Zufall, was?», bemühe ich mich, ein bisschen erfreut zu klingen.

«Zufälle gibt's nicht, mein Lieber. Es reizt mich eher nachzuspüren, warum uns Mutter Erde hier wieder zusammengeführt hat.»

Mich reizt es weniger, das sage ich aber nicht.

«Das sind Luna und Hildegard», stellt er mir die beiden Damen vor, die nun freundlich lächelnd links und rechts von ihm stehen. Er hält beide an der Hand, so wie ich oft unsere Zwillinge. Luna ist die Jüngere, vielleicht Mitte zwanzig. Kurz bevor ich frage, ob sie Wolles Tochter sei, sagt Wolle: «Du wunderst dich wahrscheinlich, wo Molli ist, oder?»

«Ja, äh, weiß nicht ... wo ist sie denn ...?»

«Die ist zu Hause bei den Kindern.»

«Ah ...»

Wolle lächelt und schlingt nun die Arme um beide Frauen, die wiederum ihre Köpfe an seine Schulter schmiegen.

«Ah», sage ich noch einmal, «dann sind Molli und du doch noch zusammen? Ah, und ihr seid dann ...?»

Ich bekomme die Frage nicht zu Ende formuliert, da ich schlicht gar nichts mehr verstehe. Muss ich eigentlich auch gar nicht und will ich auch gar nicht.

«Wir leben zu viert mit den Kindern. Luna, Hildegard, Molli und ich.»

«Zu viert.»

«Ja, Polyamorie heißt das.»

«Oh, ah.»

Wolle genießt es, mich verwirrt zu sehen.

«Lass sie ruhig zu», sagt Wolle und legt nun seine Hände auf die meinen, «lass sie zu, deine Irritation, deine Fragen, deine Zweifel, deinen Widerstand, deine Ablehnung.»

«Nee, passt schon», sage ich schnell und ziehe meine Hände weg. «Soll doch jeder nach seiner Dings glücklich werden.»

Ich blicke demonstrativ auf meine Uhr, gebe zu verstehen, dass ich noch nach Hause müsse, zu meinen Kindern und meiner einzigen Frau, und verabschiede mich von Luna, Hildegard und dem Vogelsberger Rainer Langhans für Arme so unherzlich wie möglich.

Hallo Volker,

leider hab ichs nicht mehr geschafft am dienstag zum Kurti in die kneipe zu kommen. Aber ich bin trotzdem fest entschlossen bei euch mitzumachen. Wir müssen einfach mehr werden. Das alles muss richtig gut organisiert werden. Da helfe ich gerne mit mit Rat und Tat. Wie gesagt ich war bei der polizei. Da geb ich gern mein wissen weiter.
Habt ihr das auch gehört? Die Gutmenschen wollen tatsächlich ein fest für die asylschmarotzer machen? so als dankeschön dafür das sie den bürgermeister erschlagen haben????
Na, dann vielen dank! da krieg ich echt die krätze!
wer veranstaltet denn ein großes fest für die deutschen obdachlosen?

Gruss
OT
PS: nächste woche komme ich zum kurti. da können wir uns dann mal kennenlernen

Hi OT,
Leute wie dich können wir tatsächlich gebrauchen. Wir haben auch schon alle im Strahl gekotzt, als wir von dem Fest für die Kulturbereicherer gehört haben. Ich glaub es geht!!!!
Wir haben aber schon ein paar Ideen, wie die Party mal so richtig unvergesslich werden wird. Für alle, haha. Da kannst du gerne mit dabei sein.
Genaueres aber lieber persönlich.
Hast du das auch gelesen: die Arbeiter-Wohlfahrt lädt asyl-Kinder

zu einem Ausflug in einen Freizeitpark ein. Deutsche dürfen nur mit, wenn sich net genügend angemeldet haben. Soweit ist es also jetzt schon gekommen in Deutschland. Danke Merkel!!!!

Bis dann, mit patriotischem Gruss
Volker

Kapitel 12

• • •

Ich bin nervös, angespannt, ach was, ich habe die Hosen gestrichen voll.

Eigentlich ist diese ganze Geschichte heute auch mal wieder gerade zu viel, aber sei's drum, ich habe vor ein paar Wochen zugesagt, und nun muss ich da halt durch.

Außerdem hat man das ja auch nicht alle Tage: Auftritte im Fernsehen.

Das heißt, eigentlich tritt in erster Linie natürlich Manni Kreutzer auf, der am heutigen Freitag gleich in zwei Sendungen eingeladen wurde. Zunächst ist er zu Gast in der Nachmittags-Livesendung «Hallöchen, Hessen», und am Abend geht es dann weiter zur Aufzeichnung der «Fett-Ablach-Comedy-Show».

Mit dabei ist eine kleine Besetzung seiner Band «The Overhesse», zu denen eben auch ich als äußerst durchschnittlicher Fiddler zähle.

Das erste Mal in meinem Leben trete ich also im Fernsehen auf. Und dann auch noch an der Geige. Da darf man auch schon mal nervös sein.

Jetzt gleich bei «Hallöchen, Hessen» im Sendehaus des Hessischen Rundfunks wird Manni als «Stargast» auf dem Sofa sitzen und zur Auflockerung zwei Liedchen trällern. Ich selbst bin nur bei einem Song im Einsatz, bei «Wenn das Wörtchen Wenn nicht wär», beim zweiten Song, dem «Lonesome Wolf», wird keine Geige gebraucht.

Alle zusammen sind wir eben in Mannis altem Tourbus nach Frankfurt «gecruist», wie er sagen würde. Mit dabei sind neben Manni und mir die beiden Musiker Django Bonanza und Dirty Harry sowie Hessi in ihrer Doppelfunktion als Partnerin und Managerin.

Da sitzen wir nun alle in einer Garderobe und warten darauf, zur Maske gerufen zu werden.

«Hier, ihr Leut», richtet Manni das Wort an uns «Overhesse», «hier, kein Grund, hibbelig zu sein. Fernseh ist aach nur Fernseh. Da muss mer geschmeidig bleibe, sonst wird das nix. Da darf mer net gleich durchdrehe.»

Nein, darf man nicht, doch ich bin unglaublich nervös. Die Sendung ist live, jeder falsche Ton, den ich spiele, bleibt für immer und ewig in den Archiven des Hessischen Rundfunks und somit auch der gesamten ARD. Django Bonanza und Dirty Harry, die natürlich eigentlich ganz anders heißen, sind da wesentlich gelassener. Sie sind ja auch Profis. Sie kennen diese Situationen, sie schütteln das alles aus dem Handgelenk.

Ich dagegen bin blutiger Amateur und frage mich ohnehin immer wieder, warum ich nach Mannis Erfolgen immer noch in dieser Band bin. Es kann sich nur um menschliche Gründe handeln, um rein musikalische ganz bestimmt nicht. Ich heiße übrigens Fiddle-Henner, aber das möchte ich jetzt nicht weiter vertiefen. Ich hätte diese Geschichte von vornherein absagen müssen, doch das hilft jetzt auch nichts mehr. Es ist zu spät.

Hessi, nun also wieder in der Rolle der großen Managerin, ist damit beschäftigt, sich so wichtig wie nur irgend möglich zu machen.

Es klopft, und eine freundliche Frau Mitte dreißig tritt ein, mit halblangem Haar, sportlicher Figur und ambitionierter Brille. Sie stellt sich als Antje Griesing vor, als die verantwortliche Redakteurin dieser Sendung.

Bevor sie uns alle per Handschlag begrüßt, springt Hessi auf und stellt sich in Position. «Tachchen, ich bin Jutta Hesswig. Sie wissen wahrscheinlich, wer ich bin.»

Hessi senkt ihre Stimme am Ende des Satzes. Es war also nicht als Frage gemeint, und doch versteht es die Redakteurin als eine solche und antwortet mit: «Nein.»

«Na, Management hahalt.»

«Soooo, meine liebe Frau Antje», ruft Manni dazwischen, «da will auch ich mal Hallöchen, Popöchen sagen, was? Ich bin's, de Manni.»

Antje Griesing lächelt professionell und erläutert darauf in aller Routine den Ablauf der Sendung. Manni hört nicht richtig zu und guckt stattdessen permanent auf mich.

Plötzlich sagt er: «Ei gugg ma, Frau Antje, wie blass de Fiddle-Henner ist. Kerle, Kerle, dem habbe ebe schon die Händ gezittert, als er sich ein Käffche ringeschüttet hat.»

«Ach, ehrlich?» Die Redakteurin blickt mitfühlend zu mir.

«Nee, geht schon», piepse ich aus meiner Ecke.

In meiner Hose summt es. Eine SMS. Ich gucke kurz.

Teichner, mein Exkollege, schreibt mir, ich solle ihn zurückrufen.

«O. k., ich glaube, Sie können jetzt in die Maske, Jenny wird Sie abholen.»

So habe ich mir Fernsehen immer vorgestellt. Da laufen Jennys rum, die einen abholen.

Eine Stunde später ist Manni auf Sendung.

Mod: So, ich komme nun mal rüber zu unserem Hallöchen-Hessen-Sofa, zu unserem heutigen Talkgast Manni Kreutzer. Herr Kreutzer, Sie ...

Manni: Ach hier, liebe Selcan, wolle mer net Du sage? Ich sag immer, ich selber bin auch per Du mit mir, warum denn net auch mit die annerrre?

Mod: Na gut, das können wir gerne ...

Manni: Ich bin de Manni!

Mod: Ja, haha, also unser heutiger Talkgast ist der Vogelsberger Countrysänger und Entertainer Manni Kreutzer. Falls Sie ihn noch nicht kennen ...

Manni: Was soll das dann heiße? Mich net kenne? Kerle, mir sind hier doch net in de Vereinigte USA. Mir sind doch in good old Hesse. Also, meine liebe Selcan, da tut mich ja wohl jeder kenne, da bin ich bekannt wie 'ne bunte Sau ...

Mod: Ja, äh, natürlich ... Herr ... Manni. Trotzdem, es gibt bestimmt noch ein paar Leute, die ...

Manni: Glaub ich net.

Mod: Wir freuen uns nachher auch noch auf zwei Darbietungen von dir. Toll, dass du deine Band «The Overhesse» mitgebracht hast. Auf welche Songs dürfen wir uns denn freuen?

Manni: Na ja, ich kann auf jeden Fall verspreche, dass mir so richtig einen rausrotze. Erst so ein bissi melancholistisch mit dem «Lonesome Wolf» und dann ...

(Manni hält inne, starrt auf die Moderatorin)

Mod: Ja? Manni?

Manni: Kerle, dei Auge sind ja in echt noch viel bezaubernder als im Fernseher. Und ich hab schon so ne richtige riesige Super-Mega-HD-Rakete daheim, aber in natura, kerle, hey ...

Mod: Oh ... äh ... danke ...

Manni: Das tut mich grad richtig verzauberrre.

Mod: Na ja, jetzt ... bitte ... Manni.

Manni: Doch, ich bin jetzt ein bissi ausm Konzept rausgefalle. Aber ich mein's wirklich ernst. Ich bin ... wie soll ich sage, ein bissche ... verlege, will meine, betört. Sage mir's doch so, wie's is: Ich hab mich ebe in diesem Moment aber mal so richtig in dich verguggt ... aber so was von. Zack, wie ein Blitz isses hier ins Innere rinngeschosse.

Mod: Haha, so ist der Manni, immer für einen Scherz aufgelegt ...

Manni: Das ist jetzt mal kein Scherz. Das ist mein voller Ernst. Mir tut richtig das Herzeblut pumpe und uffquille ... Hier, fühl mal ...

Mod: Also, Manni ...

Manni: Ei doch, aber warum darf man so was jetzt net auch mal sage? Muss man hier immer was vorspiele? Mir brauche alle mal ein bissi mehr Weichheit und Wahrhaftigkeit. Ich bin halt eher so'n ehrliche Typ. Selcan, mit mir kannste Gebrauchtwage stehle oder bis zum Horizont reite, wenn mir ein Pferd hätten.

Mod: *(schweigt)*

Manni: Du musst da auch net gleich was zu sage, ich weiß, die Kameras laufe ...

In genau diesem Moment springt Hessi in der Garderobe, in der wir zusammen auf dem Monitor die Sendung verfolgen, erzürnt von ihrem Stuhl auf und stürmt in Richtung Studio. Ich laufe ihr hinterher und bekomme sie noch gerade rechtzeitig zu fassen, um sie davon abzuhalten, in die laufende Sendung zu platzen.

Stattdessen schnappt sie sich den Autoschlüssel des Kleinbusses und verlässt wutschnaubend den Sender. Im Hinausgehen trägt sie mir noch auf, ich möge Manni doch bitte ausrichten, dass er sie mal könne. Und zwar endgültig.

In der laufenden Show bekommt Manni derweil seine Gefühle wieder in den Griff. Locker, lässig singt er seinen «Lonesome Wolf», wie immer brillant und geschmeidig begleitet von Dirty Harry an der Gitarre und Django Bonanza an der Dobro. Auch die tapfere Selcan Mallschuh behält die Fassung und moderiert souverän bis zur kleinen Pause nach der ersten Sendestunde.

Auf meinem Handy sehe ich, dass Teichner mich inzwischen mehrere Male angewählt hat. Ich höre die Mailbox ab. Wieder bittet er mich, ihn zurückzurufen. Es sei dringend. Da ich von früher noch weiß, ab wann Dinge bei Teichner «dringend» sind, belasse ich es erst mal dabei, nehme mir aber fest vor, ihn gleich am nächsten Morgen zurückzurufen.

«Wo ist dann die Hessi?», fragt Manni, der in der kleinen Pause zurück in die Garderobe gekommen ist und vergeblich nach seiner Partnerin und einem Bier sucht.

«Die ist weg. Mit deinem Bus. Nach Hause.»

«Ei, wieso dann das?»

«Du hast es halt mal wieder übertrieben. Musste das denn sein, der armen Moderatorin gleich wieder deine Liebe zu gestehen, nur weil du sie vielleicht ein bisschen nett findest?»

Manni winkt ab. «Ach, Henning, du hast doch kei Ahnung von richtig große Gefühle. Zwischen der Selcan und mir war von Anfang an Weibräischn, dem konnten wir uns beide net mehr entziehe.»

«Ich weiß nicht, ob Frau Mallschuh das tatsächlich genauso sieht, Manni», wende ich ein. «Ich finde wirklich, du könntest mal ein bisschen mehr auf Hessis Gefühle achten.»

Da guckt er mich ungläubig an. «Das hat doch nix mit Hessi und mir zu tun. Hessi und ich bleibe immer Hessi und ich. Ich sag das der Hessi immer wieder: Man muss einen Künstler wie mich die Freiheit frei gestalte lasse. Denn wenn du den Cruiser net frei cruise lässt, dann beginnt der zu stottern. Also, der Motor. Und säuft ab. Und das kann ja auch net in Hessis Sinne sein.»

Während ich über diese lebensklugen Worte nachdenke, betritt Antje Griesing unseren Garderobenraum. Anerkennend wendet sie sich an Manni: «Das war klasse, die Nummer mit der Liebeserklärung. Wir haben Tränen gelacht in der Regie. Und keine Sorge, Frau Mallschuh hat Humor …»

«Wieso?», fragt Manni ungläubig. «Hab ich einen Witz gemacht?»

Da lacht Frau Griesing, und Manni versteht gar nichts mehr. «Alles klar, Herr Kreutzer, in fünf Minuten geht es weiter. Sie werden rechtzeitig abgeholt.»

«Von Jenny?», frage ich.

«Ja, warum?»

«Nur so.»

«Ach, ja», wendet sich dann Antje Griesing wieder an Manni, «und Sie spielen dann noch einen Song. ‹Wenn das Wörtchen Wenn nicht wär›, nicht wahr?»

Manni zögert kurz mit seiner Antwort.

«Ja, nee, warte mal kurz. Nee, mir spiele den ‹Schnäppchenjägersmann›. Das passt besser heut.»

«Wie Sie wollen», sagt die Redakteurin und rauscht ab.

«Ach, wir spielen den ‹Schnäppchenjägersmann›?», frage ich zögerlich nach. «Aber … da ist ja keine Geige dabei?»

«Ach ja, stimmt», antwortet Manni. «Is das jetzt blöd für dich?»

«Nee, passt schon», sage ich und fühle mich tatsächlich eher erleichtert als enttäuscht. Django Bonanza und Dirty Harry allerdings blicken mitleidig auf den Fiddle-Henner. Harry tröstet mich damit, dass wir ja nachher in der «Fett-Ablach-Comedy-Show» auf jeden Fall den «Kosmoproleten» spielen würden und ich dann ja meinen Auftritt als Fernseh-Geiger hätte. Aber ich brauche tatsächlich keinen Trost.

Die Erleichterung, mich jetzt nicht dieser Live-Situation aussetzen zu müssen, wird immer stärker, zumal auch mein Bauch wieder zu schmerzen beginnt. Doch für die abendliche Aufzeichnung der Fett-Ablach-Show werde ich das schon wieder in den Griff bekommen.

Kapitel 13

• • •

Ach, es ist einfach ein trauriger Anblick, wie diese wenigen Leutchen am Sport- und Grillplatz Bretzenhain auf den Bierbänken sitzen. Auch wenn es durchaus vorhersehbar war, muss man leider einräumen: Das große Flüchtlings-Begegnungsfest ist ein Flop.

Hessi hatte es gut gemeint, aber dabei blieb es leider auch. Es ist einfach der falsche Zeitpunkt. Diese Jetzt-erst-recht-Haltung ist zwar ehrenwert, aber es nützt ja nichts.

Selbst von den Geflohenen sind nicht alle gekommen. Nur knapp zwanzig werden es sein, die sich auf den Weg hierhergemacht haben. Außer ihnen sind gut zehn Leute aus dem Arbeitskreis hier und vielleicht fünf weitere aus dem Dorf. Mehr nicht.

Doch. Franziska und Laurin sind da, nebst meiner Mutter und ihrem frischgebackenen Verlobten, dem brunftschreienden Poolnudel-Johann.

Da ich Hessi versprochen hatte, ihr erster Helfer bei der Organisation und Vorbereitung zu sein, führte ich klaglos alle ihre Befehle aus. Ich organisierte Biertischgarnituren, kaufte Kuchen ein, kochte Kaffee und baute eine Tonanlage auf.

Ich schwitze. Es ist schwül, ich fühle mich unwohl und beobachte den Polizisten, der zum Schutz dieses Festes eingeteilt wurde. Er steht außerhalb des Grillplatzes an seinen Wagen gelehnt und spricht in sein Funkgerät.

Hessi trägt viele bunte Tücher, um «das Bunte unserer Gesellschaft» zu verdeutlichen. Sie ist fraglos diejenige, die zu all diesen geflohenen Menschen, die da schon ein bisschen wie bestellt und nicht abgeholt auf den Bänken hocken, den engsten Draht hat. Sie springt vom einen zum anderen, spricht alle an, zwischendurch lacht sie, dann umarmt sie jemanden oder setzt sich auch nur still daneben.

Ich habe Berührungsängste. Ich traue mich nicht, auf einen dieser Menschen zuzugehen und in irgendeiner Form Kontakt mit ihnen aufzunehmen. Ich käme mir blöd und anbiedernd vor. Und was soll ich denen auch sagen?

Ich erkenne Nadim wieder, den jungen Syrer, der kürzlich von den deutschnationalen Volksbeschützern zusammengeschlagen wurde. Als er zu mir zu blicken scheint, lächle ich ihm zu und winke zaghaft. Er reagiert nicht. Vermutlich sieht er an mir vorbei.

Franziska unterhält sich lebhaft mit Renate, der Vorsitzenden des Arbeitskreises. Ich gehe zum Kuchentisch, stelle dort die Wasserflaschen von links nach rechts und dann wieder von rechts nach links. Es soll ja nicht so aussehen, als hätte ich nichts zu tun.

Ich schütte mir einen Pappbecher Wasser ein und trinke. Vor Laurin steht ein ungefähr gleichaltriger spindeldürrer Junge. Es muss eins der vier minderjährigen Kinder sein, die in der Unterkunft leben. Er starrt auf meinen Sohn, wie dieser auf seinem Smartphone herumdrückt.

Laurin tut zunächst eine Weile so, als würde er ihn nicht bemerken, bis er irgendwann aufblickt. Dann nickt er ihm zu und lächelt scheu. Der Junge nickt zurück und lächelt ebenfalls. Danach macht Laurin weiter, als sei nichts gewesen, und der Junge bleibt bei ihm stehen,

«Tag, Herr Bröhmann.»

Jana Wilhelm steht neben mir und pumpt sich Kaffee aus einem dieser unförmigen Kaffeepumpbehälter.

«Hallo, Frau Wilhelm.»

Nun rückt Laurin auf seiner Bank ein Stück zur Seite und lässt den Jungen neben sich Platz nehmen. Gebannt blickt der auf das, was Laurin da macht. Ich will nicht wissen, was für ein Spiel er da gerade spielt, aber eigentlich ist das ja auch völlig egal.

Jana Wilhelm sieht blass und erschöpft aus. Sie atmet tief ein und aus und sagt dann: «Können Sie nicht versuchen, Frau Hesswig von diesem Auftritt abzuhalten?»

Ich blicke sie fragend an.

«Na, sie will doch gleich mit Guntram Binse Lieder singen.»

«Wer ist denn Guntram Binse?»

«Guntram Binse ist bei uns im Arbeitskreis. Das ist der, der gerade die Gitarre aus dem Auto holt.»

Ich erinnere mich daran, dass ich Guntram Binse beim Arbeitskreistreffen erstmals gesehen habe.

Plötzlich riecht es neben mir streng, und schnell ist mir klar, dass dafür nicht Jana Wilhelm verantwortlich ist, sondern Wolle.

Der ist nun also auch da. Na prima.

«Guntram ist ein guter Freund von mir», sagt er und begrüßt mich zeitgleich mit einer Umarmung. Auch Jana Wilhelm muss da durch, verschwindet darauf aber schnell mit ihrem Kaffee.

«Guntram hat mich hierhergebracht ... zu dem Arbeitskreis.»

«Aha.»

«Ja, er meinte, ihr bräuchtet Kämpfer wie mich.»

Das sind typische Wolle-Sätze. Klingen ironisch. Sind es aber nicht.

Derweil erkenne ich, dass inzwischen der Flüchtlingsjunge Laurins Handy in der Hand hat und mit begeisterten Augen unter Anleitung meines Sohnes darauf herumtoucht.

«Bist du alleine hier?», frage ich Wolle und blicke um mich. «Deinen Harem zu Hause gelassen?»

Wolle lächelt. «Ich spüre den Spott, mein Lieber. Und auch den Neid. Doch ich lasse ihn nicht bei mir landen. Ich lasse ihn bei dir.»

Er legt seine beiden Hände auf die Brust, und ich atme tief durch.

«Habe gehört, ihr habt noch einmal Kinder bekommen?», wechselt Wolle das Thema.

«Ja, Zwillinge», antworte ich kurz und bündig.

«Und die sind wieder im Schlumpfloch, nicht wahr?»

«Genau.»

«Als ich das hörte, sind ganz viele Erinnerungen und Gefühle in mir hochgekommen. Ich war damals ein anderer und du auch, was?»

«Na ja, weiß nicht ...»

«Dochdochdochdochdochdoch. Ich spüre das. Wir hatten damals keine leichte Zeit, wir zwei. Das wissen wir beide.»

Ich nicke.

«Das Schlumpfloch hat sich ganz schön verändert, was?», fragt er.

«Ja», sage ich und muss lachen. «Da weht inzwischen ein anderer Wind. Unsere Kinder lernen da jetzt mit drei schon Englisch.»

Wolle blickt ernst. «Kein besserer Wind, Henning, kein besserer. Die Kinder brauchen Liebe, keine Bildung.»

«Beides fände ich ganz schön», erwidere ich.

Wolle berührt meinen Arm.

«Schön, dass wir uns neu begegnen können. Emotional, meine ich.»

Ja, eine leichte Zeit hatten wir damals wahrlich nicht, da hat er wohl recht. Ich beschimpfte ihn mal als «selbstherrlichen Kontroll-Ökofaschisten». Und es war die reine Wahrheit.

«Ich war damals ein wütender Mensch», fährt Wolle ungefragt fort. «Heute bin ich ein Liebender.»

Ich sehe, wie Laurin und der Junge noch enger zusammengerückt sind, beide auf das Display schauen und lachen, und so bin auch ich ein Liebender.

«Wenn die bunten Fahnen wehen», geht mir durch den Sinn, als Hessi in schwungvollen Schritten und wehenden bunten Tüchern zu dem Stativ mit dem Mikrophon schreitet.

Jana Wilhelm greift nach ihrer Handtasche, lächelt mir kurz verkrampft zu, nickt zur Verabschiedung und hastet davon.

Ich sollte, erinnere ich mich, Hessi ja eigentlich von irgendetwas abhalten. Doch ich kam nicht mehr dazu. Warum auch? So schlimm wird es schon nicht werden. Viel zu viel Achtung habe ich vor dem, was sie hier leistet.

Guntram Binse, ein hageres Männlein, das neben Hessis Opulenz noch magerer wirkt, dreht an seinem traurigen schütteren Männerzöpflein, lächelt scheu und stimmt an seiner Gitarre herum.

Ich bewege mich vom Kaffeestand weg und platziere mich neben Franziska, die meiner Mutter und Johann gegenübersitzt.

Hessi pustet ein paarmal ins Mikrophon, macht «1, 2, 1, 2, Test», und Guntram Binse stellt an dem kleinen Mischpult die passende Lautstärke ein.

«Wo sind denn die ganzen Leute?», flüstert mir meine Mutter in einem Tonfall zu, als sei ich dafür verantwortlich, dass so wenige gekommen sind. Ich zucke nur mit den Schultern und schaue zu Hessi, der Dinge harrend, die da kommen mögen.

Hessi breitet die Arme aus. «Willkommen, welcome, mu... raa... murrrrahhhchab bih.»

Das dritte Wort sollte vermutlich Arabisch sein. Ein Teil der Geflohenen kichert, ein anderer Teil lächelt gnädig über Hessis Bemühungen.

«Wir sind ONE WORLD, ihr Leut! Schön, dass ihr alle so ... zahl... also, dass ihr hier seid. Da fühlt sich die Müh, die wo ich mir in den letzten Wochen, ja Monaten gemacht hab, gar net mehr wie Müh an. Viele aus meinen Freundeskreisen fragten mich als und als: Sage mal, Hessi, wie schaffst du das alles? Neben all dem, was du für die liebe Flüchtlingsleut Tag für Tag im Alltag schaffst, wie schaffst du dann auch noch so ein großes ... also, so ein Fest auch noch zu plane und zu organisiere? Ich sag dann immer, guck doch nur mal so einem Kerlebursch wie dem Nadim in sei schwazze Auge, da haste gleich wieder Energy für die ganze Woche. Gelle, Nadim?»

Hessi lacht ihm zu und streckt einen Daumen empor. Nadim lächelt zurück und tut es ihr gleich.

«Lasst uns heute uns begegne, zueinander, miteinander und ein gemeinsames Miteinander zelebriere», fährt Hessi mit noch bebenderer Stimme fort, «gege all diese Deppe, die da drauße und im Internet drinne ihren Hass aussäe.»

«Wuhuuu», jubelt Wolle und klatscht entfesselt. Höflich und matt klatscht der Rest mit.

«Ihr ... ihr liebe Refugees, ihr tut das alle noch nicht verstehe, Deutsch ist schwer, ich weiß, auch wenn ihr ja alle schon fleißig lernt, destewege lasst uns, statt vieler Worte zu verliere, die Sprache spreche, die, wo alle verstehe, die Sprache der Mussigg.»

Der Polizist startet den Motor seines Wagens und fährt weg. Flieht jetzt schon die Staatsmacht aus berechtigter Sorge, dass Hessi gleich zu singen anfangen könnte?

«Henning», ruft sie. Ich zucke zusammen. «Sei doch so lieb und verteil mal die Trommeln, die hinte in der Ecke liege.»

Starr vor Entsetzen, kann ich zunächst gar nicht reagieren. Franziska kichert vor Vergnügen. «Na los, Henning, mach schon», giggelt sie mir zu. Ich stehe auf und trotte los.

«Ein riesige Applaus für mein Henning», ruft sie. «Mein Assistent und Helfer, ohne den ... na ja, hätt ich das schon auch alles hingekriegt, aber ebe net so schnell.»

Ich greife, was bleibt mir auch anderes übrig, nach den kleinen Trommeln und verteile sie. Marcella vom Arbeitskreis springt hinzu und hilft. Ebenso eine junge Geflohene, die mir freundlich zulächelt. Nachdem alle eine Trommel auf dem Schoß haben, übernimmt Guntram Binse das Mikrophon und klatscht einen Rhythmus in die Hände.

«Okee, efribodi», zwistelt er mit dünnem Stimmchen ins Mikrophon. «Let's drum tugesser für ... äh ... for ... us ... and ... kammon tugesser.»

Alle klatschen höflich mit, und plötzlich reißt Hessi das

Mikro aus dem Ständer, schüttelt ihren gewaltigen Busen und brüllt wie am Spieß:

«WE ... ARE ... FAMILY ... I GOT ALL MY REFUGEEEES WITH ME!

WE ARE FAMILY ... STEHT AUF, EVERYBODY, AND SINGT.»

Alle starren erschrocken nach vorn. Hessi wiederholt diesen Refrain sehr frei nach «Sister Sledge» immer und immer wieder. Guntram Binse klatscht den ursprünglich angedachten und inzwischen in Einzelteile zerfallenen Rhythmus tapfer weiter, die erschrockenen Festgäste trommeln irgendwie mit, der eine mehr, der andere weniger. Wolle allerdings ist ganz dabei. Er vollführt ausgreifende tranceartige Bewegungen und streichelt dabei innig seine Trommel.

Die geflohenen Menschen betrachten spürbar irritiert dieses Schauspiel und schlagen betreten auf ihre Trommeln. Was denen da gerade durch den Kopf geht, mag ich mir gar nicht vorstellen.

«UND ALLE», schreit Hessi, die im Überschwang ihrer wilden Tanzschritte einige der umgehängten Tücher verloren hat.

«UND LAUDER:

WE ... ARE ... FAMILY ... I GOT ALL MY REFUGEEEES WITH ME.

WE ARE FAMILY ... STEHT AUF, EVERYBODY, AND SINGT.»

Inzwischen habe ich verstanden, warum Jana Wilhelm mich beschworen hat, Hessi von diesem Schauspiel abzuhalten, und warum sie rechtzeitig das Weite gesucht hat. Das hätten Renate, Marcella und die anderen ehrenamtlichen Helfer jetzt wohl auch gerne getan. Ihre Gesichter sprechen Bände.

Ich überlege ernsthaft, Hessi Einhalt zu gebieten. Nun bin ich fast froh, dass nur so wenige zu diesem Fest gekommen sind. Hessi hat wirklich ein goldenes Herz, aber ihr Auftritt verhöhnt geradezu das Engagement der vielen Menschen, die sich hier in Bretzenhain für die Flüchtlinge engagieren.

«WE ARE FAMILY ... NA NA NA NA NA NA NA NA!»

Zeit, zu handeln. Ich schleiche mich von Hessi und Guntram Binse unbemerkt in einem großen Bogen an ihnen vorbei, sehe aus den Augenwickeln, wie Johann daran scheitert, meine Mutter zum Tanzen aufzufordern, und ziehe dann so unauffällig wie irgend möglich den Netzstecker der Tonanlage.

Stille.

«Wuhuuu», macht Wolle.

Hessi ist kurz irritiert, verbeugt sich dann aber in aller Feierlichkeit und gibt Handküsse in die, na ja, Menge. «Wow, ihr Leut», ruft sie ohne Mikrophon, «ich dank euch, und ich hoff, dass unser Gesang in die Herze der ganze Welt rübergefloge ist.»

Sie verstummt endgültig, und nun breitet sich ein peinlich berührtes Schweigen aus, das kaum auszuhalten ist.

«So», rufe ich dann in die Stille hinein, «dann sammle ich die Trommeln mal wieder ein. Ich denke, die brauchen wir jetzt nicht mehr.»

Langsam lösen alle sich aus ihrer Schockstarre und beginnen nach und nach wieder mit ihren Gesprächen. Hessi klaubt ihre verlorengegangenen Tücher auf, und Guntram verstaut seine Gitarre, die er gar nicht benutzt hat. Wer weiß, was da noch gekommen wäre, wenn ich nicht buchstäblich den Stecker gezogen hätte.

Bei Laurin und dem Flüchtlingsjungen sitzen nun Franziska und eine schwarzhaarige junge Frau. Ich gehe zu ihnen und lege Franziska meine Hand auf ihre Schulter.

«Ah, hallo, Henning», begrüßt sie mich und sagt zu der Frau und dem Jungen: «My husband.» Ich gebe beiden die Hand und setze mich dazu.

«Ich bin Kayan», sagt der Junge und reicht mir die Hand. Die Frau, die keine dreißig sein dürfte, stellt sich als Samira vor.

«Ich bin Tante», sagt sie lächelnd mit Blick auf Kayan, der

schon längst wieder mit dem Smartphone meines Sohnes beschäftigt ist. Wir grinsen alle etwas verklemmt, und ich versuche irgendetwas auf Englisch zu smalltalken, da sagt Samira: «Spreche gerne Deutsch. Wir wollen lernen schnell.»

Franziska schaltet sich ein und sagt: «Samira erzählte mir gerade, dass sie alleine mit Kayan aus Afghanistan geflohen ist. Ihr Bruder, Kayans Vater, ist bei einem Bombenanschlag ums Leben gekommen und auch sein zwei Jahre jüngerer Bruder. Die Mutter ist mit seiner einjährigen Schwester in Afghanistan geblieben. Nun hoffen sie, dass sie irgendwann nachkommen dürfen. Allerdings müssten die beiden hier erst einmal selber anerkannt werden.»

Samira nickt. Ich nicke auch und weiß nichts zu sagen. Mir fällt ein, dass afghanische Flüchtlinge es nicht mehr so leicht haben, anerkannt zu werden. In einigen Gebieten sei es inzwischen sicher, so die derzeitige Einschätzung des Innenministeriums.

«Wir wollen gerne bleiben», sagt Samira. «Wir wollen nicht zurück.»

«Das kann ich gut verstehen», sage ich. «Ich wünsche Ihnen, dass das klappt.»

«Danke für Trommel», sagt sie darauf, und Franziska kichert.

«Ach, na ja, äh», stammle ich. Nur zu gerne würde ich klarstellen, dass ich damit eigentlich nichts zu tun gehabt hätte.

«Hessi ist cool», ruft Kayan herein und: «Ich liebe Hessi.»

Da lachen alle.

Ich frage Samira und Franziska, ob sie einen Kaffee mögen. Beide nicken, und so mache ich mich wieder auf den Weg zum Kaffeestand.

Plötzlich rasen wie aus dem Nichts drei stinkende, knatternde Motorräder heran und bleiben am Rand des Sportplatzes stehen. Auf jeder dieser hässlichen Maschinen sitzen zwei Männer. Sie springen ab und ziehen ihre Helme vom Kopf. Einen erkenne ich trotz Sonnenbrille von meiner ganz persönlichen Begegnung vor ein paar Tagen wieder, die anderen sind mir auf den ersten Blick unbekannt.

«Höiii», brüllt einer. «Guckt mal. Eine Gutmenschenparty. Da kommen wir doch noch genau richtig.»

Warum zum Teufel ist der Polizist weggefahren?

Keiner sitzt mehr, alle sind von den Bänken aufgesprungen. Ich greife nach meinem Handy und rufe den Polizeinotruf an. Noch bevor ich denen im Revier die drohende Lage zu Ende geschildert habe, beginnt sie bereits zu eskalieren.

Hessi schreit: «Haut ab, ihr Faschopaschos!»

«Warum?», ruft einer der Typen zurück, während die anderen sich bedrohlich unseren Tischen nähern. «Wir wollen doch nur mitfeiern.»

«Jaa», lallt ein anderer, offenbar sturzbetrunken. «Wir wollen gerne mal diese Leute kennenlernen, die unseren Bürgermeister totgeschlagen haben.»

In dem Moment tritt ein anderer den ersten Tisch um. Alle Becher, Teller und Schüsseln fallen zu Boden.

Laurin kommt zu mir gerannt und stellt sich hinter meinen Rücken. Franziska hält Samira fest, die zitternd zusammengekauert ihre Hände vor das Gesicht hält.

Der Beamte am Telefon sagt, dass gleich jemand käme. Aber dieses «Gleich» wird zu lange dauern. Ich muss irgendetwas tun, doch ich habe selbst Angst. Diese Typen sind zum Teil hackedicht und scheinen sich und ihre Aggressionen überhaupt nicht im Griff zu haben. Prompt wird ein zweiter Tisch unter lautem Gegröle umgetreten. Plötzlich rennen drei männliche Flüchtlinge, die sich zunächst ganz nach hinten zurückgezogen hatten, auf die Typen los.

Das kann nicht gutgehen.

Also laufe auch ich los und rufe: «Stopp, stopp, hört auf. Die Polizei kommt gleich. Police, Police ...»

Die Angreifer lachen nur und schlagen derweil wahllos auf die Flüchtlinge ein. Ich versuche mich dazwischenzustellen. Doch es bleibt bei dem Versuch. Einer der Motorradkerle hat nun eine Art Baseballschläger in der Hand, und das ist gar nicht mehr lustig.

Ich schreie die Flüchtlingsmänner an, sie sollen wieder nach hinten gehen. Andere Festgäste kommen herangeeilt und schreien auf die Männer ein.

Da greift einer der Idioten mit Riesenpranken den nächsten Tisch, hebt ihn hoch und wirft ihn mit voller Wucht in die Menge.

Ein ungeheures Durcheinander. Kayan wird von der Tischkante voll am Kopf getroffen, er beginnt sofort heftig zu bluten. Der junge Nadim hat sich ein Kuchenmesser geschnappt und rennt schreiend auf einen der Männer zu.

Ich halte ihn am Arm fest und schreie: «No, stopp, stopp!» Ich blicke in ein Gesicht voller Angst und Wut.

Wolle und Guntram Binse fassen sich an den Händen, und ja, ich mache keine Scherze, sie beginnen zu singen. Sie singen: «All we are saying, is, Give Peace a Chance!»

Und dann passiert etwas, womit ich überhaupt nicht gerechnet habe.

Johann, der sich bis zu diesem Moment schützend vor meine Mutter gestellt hat, gibt mit einem Mal Schreie von sich, die ganz ähnlich klingen wie die Brunftrufe neulich. Er läuft auf die Rowdys zu, setzt zu einem Sprung an, zwirbelt irgendwie seine Beine durch die Luft und trifft mit zielgerichteten Tritten zwei der Männer so empfindlich, dass die einfach umkippen. Der Baseballschläger fällt zu Boden, Marcella vom Arbeitskreis greift ihn sich und droht damit einem weiteren der Täter.

Es muss irgendeine asiatische Kampfkunst sein, die Johann aufs vortrefflichste zu beherrschen scheint. Schon hat er den nächsten der Männer mit einem schwungvollen Tritt am Kopf erwischt. Unglaublich. «Los, weg!», schreit einer der Angreifer.

Wie erstarrt sehen wir zu, wie die ganze Bande zu den Motorrädern rennt. Sekunden darauf rasen sie dröhnend davon.

Zwei Minuten später kommt ein Polizeiwagen. Zu spät. Mehrere der Gäste sind verletzt. Am schlimmsten hat es Kayan erwischt. Er hat eine nach wie vor stark blutende Platzwunde am Kopf und klagt über Schwindel. Samira hält ihn im Arm. Franziska und Laurin stehen mit vor Entsetzen geweiteten Augen um sie herum. Wolle und Guntram Binse singen noch immer mit geschlossenen Augen Hand in Hand «Give Peace a Chance». Hessi weint.

Ein Krankenwagen fährt vor. Sanitäter springen heraus und untersuchen die Verletzten. Wie es aussieht, muss Kayan ins Krankenhaus gebracht werden.

Ich gehe zu den beiden Polizisten und frage empört, warum der zum Schutz der Veranstaltung eingesetzte Kollege mittendrin einfach weggefahren ist.

«Wir hatten einen großen Einsatz in Schotten», erklärt einer der Beamten. «Da wurde er wohl abgezogen.»

Ich schüttele den Kopf und versuche den Tathergang zu schildern und die Männer zu beschreiben.

Laurin, der immer noch still und sichtlich geschockt in meiner Nähe steht, räuspert sich. «Also, äh», murmelt er und hält sein Smartphone in die Höhe, «ich weiß nicht, ob das was bringt, aber ich hab alles gefilmt.»

Die Polizisten und ich sind begeistert. «Und ob das was bringt, Laurin», freue ich mich. «Das ist phantastisch, super!»

Auch die Beamten loben ihn, und ich füge scherzhaft an: «Aber das lädst du nicht bei YouTube hoch, verstanden?»

«Zu spät, hab ich schon längst.»

«Das ist nicht dein Ernst?», rufe ich.

«Mann, war ein Scherz», sagt Laurin, und endlich gibt es mal wieder ein bisschen was zu lachen.

Kapitel 14

• • •

Solche Geschehnisse müssen verdaut werden.

Lange noch sitzen wir zu Hause zusammen, Franziska, Laurin, der diesmal nicht gleich in sein Zimmer verschwunden ist, Melina, die auf die Zwillinge aufgepasst hat, und ich. Wir berichten Melina alles detailgenau, wir diskutieren, politisieren und lamentieren lautstark und wild durcheinander.

Nur Laurin schweigt zu alldem. Das macht er häufig, doch irgendwie ist er heute anders still. Er starrt auf sein Apfelschorleglas, erkennbar versunken in seiner eigenen Gedankenwelt. Selbst als ich begeistert von seiner genialen Idee, alle zu filmen, berichte, zeigt er nur einen Anflug eines Lächelns.

Irgendwann, als ich meine Familie gerade mal wieder mit einem Anti-Rüdi-Monolog langweile, fragt er leise: «Kann ich Kayan besuchen?»

Da halten wir alle kurz inne.

Franziska legt ihre Hand auf seine und sagt: «Klar.»

Gut, dass am späteren Abend eine schöne Ablenkung geboten wird: die Ausstrahlung der Fett-Ablach-Comedy-Show mit Mannis Auftritt. Das ist doch nach so einem Tag genau das Richtige.

«Hey, Kinder, kommt her, es geht lohos!» In fiebriger Vorfreude rufe ich meine Familie zusammen, um gemeinsam mit ihnen meine sehnsüchtig erwartete Fernsehpremiere zu sehen. Melina und Franziska nehmen schon einmal in dem von mir für diesen besonderen Anlass feierlich hergerichteten Wohnzimmer Platz. Es gibt Wein, Nüsschen und Chipschen. Auch ein paar Bierchen habe ich auf den Couchtisch zu den anderen Leckereien hinzudrapiert. Für den Filius gibt es Cola.

«Wo ist denn Laurin überhaupt?», frage ich nervös. Es ist

23.57 Uhr, und er hat noch keine Anstalten gemacht, sich aus seinem Zimmer zu bewegen.

«Ach, der kommt schon noch», sagt Franziska.

«LAURIN», brülle ich. «ES GEHT LOS!»

«Henning, psst, du weckst die ...»

«Ja, ich weiß, natürlich.»

Laurin kommt und setzt sich. Der Vorspann ist schon angelaufen, ein Sprecher brüllt aus dem Off mit blöd überdrehter Stimme, was gleich auf uns alle zukommen wird und wer die Gäste der Show sein werden.

«Mach mal leiser», sagt Franziska mit schmerzverzerrtem Gesicht.

«Warum schreit der denn so?», fragt Melina.

«Ach, jetzt seid mal nicht so negativ», protestiere ich.

Nun kommt der Moderator.

«Das ist der Moderator», erkläre ich.

«Echt?», fragt Laurin.

«Ja», antworte ich.

Allgemein wird gegrinst. Ich fühle mich nicht ganz ernst genommen.

Der Moderator schreit auch.

«Mach doch mal leiser, Mann», wiederholt Franziska.

«Warum schreien die denn alle?», fragt Melina wieder.

Ich ignoriere die Frage und kläre meine Familie auf, wie es zu diesem Zeitpunkt der Sendung so hinter den Kulissen zuging. So backstagemäßig, und wie lustig das mit all diesen lustigen Comedians war, die auch privat super lustig gewesen seien.

«Das ist ja lustig», meint Laurin.

Den ersten Gast der Sendung findet meine Familie wiederum nicht lustig. Kein Wunder, so hämisch und negativ, wie die sich gerade gegenseitig hochpeitschen. Die folgenden Gäste finden auch nicht mehr Gnade.

Am Ende eines jeden Auftritts macht der Moderator noch

Überraschungsspiele mit dem jeweiligen Gast. Spiel eins geht so, dass zwei Männer über fünfzig, der Moderator und der Comedian, in einer Plastikwanne sitzen und demjenigen, der die niedrigere Spielkarte zieht, mit einem Glas Wasser ins Gesicht schüttet.

Da lacht Laurin.

«Oh Gott», macht Melina.

Franziska schweigt und zieht die Brauen hoch. Ich gebe zu, dass dies nicht der stärkste Moment der Sendung war.

«Hier war es backstage wichtig für mich», doziere ich, «langsam in die Phase der Konzentration einzutauchen. Trotz Nervosität, die du brauchst in diesem Job ... du brauchst das Adrenalin, um die nötige Präsenz, die nötige Körperspannung zu haben, dass ...»

«Du hast doch nur Geige gespielt», wirft Melina völlig unpassend ein.

«Was heißt hier *nur*?», empöre ich mich. Franziska kichert, Laurin fragt, ob es noch mehr Cola gäbe.

«Nein», zische ich.

Die haben ja alle keine Ahnung.

«Wisst ihr», setze ich wieder ein, als ein weiterer Gast mit sexuellen Anzüglichkeiten nur so um sich wirft, «wisst ihr, Fernsehen und Bühne, das sind zwei *ganz* verschiedene Paar Schuhe. Im Fernsehen musst du *ganz* anders arbeiten, viel feiner, viel kleiner. Die Kamera sieht alles. *Das* ist die Kunst.»

Meine Familie schweigt. Die brauchen nicht zu denken, dass mir ihre kollektive Häme nicht auffiele.

«Jaaa, auch wenn ich nur gegeigt habe; es kommt auf jeden in der Gruppe an. Und ich will jetzt nicht zu viel vorwegnehmen, aber ich habe verdammt abgeliefert. Jedenfalls war das Feedback von allen super. Auch von den Produktionsleuten und so ...»

Franziska tätschelt meine Hand, und ich weiß jetzt nicht, wie ich das nun wieder interpretieren soll.

«Eins verstehe ich nicht», sagt Melina. «Seit wann ist Manni eigentlich Comedy? Der meint doch alles ernst, was er sagt und singt.»

«Stimmt», antworte ich. «Aber das weiß ja keiner. Bei ‹Hallöchen, Hessen› haben sie auch alle geglaubt, dass seine Liebeserklärung an die Moderatorin ein Gag gewesen sei.»

«Wann seid ihr denn endlich dran?», nölt Laurin.

Ich teile mit, dass wir als Höhepunkt am Ende der Show aufträten.

Und dieser Moment ist nun endgültig gekommen. Mein Herz pocht bis zum Hals, so nervös bin ich inzwischen. Etwas irritiert bin ich beim Blick auf die Uhr. Mannis gesamter Auftritt war acht Minuten lang, die Sendung allerdings ist in fünf Minuten bereits rum.

Egal, es geht los. Franziska, Melina und Laurin richten sich auf und machen sich bereit für den großen Moment. Ich stehe auf und laufe nervös auf und ab.

Manni plaudert drauflos, und das sehr junge Frankfurter Stadtpublikum weiß offenbar nicht so recht, was dieser alte Knacker eigentlich erzählen will. Ein bisschen wird gekichert, ein bisschen wird gelacht, dann kommt der kurze Moment, in dem Manni nicht nur mit der Kamera flirtet, sondern gleich mit der Kamerafrau dahinter, und nun endlich ist es so weit.

«Achtung», rufe ich. «Gleich kommt unser Auftritt. Gleich ruft uns Manni einzeln auf. Auch da muss man schon auf Hundertprozent sein. Man kann so und so reinkommen, und ich habe mich bemüht, dass ...»

Doch da folgt ein Schnitt. Unseren Einmarsch haben sie rausgeschnitten. Das Lied hat schon begonnen. Auch das Intro wurde komplett gekappt.

Was ist das denn?

Manni singt, er ist in Nahaufnahme zu sehen, er singt den ersten Teil des ersten Refrains, gleich kommt mein Einsatz.

«Wo bist du denn?», fragt Laurin.

«Gleich, gleich», antworte ich. Doch der Regisseur oder wer auch immer schneidet direkt in die zweite Strophe.

«Das gibt's doch nicht», rufe ich. Was ist denn das für ein Schwachsinn? Aber die schönste Geigenstelle folgt ja noch, die Melodie im Outro.

Doch auch dazu kommt es nicht mehr. Direkt nach dem Ende des zweiten Refrains brüllt wieder der Moderator und lädt Manni zu einem weiteren Spiel ein.

Ich war in keiner Sekunde zu hören oder zu sehen.

«Doch», meint Laurin. «Ganz kurz, im Hintergrund, ich hab deine Hose gesehen.»

Ich sacke in meinem Sessel zusammen und starre apathisch auf den Abspann. Mitleidig sieht mich meine Familie an.

«Nimm's locker, Dad», sagt Laurin und: «Gibt's noch Cola?» Dann verschwindet er in der Küche.

Das Telefon klingelt, Festnetz. Das kann nur meine Mutter sein. Nur meine Mutter ruft noch auf dem Festnetz an.

«Geh nicht ran», rufe ich zu Laurin, doch zu spät. Er drückt mir den Hörer in die Hand.

«Junge, wo warst du denn da eben? Wir haben dich gar nicht gesehen. Wo warst du denn? Johann und ich sind extra aufgeblieben. Und ich habe *allen* gesagt, sie sollen das gucken.»

Ja, ich auch. Ich habe auch allen gesagt, sie sollen das gucken. Auf meinem Handy blinken ein weiterer Anruf von Teichner und zwei mitfühlende Kurznachrichten von Django Bonanza und Dirty Harry auf. So gerne ich die beiden habe, vielleicht ist dies jetzt der Moment, Mannis Band «The Overhesse» zu verlassen.

«Henning? Bist du noch dran?»

«Nein, bin ich nicht, Mutter», antworte ich und lege auf.

«Papa, ich bin trotzdem stolz auf dich», sagt Melina und drückt mir einen Kuss auf die Stirn. «Sei doch froh, dass dein Gesicht nicht in dieser Horrorshow zu sehen war.»

Erschöpft falle ich ins Bett, und wie so oft schwirrt mir der Kopf. Ich fühle mich gedemütigt, und es demütigt mich noch mehr, dass es mich so demütigt.

Franziska ist noch im Bad. Was macht sie da nur so lange? So komme ich erst recht nicht runter.

«Franziska», rufe ich.

«Ja?»

«Wie lange brauchst du denn da noch?»

«Bin gleich fertig. Wieso?»

«Es bringt so 'ne Unruhe rein, wenn ...» Ich breche ab, denn nur ich selbst bin es, der hier Unruhe reinbringt.

Zehn Minuten später hat Franziska die Dinge erledigt, die sie im Bad noch zu erledigen hatte, und legt sich neben mich.

«Was machst du denn da immer so lange?», frage ich mit leicht meckerndem Unterton.

«Nix Besonderes. Ich lasse den Tag halt so von mir abfallen.»

«Toll.»

«Tät dir auch ganz gut, glaube ich, wenn ich dich da so sehe.»

Doch ich bin innerlich noch so geladen und angespannt, dass mich Formulierungen wie «von mir abfallen» noch aggressiver machen.

Franziska setzt sich ihre Lesebrille auf, ja, auch davor macht das Leben nicht halt, ebenso wenig wie vor dem E-Book, nach dem sie nun greift.

«Eigentlich könnte ich die Schrift bei dem Ding so riesig machen, dass ich die Brille gar nicht bräuchte», sagt sie. Sie sieht kurz zu mir rüber, bemerkt, wie ich noch immer verstimmt an die Decke starre, und sagt: «Ist doch echt 'ne Frechheit, dass sie dich da rausgeschnitten haben. Kann ich verstehen, dass du so enttäuscht ...»

«Ach, enttäuscht, enttäuscht, was sind das denn für Probleme?», unterbreche ich sie. «Ich liege hier rum, bemitleide mich selbst, weil mein blödes Geigenspiel bei dem albernen Manni nicht im Fernsehen war, während auf der Welt Millionen Menschen auf der Flucht vor Krieg und Terror sind und ...»

«Jetzt mach mal halblang», unterbricht mich Franziska, legt ihre Brille wieder ab und sieht mich ernst an, wie mich nur Franziska ernst angucken kann. «Natürlich sind das First-Class-Probleme, und es ist auch bestimmt nicht verkehrt, Dinge zu relativieren, aber wenn man so denkt wie du, dürfte man sich auch nicht mehr über ein Fußballtor freuen, wenn zur selben Zeit Kinder verhungern oder im Mittelmeer ertrinken.»

«Das ist nicht das Gleiche.»

«Doch, ist es.»

Stimmt, ist es.

«Wenn du nicht selber dafür sorgst, dass du mit dir im Reinen bist, in deinem ganz kleinen Wohlstandsleben, hilft das auch keinem.»

Hier spricht die Frau, die vor acht Jahren einen Burn-out hatte, komplett die Nerven verlor, einen Mann im Affekt erschlug, darauf wochenlang verschwand, sich später freiwillig stellte, zwei Jahre darauf im Gefängnis saß und währenddessen und seitdem unglaublich viel an sich gearbeitet hat. Sie passt nun auf sich auf, wie man so schön sagt, in vielerlei Hinsicht. Ich bewundere sie dafür, doch manchmal überfordert mich ihre Veränderung auch.

«Wenn du dich da nun für die Flüchtlinge in Bretzenhain engagierst, finde ich das wirklich toll», setzt sie nach. «Aber machst du das wirklich für die Menschen dort, oder machst du es, um in deinem privaten Kleinkrieg Rüdi zu ärgern?»

«Was soll das denn jetzt?», antworte ich empört. «Du hast doch gesagt, ich soll mich für etwas engagieren und nicht immer nur gegen etwas sein. Jetzt mache ich das, und es ist auch wieder nicht richtig.»

«Ach, Henning», stöhnt Franziska. «Erstens: Seit wann machst du denn Sachen, nur weil ich sie sage? Und zweitens sehe ich doch, dass es dir nicht gutgeht. Seit du weißt, dass Rüdi bei ‹Hessen zuerst› ist, stehst du neben dir.»

Ich schüttele heftig den Kopf. «Es geht da um viel mehr. Es geht nicht um einen, wie du sagst, persönlichen Kleinkrieg gegen Rüdi. Es geht darum, dass der Typ Dreck am Stecken hat. Da bin ich mir sicher. Hundert Prozent. Und ich werde es ihm nachweisen.»

Nun schüttelt auch Franziska den Kopf. «Du verstehst nicht, was ich meine.»

«Und du nicht, was ich meine.»

Wir liegen eine Weile schweigend nebeneinander und gucken an die Decke. Es ist fast halb zwei in der Nacht. Eigentlich viel zu spät für Diskussionen dieser Art.

Dann greift Franziska nach meiner Hand. «Du kannst ja machen, was du willst, Henning, aus welchen Motiven auch immer, aber ich möchte dir schon sagen dürfen, dass du dich in den letzten Wochen fast nur um dich selbst drehst und deine Gedanken eben um Rüdi oder sonst wen kreisen. Aber hier ist das wahre Leben. Hier sind deine Kinder, hier ist deine Frau. Wann hast du denn das letzte Mal gefragt, wie es *mir* geht? Wie es bei mir auf der Arbeit läuft oder was mir sonst so durch den Kopf geht. Und wann hast du in den letzten Wochen mal was mit Laurin gemacht oder länger mit ihm gesprochen? Das, Henning, das ist auch wichtig.»

Da hat sie einen Punkt getroffen, meine Frau. Da kann, da will ich nichts drauf erwidern.

Ich drehe mich auf die Seite, murmle «Gute Nacht» und versuche einzuschlafen.

Es ist eine unruhige Nacht. Franziska und ich wälzen uns beide immer wieder hin und her.

Diese Unruhe scheint wiederum Nick zu spüren, denn kurz bevor mir erstmalig ansatzweise die Augen zufallen, steht er in unserem Schlafzimmer. Schlecht geträumt hat er wohl. Ich nehme ihn auf den Arm, gehe ein paar Schritte durch die Wohnung und erzähle von Teddybären, die jetzt schlafen, und blöden Träumen, die niemals zweimal in einer Nacht kämen. Irgendwann ist er wieder entspannt und müde genug, einschlafen zu können.

Ich bin es nicht.

Ganz im Gegenteil, zu allem Überfluss setzt nun wieder dieser nervende Bauchschmerz ein. Das kann doch nicht wahr sein. Es führt wohl wirklich kein Weg mehr daran vorbei, das mal «abklären» zu lassen. Ich hasse dieses Wort. Aber so ist das kein Zustand mehr. Ich gehe in die Küche, trinke einen Schluck Wasser, bleibe noch einen Moment am Küchentisch sitzen und versuche an etwas anderes zu denken.

Ich denke an Johann, an seine urwüchsigen Schreie und diese beeindruckenden Kampftritte. Sollte ihn meine Mutter wirklich heiraten, braucht sie sich mit diesem Kampftier an ihrer Seite weiß Gott vor nichts und niemandem zu fürchten.

Der Schmerz wird stärker. Ich überlege, mich auf das Wohnzimmersofa zu legen und ein bisschen Fernsehen zu schauen.

Nein, geht ja nicht, auf dem Sofa schläft Melina.

So laufe ich noch ein bisschen auf und ab und lege mich fünf Minuten später zurück ins Bett. Entspannen, atmen, einschlafen, und morgen ist der dann weg, dieser Schmerz.

Nein, langsam wird es richtig ungemütlich. So stark waren sie noch nie, die Schmerzen. Ich stehe wieder auf und gehe ins Badezimmer. Vielleicht hilft ein Klogang. Tut er nicht.

Auf meinem Handy sehe ich, dass Teichner schon wieder versucht hat, mich anzurufen. Mist, ich wollte ihn schon längst zurückrufen ... vergessen!

Inzwischen fällt es mir schwer, aufrecht zu gehen.

Gekrümmt schleppe ich mich wieder in die Küche, mache mir eine Wärmflasche, schleppe mich zurück ins Schlafzimmer und lege mich hin.

«Autsch», schreie ich wenig später, weil mir heißes Wasser aus der unzureichend geschlossenen Wärmflasche in den Schritt fließt.

Franziska ist aufgewacht. Was denn los sei?, fragt sie.

«Nichts», antworte ich. «Schlaf weiter.»

Sie dreht sich zur anderen Seite und grummelt irgendwas in sich hinein.

Aber jetzt erreicht mein Bauchschmerz Sphären, die ich so noch nicht gekannt habe. Mir wird langsam, aber sicher klar: Ich brauche Hilfe. Und zwar sofort.

Servus Volker,

wie ists denn gelaufen bei der Gutmenschen meets Rapefugees-Party???
Habt ihr vorbei geguckt?
Ich fands mega am dienstag mit euch beim kurti.
leck mich am arsch, hat mir der schädel gewummert am nächsten morgen.
danke das ihr mich so aufgenommen habt.

Gruss OT

Hi Oli,
ja, ein paar jungs waren da beim grillplatz. Ich selbst net. Die ham wohl mal sehr nett Guten Tach gesagt :-)))
Alter, ja, beim kurti war geil! Was du tanken kannst, meine Fresse! Wo haste das gelernt???? Etwa bei den Bullen?
Wir haben dich übrigens überprüft, deine idendität und so. Passt also alles. So aktionsmäsig für die zukunft. Wird zeit, das wir dich noch stärker einbinden
mit deutschem gruss
Volker

Hallo Volker,

ich schreib dir über diese Nummer. Und du schreibst mir nicht zurück, verstanden? Alles Weitere besprechen wir persönlich.
Nur so viel: ihr seid zu weit gegangen. Was sollte die Aktion auf diesem Fest? Rüdiger ist stinkesauer. Er hat mehrmals gesagt, dass ihr euch zurückhalten sollt. Es ist schon zu vieles aus dem Ruder gelaufen.
Bürgerwehr heißt Verteidigung, das heißt, die Bürger sollen sich durch euch beschützt fühlen. Ihr bewirkt gerade das Gegenteil.
Die Stimmung in der Bevölkerung kann kippen. Sie sollen sich von Flüchtlingen bedroht fühlen und nicht von euch.
Verstanden?
Und was war das mit Rüdigers Nachbarn, diesem Bröhmann?
Der behauptet ihr hättet ihn geschlagen und getreten. Rüdiger hat deutlich von Einschüchtern gesprochen, nicht von körperlicher Gewalt.
Warum will das nicht in euren Kopf?!
Wenn so etwas noch einmal vorfällt, wird uns sofort der Geldfluss gestoppt.
Und falls ihr wegen dieser Vorfälle beim Fest Probleme mit der Polizei bekommt: Es bleibt dabei, ihr haltet mich, vor allem aber Rüdiger und die Partei da raus.
Wegen der anderen Sache, sprechen wir direkt und persönlich.
Ich melde mich bei dir, nicht umgekehrt.
Rüdiger meint, wenn dieser Oliver wirklich in Ordnung ist, dann solltet ihr ihn für die Gruppe aufbauen. Männer mit Polizeihintergrund sind perfekt.
Die können wir gebrauchen.
Gruß Viktor

Kapitel 15

• • •

Mir ist übel vor Schmerzen.

Franziska hat einen Rettungswagen gerufen. Ich wollte mich eigentlich von ihr in die Notaufnahme fahren lassen, doch da müsste ich warten, meinte sie, und dazu bin ich tatsächlich nicht mehr in der Lage. Gekrümmt vor Schmerzen und schwitzend, liege ich auf dem Sofa und warte auf die Sanitäter.

Melina und Laurin sind beide aufgestanden und blicken mich mit sorgenvollen Gesichtern an. Zum Glück sind die Zwillinge nicht auch aufgewacht.

Draußen höre ich den Rettungswagen vorfahren. Ich richte mich auf, Franziska stützt mich, Melina öffnet die Tür.

Zwei vierzehnjährige Sanitäter stehen in roten Rettungsjäckchen vor mir. Vielleicht sind sie auch schon zwanzig, mag sein, ich weiß, dass man mit zunehmendem Alter den Blick dafür ein wenig verliert, aber sollen diese Bürschchen hier wirklich mein Leben retten?

Wie dem auch sei, ich habe ja keine Wahl. «Geben Sie mir ein Schmerzmittel, bitte», ächze ich ihnen entgegen.

«Nein, das machen wir nicht», sagt eines der Rettungskinder.

«Was?», stöhne ich, dann hebt sich auf einmal mein Magen, und ich kotze mir auf die Füße.

Franziska und die Kinder stützen mich, während der andere der Buben irgendwelche Erstuntersuchungen anstellt, um schlimmste Dinge auszuschließen.

«Bitte», flehe ich. «Ich brauche was gegen die Schmerzen.»

«Wenn ich Ihnen jetzt was gebe», so der Kleine, «dann könnten Sie sterben. Und das wollen Sie doch nicht, oder?»

Franziska und ich blicken uns an, und wir sind uns beide einig: Nein, sterben wäre blöd.

«Wir müssen erst ausschließen, dass Sie nichts am Herzen haben.»

«Ich habe nichts am Herzen», stoße ich aus. Vielleicht wurde diesen Bubis in ihrer Ausbildung noch gar nicht beigebracht, dass sich das Herz im Brust- und nicht im Darmbereich befindet. Dann darf man ihnen das auch nicht zum Vorwurf machen.

Wie dem auch sei. Man stützt mich und führt mich in den Krankenwagen. Franziska sagt mir, sie führe uns hinterher, und Melina bliebe bei den Kindern.

Die Jungs starten den Wagen und werfen sogar extra das Blaulicht an, und ich kotze in der ersten Kurve zielgerichtet in einen dieser Kotzbeutel.

Tatütata, würden Frida und Nick jetzt sagen.

Kurze Zeit später liege ich benebelt in einem kleinen Zimmer. Franziska sitzt neben mir und spricht mit einem Arzt mit russischem Akzent. Also: der Arzt und nicht Franziska. Sie haben inzwischen ausgeschlossen, dass ich einen Herzinfarkt im Bauchbereich erlitten haben könnte, und vermuten stattdessen unter Vorbehalt eine akute Gallenkolik. Ich liege an irgendwelchen Tröpfen, oder heißt es Tropfe? Alle paar Minuten taucht irgendeine Schwester, ein Pfleger, eine Ärztin oder ein Arzt auf, und nach und nach setzt eine gewisse Entspannung ein. Mir wird geholfen, die Schmerzen werden weniger. Das ist für den Moment das Wichtigste.

Dann werden die Untersuchungen intensiviert, und irgendwann ist klar, der Patient hat Gallensteine, darf in den nächsten Minuten ein Zimmer hier beziehen und wird übermorgen operiert. Vorher gäbe es noch weitere Ultraschalluntersuchungen und so schöne Dinge wie eine Magenspiegelung.

Heldenhaft ungerührt nehme ich dies zur Kenntnis, nicke männlich und schicke Franziska nach Hause, damit sie Melina mit der Kinderbetreuung ablösen kann.

«Ich komm schon klar», sage ich und blicke wie ein angeschossener Soldat, um den man sich bitte nicht so viele Sorgen machen soll. Franziska grinst, wie sie immer in diesen Situationen grinst, und macht sich auf.

Ich werde in ein Zweibettzimmer gebracht, das so aussieht, wie Zweibettzimmer in Krankenhäusern eben aussehen. Ich bekomme so etwas Ähnliches wie ein Abendessen und schaue auf einem winzigen 4:3-Röhrenfernseher ein Fußballspiel mit Däumlingen. Mit der Fernbedienung stelle ich auf schwarz/weiß. Wenn schon Retro, dann aber richtig.

Eine Schwester mit herzlichem Naturell und lauter Stimme verpasst mir anschließend noch die angemessene Schmerzmitteldosis, und so döse ich bald ein und träume von einer Narkose, aus der ich niemals erwache.

Am Morgen reißt mich eine junge Schwester mit pechschwarzen Haaren und schlechtgelauntem Gesicht aus dem Schlaf, die in mein Zimmer gestürmt kommt und mir wort-, gruß- und blicklos dieses Blutdruckdings um den Arm schnallt.

«Guten Morgen», sage ich giftig.

«Guten Morgen», bringt sie dann doch auch hervor.

Na ja, ich kann froh sein, dass diese Menschen mir hier alle helfen. Ob sie einem nun höflich die Tageszeit entbieten oder nicht, das ist zweitrangig. Und da ich ja ohnehin nicht wieder aus der Narkose aufwachen werde, ist es sowieso egal.

Mein per SMS geäußerter Wunsch, Franziska solle doch bitte vor der OP noch mit der gesamten Familie inklusive meiner Mutter hierherkommen, damit ich mich von allen verabschieden könne, wurde allerdings zu meinem Entsetzen nicht ernst genommen.

Irgendwann taucht dann noch der operierende Arzt auf, der mir detailliert erzählt, wo er wie in mir herumschneidet. Es ist ein erfahrener Herr Professor, ein Herr Professor Dr. Schink. Der

Typ Arzt, der langsam ausstirbt. Eine natürliche, selbstbewusste Autorität mit sonorer Stimme, der neben seinem medizinischen Fachgebiet die ganze Welt im Griff zu haben scheint.

So jemanden kann ich gut gebrauchen. Ich vertraue ihm. Er wird das schon machen. Ich habe ihn gegoogelt, der hat schon ganz andere Sachen in Menschen ein- und ausgebaut.

Am Abend vor meiner Operation schaut dann meine Henkerin vorbei. Die Anästhesistin. Eine ruhige, sachlich wirkende Frau, Mitte dreißig, mit ernstem Gesicht. Sie schildert in aller Seelenruhe die Dinge, die bei der Narkose schiefgehen könnten. Sagt dann immer wieder, wie unwahrscheinlich das sei und wie selten dies vorkomme, doch für billigen Trost ist es jetzt natürlich zu spät.

Trotzdem unterschreibe ich alles, was es zu unterschreiben gibt.

Am nächsten Morgen ist es so weit.

Warum nur lässt man mir nicht wenigstens noch einen Rest an Würde? Warum muss ich dieses erniedrigende Flügelhemd tragen und dieses noch entwürdigendere Netzhöschen? Das letzte Mal, dass ich so ein Höschen sehen musste, war in den frühen Neunzigern, in den Anfängen des Privatfernsehens, als Lilo Wanders eine Sendung namens «Wahre Liebe» moderierte und dort dicke Männer in genau diesen Höschen in Swingerclubs über Frauen mit Dauerwelle und ostdeutschen Dialekten herfielen.

Man schiebt mich mit dem Bett durch die Gänge des Krankenhauses, stößt mal hier an, stößt mal dort an, bis wir vor einem Aufzug zum Stehen kommen. Ich blicke nach links. Dort steht auch ein Bett mit Mensch. Ein Mann, der so gar nicht gut aussieht. Man nickt sich zu und versucht so etwas wie ein solidarisches Lächeln.

Dann rein in den Aufzug und ab in einen Vorraum des OP-

Saals. Dort macht man Späßchen mit mir, vermutlich, um die Situation etwas aufzulockern.

«Ist das die Galle oder der Blinddarm?», fragt ein stämmiger Pfleger über mich hinweg und guckt zu seiner Kollegin.

«Ich bin die ...», will ich gerade antworten, als die Kollegin sagt: «Muss ich gugge, weiß ich net.»

«Ich bin die Galle», versuche ich es noch einmal. «Das heißt, ich bin eigentlich keine Galle, sondern ich habe eine, ich ...»

«Noch», sagt der Pfleger.

«Ach ja», sagt dann die Schwester und schaut auf eine Liste. «Böhmermann, nicht wahr?»

«Bitte? Äh, nein ... Bröhmann, nicht Böhmermann.»

Dann gibt man mir noch irgendein Mittel zur Beruhigung, und die Dinge nehmen ihren Lauf.

Gleich ist es so weit, und man wird mir die Narkose verabreichen. Es ist wahrhaft bedauernswert, doch aller Voraussicht nach endet jetzt, in diesem Moment, mit diesem Satz dieses Buch und d

«Herr Böhmärrrrmann? Hallo, einen schönen guten Tag und willkommen zurrrrück.»

Ich bin nun also als Jan Böhmermann im Himmel, und ein wunderschöner Engel mit osteuropäischem Akzent und rollendem R lächelt mich an.

«Wo, was, wie?», stottere ich.

«Jetzt wachen Sie hier erst mal gaaanz in Rrrruhe auf, und entspaaannen Sie sich schön.»

Dieses Lächeln. Ich bin verliebt. Geh nie wieder weg, du schöner Engel, bleib bitte für immer hier neben mir stehen und lächle. Lächle einfach und rolle das R. Mehr brauche ich nicht.

«Sie haben aaalles gut überrrrstaaanden, Herr Böhmärrrrmann.»

«Bröhmann», fällt mir dann doch wieder ein.

Und das hier ist doch nicht der Himmel, es ist der Aufwachraum, aber diese Frau, die ist wirklich ein Engel. Sie erzählt mir irgendetwas, dem ich nicht folgen kann, doch es ist mir egal. Außerdem döse ich schon wieder ein.

Irgendwann später öffne ich erneut die Augen und blicke ein weiteres Mal in dieses Lächeln.

«So, Herr Brrröhmermann, nun geht es ins Zimmer. Auf Wiedersehen, alles Gute.»

Wie? Was? Neiiiiin!

Zwei Pfleger schieben mich einfach weg. Das war es. Der Engel ist fort.

Und so ganz langsam komme ich dahinter, dass der Engel doch eine Krankenschwester war, und ich bin wohl wieder richtig wach und bei Sinnen.

«Sie bekommen noch ein anderes Bett», sagt einer der Pfleger, während ich in mein Zimmer gefahren werde. «Ihres wurde geklaut.»

Ich sage nichts und denke trotzdem noch eine Weile über diesen letzten Satz nach. Mein Bett wurde geklaut? Wie soll ich mir das vorstellen? Ist da einfach ein Kleinkrimineller in den OP eingebrochen, hat mein Bett auf die Schulter genommen und ist vom Pförtner unbemerkt durch den Hauptausgang verschwunden? Ach, ich muss nicht alles verstehen.

Kurze Zeit später bin ich wieder in meinem Zimmer. Zum Glück ist das Bett neben mir noch immer frei. Hoffentlich bleibt es so. Auf dem Gang höre ich durch meine Tür hindurch eine Schwester einem Patienten zurufen: «Und, Herr Tölz, hatten Sie Stuuuuhlgang?»

«Geht so», kommt die deutlich verhaltenere Antwort. Damit ist eigentlich alles gesagt.

Kapitel 16

•••

Am nächsten Morgen geht es mir viel besser.
Ja, auch ich muss, so schwer es mir fällt, zugeben, dass eine Gallenoperation keine wirklich große Sache ist. Franziska hatte ich vorab gebeten, so gut wie keine Besuche zuzulassen. Ich bräuchte meine Ruhe, um zu genesen. Nun grübele ich, wer überhaupt von sich aus auf die Idee gekommen wäre, mich hier zu besuchen. Viele fallen mir nicht ein. Dieser Gedanke stimmt mich so trübsinnig, dass ich mir jetzt erst einmal eine alte Folge der Schwarzwaldklinik anschaue. Sascha Hehn brusthaarwehend im VW-Cabrio, dieser Anblick hellt meine Stimmung im Nu auf.

Mein persönlicher Professor Brinkmann wird jeden Moment zur Visite hereinschneien. Seine sonore Stimme kann ich schon im Gang hören.

Klopf, klopf, tadamm, es ist so weit. Prof. Dr. Schink und sein devoter Anhang aus vier, fünf Ärzten und Fast-Ärzten treten herein.

«Guten Morgen, Herr Bröhmermann, wie geht es Ihnen?»

«Bröhmann, ich heiße Bröh...»

«Und wieso steht hier Bröhmermann?»

Streng blickt er zu einem jungen Assistenten und tippt vorwurfsvoll mit dem Kugelschreiber auf das Formular. Der Assistent kann es sich nicht erklären, entschuldigt sich hektisch und lächelt nervös.

«Sie lachen, Herr Christian», schnarrt der Professor. «Ich finde das nicht witzig.»

Nun guckt Herr Christian ernst, die anderen im Schlepptau auch. Dafür muss ich jetzt grinsen.

«Schmerzen?», fragt der Professor mich.

«Es geht, also heute Nacht war es ...»

«Prima. Herr Christian, geben Sie Herrn Bröhmer noch ein paar Schmerzmittel. Hier muss keiner Schmerzen haben.»

«Wann kann ich denn wieder nach ...»

«Wir müssen noch ein bisschen auf ihre Entzündungswerte achten. Die sind noch ein bisschen erhöht. Das ist aber normal. Ich denke, in zwei, drei Tagen können Sie nach Hause.»

Ich hatte eigentlich gehofft, morgen hier rauszukommen.

«Herr Christian», bellt nun wieder der Professor. Der Angesprochene zuckt leicht zusammen.

«Haben Sie Herrn, äh ...»

«Bröhmann», werfe ich ein.

«Haben Sie Herrn Bröhmann die Frage gestellt, ob er heute Stuhlgang hatte?»

Herr Christian schüttelt den Kopf. «Nein.»

«Das müssen Sie aber.»

«Ja.»

«Dann tun Sie es bitte.»

Alle blicken auf Herrn Christian, und der tut es.

«Hatten Sie heute schon Stuhlgang?»

«Geht so», antworte ich, und kurz darauf rauschen auch schon alle wieder ab.

Am Nachmittag klopft es an meiner Tür, und Melina und Laurin schauen vorbei.

«Hey, Dad», begrüßt mich Melina. «Du siehst ja richtig scheiße aus.»

«Danke. Endlich sagt hier jemand mal was Nettes.»

Sie nimmt sich einen Stuhl und setzt sich neben mein Bett. Laurin bleibt an der Tür stehen.

«Äh, Papa», sagt er. «Ich hab grad eben Kayan im Treppenhaus gesehen. Darf ich zu dem? Ich komme dann später zu dir. O. k.?»

«Ja, klar ist das o. k.», antworte ich, und Laurin verschwindet.

Melina und ich blicken ihm nach. «Kayan, das ist doch der Flüchtlingsjunge, den Laurin bei diesem Fest da kennengelernt hat, oder?», fragt sie.

«Ja, genau. Der hat eine Tischkante an den Kopf bekommen und ist dann hierhergebracht worden.»

Melina nickt. «Schön, dass Laurin sich auch mal für einen Menschen interessiert und nicht nur für seinen kack Computer.»

Sie wird ihrer Mutter immer ähnlicher. Es gibt Gesichtszüge und Blicke, die fast identisch sind. Das unfertige Jugendliche ist fast vollständig verschwunden. Ihren etwas burschikosen Style mit rasanter Kurzhaarfrisur hat sie aufgegeben, sie trägt ihr dunkelblondes Haar wieder länger und hat es sich zu einem Zopf zusammengebunden.

In einer Kurzversion erzähle ich ihr, wie es mir geht und wie das alles mit der Operation und so weiter abgelaufen ist. Danach gucken wir gemeinsam eine Weile aus dem Fenster, bis Melina fragt: «Wie lange wollt ihr eigentlich da noch wohnen bleiben?»

Ich stöhne auf. «Themawechsel, bitte.»

«Ich konnte das von Anfang an nicht verstehen, wieso ihr da hingezogen seid. Zu diesen Psychos.»

«Ich weiß, Melina, ich weiß. Man macht halt auch mal Fehler im Leben.»

«*Mal* ja.» Melina verdreht die Augen.

«Was soll *das* denn heißen? Machen wir aus deiner Sicht ständig Fehler, oder was?»

«Dazu sag ich jetzt mal nichts. Ist ja schließlich ein Krankenbesuch hier.»

Eine Schwester stürmt ins Zimmer und beginnt das Bett neben mir zu beziehen. Ein schlechtes Zeichen.

«Oh, kommt da jetzt jemand?», frage ich.

«Ja, nun bekommen Sie Gesellschaft.»

Ich hatte so gehofft, alleine bleiben zu können. In Windeseile ist die Schwester mit ihrer Arbeit fertig und auch schon wieder aus dem Zimmer verschwunden.

«Haben die immer noch nicht diesen afghanischen Flüchtling gefasst, der, na ja, wie soll ich sagen, auf der Flucht ist?», fragt dann Melina völlig aus dem Zusammenhang.

«Nein, ich glaube nicht», antworte ich und drücke beim Hochstellen des Bettes wie immer zuerst auf die falsche Taste, sodass statt meines Oberkörpers meine Beine nach oben fahren.

«Wie kann das sein? Wie kann der so lange nicht gefasst werden?»

«Gute Frage», sage ich. «Seit ich nicht mehr bei der Polizei bin, läuft da einfach nichts mehr.»

Melina grinst, ich auch.

«Sag noch mal», setzt sie wieder an, «ich habe das ja nur so halb verfolgt: Der Kumpel von dem Typ, der da noch auf der Flucht ist, der wurde tot aufgefunden?»

«Genau. Überfahren. In Bad Orb.»

«Oje», macht Melina. «Da flieht man um die halbe Welt und wird am Ende in Bad Orb überfahren. Bitter.»

Ich bin mir nicht sicher, ob sich ihr «bitter» auf das Überfahrenwerden bezieht oder auf Bad Orb.

«Von wem?», fragt sie dann. «Von den Faschos?

«Das weiß ich nicht. Ich weiß gar nichts. Das nervt doch auch so. Markus erzählt mir nichts, und Onkel Ludwig ist nur mit seiner Pensionierung beschäftigt. Ich habe keinen Zugang mehr.»

«Aber dass die beiden den Bürgermeister erschlagen haben, das weiß man?»

«Ja. Es gab eine DNA-Übereinstimmung.»

Ich werde müde, und das Thema geht mir auch auf die Nerven.

«Papa, du siehst blass aus», bemerkt meine Tochter.

«Ja, ich bin auch etwas erschöpft und habe ein bisschen Kopfschmerzen.»

«Nimmst du denn auch genug Flüssigkeit zu dir?», fragt sie genau so, wie ihre Mutter es getan hätte.

«Stimmt», antworte ich nachdenklich. «Ich habe heute noch nicht so viel getrunken. Ich vertrage die Kohlensäure nicht so gut.»

«Dann lass dir doch stilles Wasser geben.»

«Haben die hier nicht.»

«Wie? Haben die hier nicht?»

«Haben die hier nicht.»

«Das gibt's doch gar nicht. Die haben kein stilles Wasser? Alle haben stilles Wasser. Ich kümmer mich da mal drum. Ich glaub, es geht.»

Melina steht auf und geht zur Tür. Diese Entschlossenheit, von mir hat sie die nicht.

Ich versuche, sie aufzuhalten. «Nee, komm, lass, mach da jetzt nicht so ein ...»

«Was soll das denn?», bollert sie zurück und klingt nun wie die Fünfzehnjährige, die einem weiß Gott das Leben nicht immer leicht gemacht hat. «Ich hol das jetzt. Das gibt's doch gar nicht, kein stilles Wasser!»

«Sei aber bitte höflich», rufe ich ihr hinterher. «Ich bin abhängig von denen. Sonst drücke ich heute Nacht auf den Notknopf, und keiner kommt, weil die sagen: ‹Nö, zu dem Bröhmermann gehen wir nicht, der hat so 'ne böse Tochter.›»

Melina grübelt einen Moment, ob ich das tatsächlich ernst meine, sagt dann nur: «Du hast se ja nicht alle», und verschwindet durch die Tür. Zwei Minuten später ist sie mit einer Flasche stillem Wasser zurück. Ich trinke drei Becher am Stück, und schon fühlt sich alles deutlich frischer an.

«Sag mal, was ist das denn da eigentlich mit dieser fucking Bürgerwehr?», fragt sie, während ich die Flasche endgültig leere. «Darf man das überhaupt? Wieso wird denen denn kein Riegel vorgeschoben? Warum unternimmt denn da keiner was?»

«Gute Frage», antworte ich. «Natürlich dürfen die nicht gewalttätig werden. Ich hoffe, dass wenigstens diese Typen, die bei dem Fest waren, identifiziert werden und ihre gerechte Strafe kriegen. Offiziell aber wollen die ja nur den Bürgern mehr Sicherheit geben. So wird das nach außen verkauft.»

Melina schüttelt verächtlich den Kopf. «Und dieser Vollhonk von Rüdi hat da seine Finger mit im Spiel?», fragt sie.

«Ja. Hat er. Definitiv. Jedenfalls hat er nachweislich gewaltbereite Deppen dafür zusammengesucht. Nach außen verkauft er es natürlich komplett anders. Hast du seinen Leserbrief in der Zeitung gelesen?»

Melina verneint.

«Er spielt sich da auf, dass er und ‹Hessen zuerst› nun für die nötige Sicherheit sorgen würden, für die eigentlich die Landesregierung und die Polizei zuständig seien. Er würde nur diese Lücke schließen, damit unsere Frauen wieder ohne Angst auf die Straße gehen könnten. Jetzt plant er offenbar, mit anderen Bürgerwehren landesweit eine sogenannte ‹Hessenwehr› aufzubauen. Und er gibt der Sache einen so schmierigen scheinseriösen Anstrich, dass man nur kotzen kann. Er nutzt die Verunsicherung für seine Zwecke aus. Und er hat Erfolg damit, einfach widerlich. Guck dir die Umfragewerte an.»

Ich könnte mich noch mehr in Rage reden, lasse es aber lieber. «Ich habe immer noch Durst», sage ich stattdessen. Melina springt erneut auf und bittet bei den Schwestern um eine weitere Flasche.

«Ich habe übrigens vorgestern», sagt sie, «als ich mit den Hunden draußen war, während Mama dich besucht hat, ein paar von diesen Bürgerwehrtypen gesehen. Gar nicht so weit weg von eurem Haus sind die da rumstolziert, die Penner. Hatten alle die gleiche affige Jacke an. Kann das sein, dass da einer von deinen ehemaligen Kollegen mit dabei ist?»

«Was? Wer?»

«Na, dieser Dicke, der dir immer mit seinen blöden Sprüchen auf die Nerven gegangen ist. Dieser … wie heißt der …?»

«Teichner?»

«Ja, genau der. Ich bin mir nicht sicher, aber ich meine, der war da dabei.»

Ich antworte, dass ich davon nichts wüsste, wechsele stattdessen das Thema und frage Melina, wie es ihr denn eigentlich so gehe und wie es in der Schule laufe.

Sie zuckt mit den Schultern. «Na ja, der Überflieger bin ich immer noch nicht. Werde ich auch nicht mehr. Aber ich merk schon, es ist ein Unterschied zu früher. Ich bin da ja sozusagen freiwillig, und ich will diese beschissene Fachhochschulreife. Also mach ich meinen Kram und sogar auch meine Hausaufgaben.»

Danach tauschen wir desaströse Anekdoten aus Melinas Mittelstufenzeit aus, bis mir auffällt, dass die Schwestern meinen Wasserwunsch wohl vergessen haben. Diesmal möchte ich aber nicht wieder meine Tochter schicken, sondern drücke die Ruftaste.

Wenig später erscheint die notorisch schlechtgelaunte schwarzhaarige Krankenschwester. Höflich erinnere ich sie daran, dass ich um ein Wasser gebeten hätte.

«Ja, weiß ich doch», sagt sie. «Aber fliege könne mer halt net. Mir könne zwar vieles, aber fliege könne mer net.»

Servus Oli,
ich glaub wir können dich für eine bestimmte sache gut gebrauchen. kannst du heute abend gegen 7 zum kurti kommen? Dann holen wir dich ab. ich darf hier net mehr dazu sagen nur soviel: wir haben IHN! kein scherz!! wir waren schneller. ich habe dir von der suche gestern erzählt. Ralle und Alex haben ihn erwischt.
wir wollen nun mit ihm reden. r hat dazu gute ideen und er meint auch, dass ein exbulle nicht schaden kann. verhörtechnik usw, du weist schon.

Schreib mir kurz ob das nachher bei dir passt. es ist wichtig.
kameradschaftliche grüsse
volker

Tach Volker,
klaro klappt das. Ich bin um 7 beim kurti.
kompliment für euren fang ;-)
Gruss OT

Kapitel 17

•••

Wenn ich etwas in meinem Leben gelernt habe, dann, dass man niemals seine Kinder unterschätzen sollte. Das ist ein riesiger Fehler, und es geht stets nach hinten los, wenn man ihnen zu wenig zutraut.

Wenn mir jemand vor vier Jahren gesagt hätte, dass unsere Tochter irgendwann einmal ganz freiwillig erneut eine Schule aufsuchen würde, um die Hochschulreife zu erlangen, mit dem klaren Ziel vor Augen, irgendwann Kriminalkommissarin zu werden, dann hätte ich denjenigen für einen naiven Utopisten gehalten.

Wenn mir jemand vor vier Tagen gesagt hätte, dass unser eigenbrötlerischer, kontaktscheuer, leicht nerdiger Sohn im Café eines Vogelsberger Krankenhauses mit einem gleichaltrigen afghanischen Flüchtlingsjungen Apfelschorle trinkt, dann hätte ich den schlicht für verrückt erklärt.

Überschätzen sollte man seine Kinder allerdings auch nicht. Das kann auch in die Hose gehen.

Mein Vater hatte mir nie was zugetraut, jedenfalls habe ich davon nichts bemerkt, und deswegen stehe ich auch gerade da, wo ich gerade stehe. Franziska würde jetzt einwenden, dass ich im Alter von Mitte vierzig doch langsam einmal damit aufhören müsste, meine Eltern für alles verantwortlich zu machen, und das Blöde ist, sie hat recht. Wie dem auch sei, in gemächlichem Frischoperiertentempo wackle ich fragil, aber bestimmt auf Laurin und Kayan zu und frage höflich, ob ich mich zu ihnen setzen dürfe. Melina ist eine rauchen gegangen und besorgt mir am Kiosk eine Sport-Bild. Ja, ich finde, in Krankenhäusern ist eine Sport-Bild erlaubt.

«How are you?», frage ich den spindeldürren Kayan, der in

einem Frottébademantel aus den Siebzigern, vermutlich eine Kleiderspende, an seinem Schorleglas nippt.

«Oh, bitte Deutsch sprechen. Ich will das lernen.»

Dann berichtet er in erstaunlich gutem Deutsch, dass sein Kopf genäht wurde, er eine, selbst das Wort spricht er fehlerfrei, Gehirnerschütterung erlitten habe und deswegen zur Beobachtung noch hier sei.

«Deutsche Krankenhaus ... super», sagt er.

Wie selbstverständlich nehme ich das hier alles hin. Ich schäme mich ein kleines bisschen ob meiner Jammereien über Wartezeiten, meiner Lästereien über das Personal und meiner Lamentiererei über das Essen. Hier gibt es ein System, das trotz aller berechtigten Kritik an Sparzwängen und Zwei-Klassen-Medizin im Großen und Ganzen funktioniert. Es ist ein Privileg, hier versorgt zu werden.

Während ich mich in diese Gedanken verliere, zeigt Laurin Kayan wieder irgendetwas auf seinem Handy, und beide kichern vorpubertär.

«Papa, weißte was?», sagt Laurin. «Der Kayan kennt den Typen, nach dem die Polizei sucht. Der ist ein Freund von der Samira.»

«Wer ist denn noch mal Samira?», frage ich.

«Meine Tante», antwortet Kayan.

«Ach ja, natürlich, Entschuldigung.»

«Javid ist ein netter Mann», sagt er. «Ich verstehe nicht, was passiert. Was ist mit Javid?»

Beide Jungs schauen mich mit großen fragenden Augen an.

«Samira hat Angst, Javid ist tot wie Halim.»

Ich erinnere mich an Hessis Worte, Javid sei «kein Unrechter», er habe nur unter dem schlechten Einfluss von Halim gestanden.

«Die Polizei sucht nach Javid und wird ihn bestimmt bald finden. Dann werden wir herausfinden, was passiert ist», sage ich.

«Samira mag kein Halim. Kein guter Mensch, nur Streit.»

Ich frage die Jungs, ob sie ein Stück Kuchen mögen, was sie bejahen, und organisiere mir einen Cappuccino.

«Wie is'n das, Papa?», fragt Laurin, «muss der Kayan wieder zurück nach Afghanistan?»

«Puuh», mache ich. «Das weiß ich nicht. Die prüfen seinen Fall, und dann wird entschieden.»

«Das dürfen die aber nicht. Da ist doch Krieg. Und sein Vater ist dort gestorben, durch 'ne Bombe, und seine Schwester auch.»

«Ja», sage ich leise. «Ich weiß.»

«Halim», sagt dann Kayan, «Halim immer gesagt zu Javid: Kein Problem, wir bleiben in Deutschland. Kein Problem. Er hat Leute, die helfen zu bleiben hier. Hierbleiben und arbeiten.»

«Ehrlich?», frage ich nach. «Dieser Halim hat so was gesagt?»

Kayan nickt heftig. «Und wenn Javid und Halim in Deutschland bleiben, Samira und ich bleiben auch hier.»

Dann kommt Melina zurück, ausgestattet mit Sport-Bild und einem Sechserpack stillem Wasser. Ich bedanke mich, drücke meine beiden großen Kinder, verabschiede mich von ihnen und mache mich zurück auf den Weg in mein Zimmer.

Volker: Servus, Oli, komm, steig ein.
Oli: Tach.
Volker: In zwanzig Minuten sind wir da.
Oli: O. k.
Volker: Kannst du Englisch?
Oli: Geht so. Was man halt so kann ...
Volker: Bei mir ist das auch net so prall, aber unser Freund versteht besser Deutsch, als er tut.
Oli: Was habt ihr dann mit ihm vor?
Volker: Na ja, wie soll man sagen. Liegt ganz bei ihm.
Oli: Wie habt ihr ihn gefunne?
Volker: Kameraden von uns haben ihn in der Nähe vom Bahnhof von Gelnhausen gesehen ...

Oli: Net schlecht, ihr seid gut vernetzt, Respekt!

Volker: Aber hallo, mir habbe überall unsere Leut.

Oli: Wer steuert das eigentlich alles so?

Volker: Was?

Oli: Na ja, halt diese Vernetzung und so ...

Volker: Wenn ich ehrlich bin, so richtig weiß ich das auch net. Es wird auf jeden Fall alles immer besser koordiniert. Und wir werden auch immer mehr. Es gibt immer mehr, die wo sich net mehr alles gefalle lasse wolle.

Oli: Gut so.

Volker: Du ja auch.

Oli: Genau. Auch ich hab die Schnauze voll.

Volker: Genau.

Oli: Und dieser Javid hat echt den Bürgermeister erschlage, oder was?

Volker: Na ja, er war auf jeden Fall dabei.

Oli: Und sein Kumpel, der wurde totgefahren, oder was? Jetzt mal ganz unner uns: Wart ihr das?

Volker: Jetzt mal net zu viel frage, mein Freund. Mir sage se auch net alles.

Oli: Und jetzt soll der Javid dafür blute, dass er den Groß uff dem Gewisse hat, oder was?

Volker: So einfach ist das net, Oli.

Oli: Ach, hier, keiner nennt mich Oli, nenn mich einfach Teichner.

Volker: O. k., Teichner. Wir sind da.

Ich öffne meine Zimmertür, und, oh, Manni ist zu Besuch. Aber wieso liegt er denn da auf dem zweiten Krankenbett? Was soll das denn?

«Überrrrraschung», singt er mir zur Begrüßung zu, um sich gleich darauf mit schmerzverzerrtem Blick die Brust zu halten.

«Was ist denn hier los?», frage ich. «Manni, du kannst dich

doch nicht einfach auf das Bett ...?» Nun sehe ich, dass er einen Pyjama trägt.

«Ei, freuste dich dann net? Mir zwo, mir liege jetzt hier zusamme.»

Ich verstehe immer nur noch Bahnhof.

«Ei, die habbe nach einem Zimmer für mich gesucht. Doch da ich ja wusste, dass mein alter Freund und Kupferverbrecher Henning hier rumhaust, hab ich das so gedeichselt, dass mir zwo hier zusammeliege könne, ich Fuchs, ich. Halbes Leid ist doppeltes Leid, sag ich immer.»

«Wieso, was hast du denn?»

«Häh?»

«Ich mein, wieso bist du denn hier, was hast du denn?»

«Herzinfarkt.»

«Was?»

«Na ja fast. Also, die behaupte, das wär keiner, aber ich glaub schon. Jedenfalls ein bissi. Ich habe die ganze Symptömsche. Brustverrreengerung, Atemschmerze, Armziehe, bis in die Füß runner.»

Ich setze mich langsam auf mein Bett und lege mich dann vorsichtig wieder hin.

«Aaaaah», schreit Manni. Ich zucke zusammen.

«Da war es widder, widder so 'ne Art Herzrhythmusverstimmung.»

Darauf gehe ich nicht ein und denke mir, besser Manni ist hier als irgendein Fremder. Falls er mich unentwegt vollquatschen sollte, werde ich ihm schon Einhalt gebieten.

«Wenn die dich durchgecheckt haben, Manni, und festgestellt haben, dass du nichts hast, wieso bist du dann noch hier? Warum haben die dich nicht nach Hause geschickt?»

Manni blickt mich entgeistert an.

«Nee, nee, nee, mein Lieber. Ich hab dene gesagt, mit dene Beschwerde, die wo ich hab, geh ich net heim. Mit dene Schuldgefühle wollt ihr net lebe, wenn ich gleich uff dem Parkplatz tot umkippe. Da habbe se dann gesagt, o.k., mir beobachte das noch mal genauer, so mit Langzeit-NPD und so.»

«EKG.»

«Was?»

«Ach, nichts.»

Ich blicke auf seinen riesigen Koffer, den Rucksack und die Gitarre, die er tatsächlich trotz akutem Herzinfarkt hierhergebracht hat, und frage ihn, ob er hier einzuziehen gedenke.

«Nu ja, das kann schon 'ne längere Sache hier werde. Mit Herz ist net zu spaße, sagt auch der Google. Ich wär froh, wenn ich auch nur so was Harmloses wie du hätt.»

Ich grinse in mich hinein.

«Bei dir wieder alles fit?», fragt er immerhin.

«Na ja, alles fit, wäre übertrieben. Die OP ist ja noch nicht so lange her.»

«Bist auch noch ein bissi nass um die Blase.»

Ich hebe die Decke hoch und blicke irritiert an mir hinab.

«Blass um die Nase, mein ich», klärt Manni auf.

Es klopft, und da es schon 17.15 Uhr ist, gibt es endlich Abendessen.

«Ah, danke, mein Mädche», sagt Manni zu der knapp fünfzigjährigen Schwester Doris. «Darf ich dann mit 'nem Infarkt schon Worscht esse?»

«SIE dürfen alles essen, lieber Herr Kreutzer», antwortet Schwester Doris milde lächelnd. Es scheint sich auf der Station herumgesprochen zu haben, was dieser Manni für ein Patient ist.

Während wir unsere Brote vertilgen – ich habe gerade mein erstes gegessen, da ist Manni schon beim dritten –, sagt er:

«Das is natürlich auch, da braucht man sich nix vormache, schon ein Stück weit psychosemitisch.»

«Was jetzt?», frage ich.

«Ei, das mit meim Herzche et cetera.»

«Aha.»

«Ja, das is nämlich ganz schön angebroche zurzeit. Von der Hessi.»

Es riecht etwas streng.

«Ach, Kerl, Blähunge hab ich auch. Kommt alles vom Herze.»

Ich beende mein Abendbrot, verzichte auf den Pudding, den ich in dieser Verpackung das letzte Mal 1979 gesehen habe, und stelle mein Bett mit der Fernbedienung in eine bequeme Lage.

Zu Manni und seinem gebrochenen Herzen kommentiere ich: «Dann hör doch mal auf, alle Frauen anzubaggern, wenn du es so ernst mit der Hessi meinst. Ich weiß, dass sie ein bisschen vereinnahmend ist, aber ...»

«Gelle, das isse? Sag ich doch aach immer.»

«Ja, aber kannst du nicht verstehen, dass es für sie verletzend ist, wenn du vor laufender Kamera einer Fernsehmoderatorin deine Liebe gestehst?»

Manni grübelt sichtbar.

«Ja, da sind mir schon ein bissi die Gäule durchgeritte, das muss ich zugebe. Das ist aber schon wieder abverflaut. Hab ich der Hessi aach gesagt, aber die will das grad net mehr hörn. Ich glaub, der Bock ist endgültig übergelaufe. Es ist Schluss.»

Ich sage ihm noch, er soll ihr ein bisschen Zeit geben, und greife nach einer Zeitschrift.

«Aber so lang grad Schluss is», hakt Manni wieder ein, «hab ich doch jetzt hier im Themebereich Krankeschwester freie Hand, oder net?»

«Manni!!!»

«War ja nur 'ne Frage, ups ... sorry ... wieder gebläht.»

Ralle: Der sagt einfach nix.
Volker: Wie, der sagt nix?
Ralle: Er sagt nix.

Volker: Warum sagt er denn nix?

Ralle: Ei, weil er halt nix sagt, du Penner.

Volker: Ich geb dir gleich mal Penner.

Ralle: Wer ist denn das?

Volker: Das ist Teichner. Neuer Mann, guter Mann. Exbulle.

Teichner: Servus zusammen.

Volker: Gehen wir mal rein.

Volker: Mann, was soll das denn? Wie sieht der denn aus? Es hat doch geheißen, keine Gewalt!

Ralle: Ei, wenn er nix sagt.

Volker: Und jetzt sagt er wahrscheinlich erst recht nichts mehr, nachdem du ihm in die Fresse hauen musstest.

Ralle: Der tut auch kein Deutsch verstehen.

Volker: Bin ich mir nicht so sicher. Ich nehm ihm mal das Klebeband weg. Mit Klebeband auf'm Maul könnte ich auch nichts sagen. Du bist echt ein Penner, Ralle.

Ralle: Ich geb dir gleich mal Penner!

Volker: Ach, Ralle ...

Ralle: Der versteht nicht, dass wir ihm ja nur helfen wollen.

Volker: Wie auch, wenn du ihn verprügelst.

Ralle: Der sagt ja nix.

Volker: Hey, Javid, listen, hear of me, i mean, please hear me too, we don't want to do nothing with you. Only do everything, what we say, o. k.?

Javid: Fuck you.

Ralle: Uffpasse, Freundche, uffpasse.

Volker: Jetzt komm mal runter, Ralle, Mann, also ... Javid, I mean also, ähm ... Teichner, willst du net mal probieren. Du warst doch Bulle.

Teichner: Ich kann's versuche, o. k. Ich soll ihm das sage, was du mir ebe im Auto erzählt hast?

Volker: Yep, das ist das, was Order ist.

Teichner: O.k., als Erstes musst du mal hier raus, Ralle. Vor dir hat er Angst. Sonst wird das nix.

Ralle: Ich würd eher sagen, je mehr Angst, umso schneller kommt man ans Ziel. Haste kein «24» geguckt? Wie die da gefoltert haben?

Volker: Jetzt lass den Teichner mal machen. Warte draußen.

Ralle: Ach, fickt euch doch.

Teichner: Hello, my name is Oli. Ralle is out now. He is an asshole. Sorry for attack you. That was not o. k. I am friendly to you. O. k.?

Javid: Fuck you.

Teichner: Hmmm ... ich glaub, er hat ein Vertrauensproblem. Ich würd sage, wir fesseln ihn mal los. Vielleicht bringt das was.

Volker: Ich weiß nicht.

Teichner: Was soll schon passier'n?

Volker: Er darf auf keinen Fall abhauen.

Teichner: Dann schließt doch die Tür'n zu. Außerdem hat doch Ralle eine Waffe, oder net?

Volker: Das Problem ist halt, dass wir nicht wissen, ob er versteht, was wir sagen. Weder auf Englisch noch auf Deutsch. Ich glaub, er weiß gar nicht, wer wir sind. Von welcher Organisation und so. Wir hatten mit ihm nichts zu tun. Die Kommunikation lief nur über seinen toten Kumpel, den Halim. Wir wissen eben nicht, wie weit er hier überhaupt über alles informiert ist.

Teichner: Komm, wir fesseln ihn los. Er muss ein bissche Vertraue kriege, sonst wird das nix. Good cop, bad cop, weißte? Ralle ist der bad cop, und ich bin der gute.

Volker: Und wer bin ich?

Teichner: Weiß ich auch net.

Volker: So, Javid, we make you free, wehe, you make us problems now, then become you problems with us.

Teichner: Wir wollen dir helfe, ehrlich.

Volker: Er reagiert einfach net. Das gibt's doch net.

Teichner: Hmm ... wie man sich wohl fühle muss, wenn man mit angugge muss, wenn sein eigener Kumpel überfahren wird ... da ... da ... haste gesehen? Der versteht uns. Haste seinen Blick ebe gesehe? Der versteht uns. Der Kollege versteht Deutsch.

Volker: Wenn du meinst ...

Teichner: Doch, der hat ebe ganz klar reagiert.

Volker: Wie du das eben mit dem Kumpel gesagt hast?

Teichner: Bingo. Also, Javid, hör mir zu. Du willst doch hier in Deutschland bleibe, oder? Du willst doch dein Dings, dein Asyl, kriege, oder net? Und am beste auch noch mit ein bissche Taschegeld ... Money, Money ... Da können wir dir aushelfe. Unsere Organisation hat beste Kontakte, bis ganz nach obe, von der Polizei bis zum Bundesdings für Migration. Und dadefür haben wir nur ein paar kleine Bitten. Deswegen zum letzten Mal die Frage, willst du dir das jetzt mal anhör'n? Oder soll ich gehe, und wir holen Ralle wieder rein?

Javid: O. k., ich höre zu.

Teichner: Ach, schau mal einer guck.

Javid: Wie bitte?

Teichner: Nichts. Du verstehst mich also?

Javid: Ich habe in Afghanistan übersetzt für eure Bundeswehr. Ich verstehe Deutsch.

Teichner: Sisste!

Volker: Net schlecht, Teichner, net schlecht.

(Ralle öffnet die Tür und blickt rein.)

Ralle: Wie sieht's dann aus hier bei euch?

Volker und Teichner: RAUS!

Ralle: Ist ja gut, ich geh ja schon.

Teichner: Wenn wir dir also helfe solle mit Asyl, Geld, Arbeit und so, dann musste nur Folgendes mache: Du gehst direkt zur Polizei.

Javid: Nein, ich gehe nicht zur Polizei, dann werde ich eingesperrt oder sofort abgeschoben.

Teichner: Ei, hör mir doch mal fertig zu. Also, du gehst zur Polizei ...

(Aus dem Nebenraum ertönt: «Wahnsinn, warum schickst du mich in die Hölle, Hölle, Hölle, Hölle?»)

Volker: Was ist das denn?

Teichner: Oh, Scheiße, dass ist mein Klingelton, hab das Handy drübbe in der Jack.

Volker: Echt? Wolfgang Petry?

Teichner: Yep, find ich immer noch goil.

Volker: Na ja, ich weiß nicht.

Teichner: Aber jetzt mal zurück zu dir, Javid. Also, wie gesagt, du gehst zur Polizei und stellst dich. Du sagst, du wärst dem Dings, wie heißt er, Halim nur hinnerhergelaufe, als der den Bürgermeister abgestoche hat. Du wolltest ihn abhalte. Du weißt von gar nix, warum der Halim das gemacht hat, verstehste? Du kennst auch niemanden von uns. Keiner hat mit dir oder Halim gesproche. Der Halim hat sich das alles ganz alleine ausgedacht und durchgezoge. Ist das bis hierhin schon mal bei dir angekomme?

Javid: Ja.

Volker: Hast du gesehen, wer deinen Kumpel umgefahren hat?

Javid: Nein.

Volker: Wie nein?

Javid: Nein heißt nein. Ich war da nicht dabei. Ich habe nichts gesehen.

Teichner: Genau das sagst du einfach auch der Polizei. Dann lasse sie dich laufe, und wir kümmern uns um alles annere. Wie gesagt, wir haben überallhin super Connections.

Javid: Ich habe Durst.

Teichner: Ja, ich auch. Jetzt ein schönes kühles Blondes, und die Welt sieht schon wieder ganz anners aus.
Javid: Wie bitte?
Ralle *(aus dem Nebenraum)*: Und? Sagt er was? Sagt er was?
Volker: Halt's Maul, du Penner!
Ralle: Ich geb dir gleich Penner.

«Manni, würdest du bitte mit dem Gitarrespielen aufhören? Ich müsste mal telefonieren.»

Manni Kreutzer liegt spürbar von seinem «Herzinfarkt» gezeichnet mit der Westerngitarre auf dem hochgestellten Krankenhausbett und zupft inbrünstig die Saiten.

«Ei klaro», antwortet er und spielt weiter. «Is schön, oder?»

«Ja, schon, aber ...»

«Wird ein neuer Hit.»

Manni beginnt nun zu seinem Gitarrenspiel zu singen.

«Manni!», sage ich ein weiteres Mal, und nun hört er auch auf. «Ach, und würde es dir vielleicht was ausmachen, wenn du kurz aus dem Zimmer gehen würdest?», frage ich und deute auf das Telefon. «Ist privat.»

«Hmm», macht er darauf, «da weiß ich net, ob ich mir das schon zuvertraue kann. Ich mein, so 'ne Herzattacke, die schüttelt und rüttelt dich schon ganz schön durch. Ich hab nämlich immer noch ganz schön Kreislaufschmerze.»

Ach, irgendwie ist es mir auch egal, ob er nun mithört oder nicht, und so rufe ich endlich Teichner an, der schon seit einigen Tagen auf meinen Rückruf wartet. Es meldet sich allerdings nur die Mailbox.

«Hallo, Teichner, hier ist Henning. Sorry, dass ich mich jetzt erst melde, es war so viel los. Erst war ich viel unterwegs, und dann hat mich 'ne Gallenkolik niedergestreckt. Bin auch gerade noch im Krankenhaus. Kannst ja mal zurückrufen. Ich bin gespannt, wie tief du da bei den Typen schon eingetaucht bist.

Und sei vorsichtig. Ach ja, und denk dran, notier alles, was die sagen, speicher alles ab, SMS, Mails und so weiter. Es ist wichtig, dass du da so viel wie möglich dokumentierst. Vor allem, wenn du mit Rüdi zu tun bekommen solltest. Und danke noch mal. Bis dann. Wie gesagt, über Handy bin ich erreichbar. Tschüss.»

Während ich das auf Teichners Mailbox quatsche, spielt Manni begeistert wie ein kleines Kind an seiner Bett-Fernbedienung herum. Bett hoch, Bett runter, oberes Teil hoch, Beine runter, Beine hoch und wieder zurück. Dazu macht er mit geschlossenem Mund Motorengeräusche.

«Teichner?», fragt er dann. «Das ist doch dieser Exkollege von dir, oder net? Ein Bulle, gelle?»

«Genau», bestätige ich. «Das heißt, er ist auch nicht mehr bei der Polizei. Er wurde ... na ja, degradiert, und dann hat er gekündigt.»

«Wieso dann das? Was hat er dann verbroche, der Knabe? Das war doch immer so ein klasse Typ, oder? So'n lustiche.»

«Na ja, geht so. Geschmackssache», entgegne ich.

«Hat der net immer so lustiche T-Shirts angehabt?», erinnert sich Manni. «Kerle, war das lustig.»

Ich erinnere mich mit Grausen an T-Shirt-Aufschriften wie «Der Klügere kippt nach» oder «Schlank würde ich dich nur unnötig geil machen». Und das waren noch die harmloseren. Außer Teichner selbst und eben auch Manni kannte und kenne ich keinen, der das auch nur annähernd «lustig» fand.

«Lustig, lustig», kichert Manni und fragt dann: «Und wo, wie, wann ist der bei wem eingetaucht, und warum soll der vorsichtig sein?»

Ich gebe Manni mit einer wegwerfenden Handbewegung zu verstehen, dass ich darüber jetzt mit ihm eben nicht reden will. Um weitere Nachfragen zu vermeiden, bitte ich ihn stattdessen, doch wieder Gitarre zu spielen.

«Ei klar doch, für dich doch immer, mein Freund», säuselt Manni und lässt sich das ganz bestimmt nicht zweimal sagen.

Teichner war sofort angesprungen, als ich ihm meine Idee unterbreitet hatte. Diese Idee, die sich kurz nach meinem traurigen bis skurrilen Wiedersehen mit ihm an der Pforte meiner alten Dienststelle so langsam entwickelt hatte. Teichner meldete sich nur drei Tage danach wieder bei mir und erzählte, er habe nun gekündigt. Nun hätten wir doch was gemeinsam, meinte er, und da könne man sich doch sehr bald wieder treffen, auf ein Bier oder so.

Ich kenne Teichner schon lange und bin immer, so gut es irgend möglich war, auf Distanz zu ihm gegangen. Doch manchmal tat er mir eben auch leid, so auch jetzt. Denn zurzeit geht es ihm wirklich schlecht. Erst die Frau verloren und dann auch den Job; es kann besser laufen im Leben. Und auch wenn er mir tagein, tagaus auf die Nerven ging, er gehörte einfach jahrelang zu meinem Leben, zu meinem Alltag, er war immer da, mein Kollege eben.

Nun war er am Boden, ohne Aufgabe, ohne Selbstwertgefühl, und dagegen, dachte ich, könne man doch etwas tun und eine Win-win-Situation herstellen.

So entstand die Idee, ihn in die Bretzenhainer Bürgerwehr einzuschleusen. Teichner war sofort begeistert. «Verdeckter Ermittler», jubelte er, «das wollte ich schon immer mal mache, ihr habt mich ja immer klein gehalte früher.»

Ich schlug ihm vor, sich dort als rechtsnationaler Expolizist einzunisten, über diese Legende Vertrauen zu schaffen und alles zu dokumentieren, was in eine illegale Richtung ginge. Ich erzählte ihm von Rüdi und bat ihn, besonders dann hellhörig zu werden, wenn dessen Name fiele.

Teichner war komplett begeistert, wollte dafür auch gar nichts haben. Ich versprach ihm trotzdem als Honorar ein Helene-

Fischer-Ticket in der teuersten Kategorie. Da war er noch begeisterter, denn Teichner liebt Helene Fischer, äußerlich genauso wie musikalisch, wie er immer sagt, und das schon lange vor «Atemlos».

«Was hat er dann ausgefresse, der Teichner?», fragt Manni in eine kurze Spielpause.

«Wieso ausgefressen, was meinst du?»

«Na, du hast doch ebe gesagt, er wär bei der Polizei degeneriert worde ...»

«Degradiert», korrigiere ich. «Nun ja, es lief ein Verfahren gegen ihn, und bevor sie ihn endgültig rausgeschmissen haben, hat er wohl selber gekündigt.»

«Und was hat er gemacht, der Guhde?»

«Das willst du nicht wissen.»

Will Manni natürlich doch. Aber ich sage es ihm nicht. So viel Loyalität muss sein.

Ich musste mehrmals bei Teichner nachfragen, was denn genau vorgefallen sei. Irgendwann rückte er dann damit raus: Er war zu einer harmlosen Kontrolle in ein regionales Bordell geschickt worden, sollte dort die Personalien aufnehmen und Arbeitserlaubnisse überprüfen. Teichner allerdings ließ sich vom Inhaber dort zu einem Alternativprogramm überreden. Er blieb die ganze Nacht. Den einzigen Preis, den er dafür zu zahlen hatte, war, dass er das mit dem Personalienaufnehmen doch bitte etwas lockerer angehen möge.

Blöd für Teichner, dass das Wochen später herauskam und er am Ende einen noch viel höheren Preis zahlen musste: den Verlust seines Jobs.

«Willste mal hören?», fragt Manni.

«Was denn?»

«Das neue Lied.»

«Ja, warum nicht?»

Manni drückt euphorisch die Ruftaste, und Krankenschwester Doris eilt herbei.

«Hier, Doris'che, willste mithören? Ein neues Lied von mir. Da braucht es einfach mal in diesen unruhigen Popopolisten-Zeiten auch mal ein Statement von mir. Darauf warten meine Fans.»

Schwester Doris, eine meiner Lieblingsschwestern hier, lacht.

«Oh, Herr Kreutzer, das würde ich wirklich gerne, aber ich fürchte, ich habe leider dafür jetzt keine Zeit, ich ...

«Ach was, keine Zeit. Kerle, als seid ihr am rumrenne», meint Manni. «Ihr müsst doch auch mal innehalte dürfe und mal runnerkomme. Und wie kann man das besser als dann, wenn der Manni singt?»

«Ach, Herr Kreutzer ...»

«So, jetzt hingesetzt, mei Meedche, durchatme und zuhöre.»

Ich kichere vor mich hin, und Schwester Doris setzt sich tatsächlich auf Mannis Bettkante und hört zu.

Hey, du, was sitzt dann bei dir so quer?
Ei, was ist dann passiert?
Hey, du, dein Geschwätz zu ertrage fällt schwer,
weil mir's Herzche gefriert.

Hey, du, wo ist in dei'm Lebe der Riss?
Warum schwätzt du so 'n Mist?
Hey, du, vor was nur hast du so ein Schiss?
Du Popopolist!

Sei geschmeidig und weich,
hör uff mit der Hetze,
mit Mensche verletze.
Sei net hart,
sondern zart,

sei fluschisch und wuschisch
und weisch.

Hey, du, wo sitzt dann bei dir bloß das Herz?
Warum die wütende Wut?
Hey, du, was machst du dann als hier für'n Terz?
Kerl, jetzt ist doch mal gut.

Sei geschmeidig und weich,
hör uff mit der Hetze.
mit Mensche verletze.
Sei net hart,
sondern zart,
sei fluschisch und wuschisch
und weisch.

Und wirst du ganz weich
biste reich
und schwimmst leicht wie ein
Karpfe im Teich
schwimmst du weich und ganz leicht
durchs Lebe hindurch.

Sei geschmeidig und weich …

Volker: Gute Arbeit, Teichner, Respekt.
Teichner: Kein Ding, ich hab früher als Bulle ganz annere Sache gewuppt.
Volker: Also, Javid, der Otze kommt dich gleich abholen und fährt dich nach Lauterbach zur Polizei. Da machste dann deine Aussage. Und alles wie besprochen, kein Wort über uns, verstanden? Uns gibt es nicht, klar?
Javid: Ich habe verstanden.

Volker: Du kannst dir auch vorstellen, was passiert, falls du dich heute oder irgendwann später mal verplappern solltest, oder? Es gibt hier schon ein paar Jungs in unserer Gruppe, die sind nicht gerade zimperlich. Verstehst du «zimperlich»?

Javid: Nein, weiß aber schon.

Ralle: Otze ist da. Los geht's.

Teichner: Dann mal Tschüssikowski, Javidchen.

Volker: So, sehr gut. Lief ja wie am Schnürchen. Ich ruf gleich den Rüdiger an ...

Ralle: Warte mal, Volker.

Volker: Was ist denn?

Ralle: Ich muss dich mal sprechen.

Volker: Ei, mach doch.

Ralle: Nee, unter vier Auge, lass uns mal kurz rausgeh'n.

Teichner: Nee, hier passt schon. Ich kann auch rausgehe ...

Ralle: Nee, warte du mal hier.

(Volker und Ralle gehen in den Nebenraum)

Ralle *(flüstert)***:** Wir haben ein Problem.

Volker: Problem? Wieso?

Ralle: Der Typ da ist das Problem.

Volker: Teichner?

Ralle: Ja! Sprich leise.

Volker: Was ist denn jetzt? Jetzt sagt doch?

Ralle: Als ihr da eben mit dem scheiß Afghanen am Gange wart, hat hier in Teichners Jacke sein Handy geklingelt. Ich bin dann einfach mal hingegangen. Und weißte, was da auf dem Display stand, wer der Anrufer war?

Volker: Nein, woher auch?

Ralle: Henning Bröhmann stand da.

Volker: Bröhmann? Dieser Penner, der beim Rüdiger wohnt und ihm auf die Nüsse geht?

Ralle: Genau. Aber jetzt pass auf, jetzt geht's noch weiter. Ich bin natürlich nicht rangegangen, habe dann aber die Mailbox abgehört. Und siehe da, der Bröhmann hat was druffgesagt.

Volker: Und was?

Ralle Hör selber ... *(reicht ihm Teichners Handy. Volker hört Henning auf der Mailbox)*:

«Hallo, Teichner, hier ist Henning. Sorry, dass ich mich jetzt erst melde, es war so viel los. Erst war ich viel unterwegs und dann hat mich 'ne Gallenkolik niedergestreckt. Bin auch gerade noch im Krankenhaus. Kannst ja mal zurückrufen. Ich bin gespannt, wie tief du da bei den Typen schon eingetaucht bist. Und sei vorsichtig. Ach ja, und denk dran, notier alles, was die sagen, speicher alles ab, SMS, Mails und so weiter. Es ist wichtig, dass du das so viel wie möglich dokumentierst. Vor allem, wenn du mit Rüdi zu tun bekommen solltest. Und danke noch mal. Bis dann. Wie gesagt, über Handy bin ich erreichbar. Tschüss.»

Volker: Ach du Scheiße.

Ralle: Wir müssen Rüdiger Bescheid geben.

Volker: Stopp, nee, warte. Das geht nicht. Dann sind wir die Deppen, dann sind wir aber so was von raus. Der darf das nicht erfahren, auf keinen Fall.

Ralle: Ich weiß nicht. Du bist dann vielleicht raus, ich hab diesen Teichner nicht hierhergeholt. Ich hätte dem nicht gleich so vertraut.

Volker: Scheiße, Mann, was machen wir dann jetzt?

Ralle: Erst mal zur Rede stellen, würde ich sagen.

(Beide gehen zurück in den Raum, in dem sich Teichner befindet)

Teichner: Gibt's Probleme?

Ralle: Aber hallo gibt's Probleme. Und du bist das größte.

Teichner: Der war gut. Genau mein Humor.

Volker: Nix Humor, Teichner. Was läuft da mit dir und dem Bröhmann?

Teichner: Wie?

Ralle: Du bist ein verfickter Spitzel. Du tust uns verarschen. Und soll ich dir mal sagen, was ich so gar nicht leiden kann? Wenn man mich verarschen tut!

Teichner: Wie kommt ihr denn da drauf?

Volker: Du hast blöderweise dein Handy in der Jacke draußen liegen gelassen, und noch blödererweise hat dich vor ein paar Minuten der Bröhmann angerufen und dir auf die Mailbox gelabert, und allerblödersterweise hat der Ralle sich das Sprüchlein angehört.

Teichner: Äh, nee, das ist aber ganz anners, ich verarsch net euch, sondern den Bröhmann. Ich bin, wie soll ich sagen ... ein Doppelagent.

Volker: Ein Doppelagent?

Teichner: Ja, genau, ich ...

Ralle: Ich geb dir gleich Doppelagent.

(Ralle tritt ihm in den Bauch)

Ralle: Du hörst jetzt mal uff mit Scheiße labern, ist das klar?

Teichner: Ja.

Volker: Wem berichtest du noch außer dem Bröhmann? Was weiß die Polizei davon?

Teichner: Nichts, ehrlich, nichts. Ich ... ach, Scheiße, Mann ...

Volker: Das kannst du laut sagen, Scheiße, Mann.

Teichner: Ich hab niemandem was gesagt, ehrlich. Auch dem Bröhmann nichts. Wenn ihr mich laufe lasst, bleibt das auch so. Ich werde schweige. Ganz ehrlich.

Ralle *(schlägt ihm ins Gesicht)*: Du blöder Pisser.

Volker *(zu Ralle)*: Mach langsam. Lass uns doch erst mal nachdenken, was wir jetzt am besten machen.

Teichner: Lasst mich laufen, bitte. Ehrlich, keiner weiß bis jetzt was.

Ralle: Der lügt doch. Wir haben nicht nur ein Problem, wir haben zwei. Ihn und Bröhmann.

Volker: Und damit haben wir noch eins. Wenn der Bröhmann schon alles von Teichner weiß, dann ...

Teichner: Ich weiß doch kaum was. Ihr habt mir doch kaum was erzählt.

Volker: Das, was du weißt, reicht schon.

Ralle: Ich würde dem gerne mal so richtig auf die Fresse hauen. Denn verarschen lasse ich mich ...

Volker: Ja, sagtest du schon.

(Teichner stößt Volker zur Seite und versucht zu fliehen)

Volker: Hey, bleib stehen!

Ralle: *(zieht seine Waffe. Er setzt an und schießt)*

Kurze Stille

Volker: Du Penner!

Ralle: Ich geb dir gleich Penn... Scheiße ...

«Ich lasse mir doch von niemandem verbieten, meinen Jungen im Krankenhaus zu besuchen. So weit kommt es noch!»

Meine Mutter ist hochgradig erzürnt und meckert dementsprechend neben meinem Krankenbett stehend seit zehn Minuten auf mich ein. «Hat man so was schon gehört? Mein Sohn liegt mit ohne Galle im Krankenhaus, und meine Schwiegertochter verbietet mir, zu ihm zu gehen.»

Wieder und wieder erkläre ich, dass *ich* es war, der Franziska gebeten hatte zu kommunizieren, dass ich erst einmal lieber meine Ruhe hätte, um besser genesen zu können.

«Mutter, Franziska kann da nun mal gar nichts dafür», sage ich müde. «Es ist doch sowieso keine große Sache. Und außerdem werde ich morgen entlassen, und dann hätte ich dich auch gleich besucht.»

«Jetzt lüg doch bitte nicht auch noch. Gibt es denn so was?» Meine Mutter will sich nicht beruhigen. «Eine Mutter darf ihren eigenen Sohn nicht im Krankenhaus besuchen. Johann, was sagst du denn dazu?»

Sie ist nicht nur unangemeldet gekommen, sondern gleich im Doppelpack mit ihrem *Verlobten*, wie sie Johann nun immer tituliert.

«Ich halte es für klüger, mich da nicht einzumischen», antwortet er sehr weise.

«Am liebsten wäre ich gar nicht gekommen, so sauer bin ich», schimpft sie unbeeindruckt weiter. «Da hätte ich dich wirklich hier alleine liegen gelassen.»

«Komm, Schmusi, jetzt reg dich doch nicht so auf», versucht Johann zu deeskalieren.

«Jetzt fall du mir auch noch in den Rücken», schnauzt sie ihn an.

Ich werfe ein, dass ich so alleine ja nicht gewesen sei. Schließlich habe der Herzinfarkt-Manni bis vor ein paar Stunden in meinem Zimmer gelegen. Doch auch wenn er sich hier mit all den netten Krankenschwestern noch so wohlfühlte, sie haben ihn inzwischen mangels Befund doch zwangsentlassen.

«Soso, wenn man einen Manni hat, braucht man keine Mutter mehr, oder wie sieht das aus?»

Interessante These, über die man mal nachdenken müsste.

«Wer war denn die, die über Jahre für dich sorgen und dich trösten musste, wenn du mit irgendwelchen Kinkerlitzchen jammernd im Bett gelegen hast und nicht in die Schule wolltest?»

«Na ja, du warst ja meine Mutter», wende ich vorsichtig ein.

«War? Ich *war* deine Mutter? Hast du das gehört, Johann, ich *war* seine Mutter. Hat man so was schon gehört?»

«Nein», antwortet Johann, wohl in dem unsicheren Gefühl, seine Verlobte nun unterstützen zu müssen.

«Sei froh, dass ich nicht so eine empfindliche Mutter wie die anderen bin. Dann könnte ich total verletzt sein und dich wirklich nicht im Krankenhaus besuchen.»

Fieberhaft überlege ich, wie ich das Thema wechseln könnte. Da erreicht mich eine SMS. Von Teichner. Er schreibt:

> Hi h, alles super. die vertrauen mir. hab einiges rausbekommen. dazu später mehr. eins schon mal vorneweg: der rüdiger hat mit denen nichts zu tun. falsche spur. das hat dieser afgane selbst geplant. lass uns so schnell wie möglich treffen. wie wärs oben auf der herchenhainer höhe, beim skilift? kann dir bei einem spaziergang alles in ruhe erzählen. gehts morgen?
>
> Gruss o

«Das darf ja wohl nicht wahr sein», mosert meine Mutter weiter. «Guck dir das an, Bär, jetzt ist ihm auch noch sein blödes Handy wichtiger als die eigene Mutter.»

«Ach, Liebes», sagt Johann und tätschelt ihre Hand.

Aber ich habe die Faxen dicke. «Mutter, es reicht jetzt!», zische ich. «Ich hab die Schnauze voll von diesem albernen Rumgemeckere und möchte, dass ihr sofort geht. Ich will jetzt meine Ruhe. Da ist die Tür, tschüss!»

Meine Mutter blickt mich entgeistert an. «Also, dazu fällt mir jetzt ja wirklich ...»

«Muss es auch nicht», falle ich ihr ins Wort und deute noch immer auf die Tür.

«Na gut, also, Johann, dann komm. Dann brauchen wir meinem Herrn Sohn auch nicht die Hochzeitseinladung zu geben, die ich hier in meiner Tasche habe. Bitte, dann eben nicht. Dann ist eben mein eigener Sohn nicht auf meiner Hochzeit. Dann soll es halt so sein.»

Grußlos verlassen die beiden mein Zimmer.

Sofort bekomme ich ein schlechtes Gewissen, und doch weiß ich, dass sich das alles wieder schnell einrenken wird. Ich kenne ja meine Mutter.

Ich denke ein paar Minuten über Teichners Textnachricht nach und antworte dann:

> Hallo, Teichner, morgen klappt nicht. Komme dann erst aus dem Krankenhaus raus. Melde mich mit Terminvorschlag. LG Henning

Kapitel 18

•••

Nun ist es offiziell: Ich darf nach Hause.

Wie Godfather Professor Doktor Schink mir bestätigt, haben sich die Entzündungswerte so entwickelt, dass meiner Entlassung nichts mehr im Wege steht.

Franziska und Laurin sind zur Abholung gekommen. Meine Frau hilft mir beim Packen des Köfferchens, und mein Sohn betrachtet akribisch die Gallensteine, die mir als Souvenir in einem kleinen Plastikdöschen zur Verfügung gestellt wurden.

«Willste die wirklich mitnehmen?», fragt er mich.

«Nee, die lasse ich hier», antworte ich. Man muss auch loslassen können.

«Sieht eklig aus», befindet Laurin.

«Du kannst sie gerne haben. Ich schenk sie dir.»

Laurin lehnt dankend ab, und wir gehen. Ich hinterlasse bei den Krankenschwestern ein Trinkgeld, über dessen Höhe ich mir schon seit Tagen Gedanken gemacht habe, am Ende habe ich sogar gegoogelt, was «man» denn da am besten gibt. Überraschenderweise gehen auch da im Internet die Meinungen weit auseinander.

Da Laurins neuer Flüchtlingsfreund Kayan ebenfalls heute aus dem Krankenhaus entlassen wird, boten wir an, ihn mitzunehmen und zu seiner Unterkunft zu bringen. Mit gepackter Tasche sitzt er bereits unten am Empfang und wartet auf uns.

Franziska fragt ihn, wie es seinem Kopf ginge und ob ihm noch schwindelig sei, worauf er den Kopf schüttelt und kichert, dass «schwindelig» ein lustiges deutsches Wort sei. Gekichert wird ohnehin viel bei ihm und Laurin auf dem in meinem Fall doch noch etwas wackligen Gang zu unserem Auto. Es scheint eine vorpubertäre globale Kicherübereinstimmung bei Jungs in diesem Alter zu geben, ganz unabhängig von Herkunft und Kultur. Was der genaue Anlass für die Kicherei sein mag, ist mir unklar, ich vermute aber mal stark, dass es mit den übergroßen Brüsten der Dame zusammenhängen könnte, die uns gerade über den Weg läuft.

Franziska sieht müde aus. Ich greife nach ihrer Hand und frage sie, wer bei den Zwillingen sei.

«Die sind drüben bei Gisa und Nadeshdine», antwortet sie.

«Oje», rutscht es mir raus.

«Wieso oje?», entgegnet Franziska patzig und entzieht mir ihre Hand. «Ohne Gisa hätte ich die letzten Tage betreuungsmäßig ganz schön Schwierigkeiten bekommen.»

Die Jungs laufen vier, fünf Meter vor uns und giggeln noch immer fröhlich vor sich hin. Zum ersten Mal seit meiner Kolik denke ich darüber nach, dass die letzten Tage für Franziska mit drei Kindern alleine zu Hause, der Arbeit und den Fahrten zu mir ins Krankenhaus recht stressig gewesen sein dürften. Nicht ein Mal habe ich sie danach gefragt.

«Hmm, war wahrscheinlich ganz schön anstrengend die letzten Tage, oder?», sage ich daher.

«Ja, das war es», bestätigt meine Frau. «Vor allem, da in den letzten beiden Nächten Frida alle zwei Stunden mit Krupphusten aufwachte.»

Mir scheint, so richtig ungemütlich hatte ich es die letzten Tage im Krankenhaus eigentlich nicht.

Die Jungs vor uns kriegen sich noch immer nicht ein. Nun werde ich neugierig und rufe: «Was gibt's denn so Lustiges? Wir wollen mitlachen.»

«Wollen wir das wirklich?», fragt Franziska leise und ringt sich immerhin den Anflug eines Lächelns ab. Wir erreichen Parkplatz und Auto und verstauen Koffer und Taschen im Kofferraum.

«Los, Jungs», bettle ich weiter. «Och, kommt, erzählt doch mal, warum ihr so lachen müsst.»

Kayan schüttelt mit roten Ohren den Kopf. Ich lasse es gut sein.

Eine Viertelstunde später parken wir vor der Bretzenhainer Unterkunft. Franziska steigt aus, holt Kayans Tasche aus dem Kofferraum und bringt ihn in Richtung Eingangstür. Dort wartet schon Samira, die ihren Neffen stürmisch umarmt und Franziska die Hand reicht.

Nun kommt auch Jana Wilhelm heraus, worauf Laurin im Auto wieder zu kichern beginnt.

«Du kriegst dich wohl gar nicht mehr ein, was?», frage ich in Richtung Rückbank. «Jetzt sag doch mal. Ich will auch mitlachen.»

«Ach, na ja», antwortet Laurin, «soooo lustig ist das jetzt auch nicht. Ich könnt mich halt immer total kaputtlachen, wie der Kayan das alles erzählt.»

Ich winke durch die Autofensterscheibe Jana Wilhelm und Samira zu. «Ja, und was erzählt er denn?»

«Ach, na ja, er hat erzählt, dass er die Frau Wilhelm mit diesem Dings hat knutschen gesehen.»

Ich drehe mich zu Laurin um. «Frau Wilhelm knutscht? Mit einem Dings?»

Nun kichert er wieder. «Na ja, mit diesem Typ, der verschwunden ist. Den seine Tante kennt.»

«Javid? Frau Wilhelm hat mit Javid geknutscht?»

«Genau.»

Darüber muss ich erst einmal eine Weile nachdenken. Geht hier einem Zwölfjährigen die Phantasie durch?

«Das ist so lustig, wie der das erzählt», fährt Laurin fort und ahmt Kayan nach: «Ich gehen so um Haus, weil Langenweile, denken, bin alleine, hören bei Treppe von Keller, oh, oh, schmatz, schmatz, hmm, hmmm, kiss, kiss. Ich sehe Javid knutsch, knutsch Frau Wilhelm, mit Händen an Busen ...»

Ja, da hätte ich als Zwölfjähriger auch gekichert.

Und schon kommt Franziska wieder, springt ans Steuer, und wir machen uns auf den Weg nach Hause.

Natürlich kann es mir eigentlich völlig egal sein, mit wem die Leiterin der Flüchtlingsunterkunft schmatz, schmatz, kiss, kiss und knutsch, knutsch macht, aber etwas merkwürdig ist das Ganze schon.

Zum einen ist Jana Wilhelm mindestens fünfzehn Jahre älter als Javid, zum anderen wirkte sie auf mich immer sehr gewissenhaft und seriös. Das Letzte, das ich ihr zugetraut hätte, ist, dass sie mit einem jungen Flüchtling hinter einer Kellertruppe rumknutscht.

Je länger ich darüber nachdenke, desto mehr gelange ich zu der Überzeugung, dass Kayan da eine kleine nette Geschichte erfunden haben könnte, über die es sich eben gut mit Laurin kichern lässt.

Noch bevor wir zu Hause ankommen, erreicht mich wieder eine SMS von Teichner:

Ich müsste dich jetzt wirklich sehr bald treffen. Bitte melde dich. Gruß Oli

«Schreibst du wieder deiner Geliebten?», fragt mich Franziska, während ich die Nachricht lese.

«Ja», antworte ich. «Wobei ... Teichner ist für mich mehr als eine Geliebte.» Nun kichern auch mal kurz die Eltern.

«Wirst du wieder zu einer Party eingeladen?», fragt Franziska in Anspielung auf den desaströsen Junggesellenabschied.

Ich habe Franziska bisher nichts von Teichners Undercover-Aktion erzählt, die ja nun mal auf meinem Mist gewachsen ist. Was sie davon halten würde, kann ich mir nur zu gut vorstellen. Und dann noch ausgerechnet mit dem Oli als Geheimagenten.

Oli? Teichner hat seine letzten beiden Textnachrichten tatsächlich so unterschrieben. Er nennt sich allerdings mir gegenüber niemals Oli. Er war und ist immer Teichner gewesen.

Franziska parkt das Auto, und pünktlich zum Aussteigen ergießt sich ein fulminanter Regenschauer über uns.

«Hoh, Mann», meckert Laurin, «ich bleib hier sitzen, ich geh nicht raus.»

«Dann bis morgen», kommentiert Franziska lakonisch, springt aus dem Auto und spurtet zu unserer Wohnungstür.

Ich fühle mich mit meiner Operationsnarbe gerade ganz besonders benachteiligt. Fluchend steige ich aus und will mich gerade auf den Weg machen, da kommt meine heldenhafte Ehefrau mit einem Regenschirm angejoggt, hakt mich unter, sagt: «Darf ich bitten, alter Mann», und trottet mit mir unter dem Regenschirm zur Wohnung.

«Und ich?», brüllt Laurin beleidigt aus dem Auto. «Was ist mit miiiir? Toll ... vielen Dank ... toll.»

«Verweichlichtes Bürschchen», murmle ich.

Sie guckt mich lange an. «Dazu sage ich jetzt nichts», sagt sie.

Eigentlich wollten wir die Zwillinge ja nicht mehr zu Gisa oder Rüdi bringen. Es ist eben kein Vertrauensverhältnis mehr da. Ich bin mir zwar vor allem bei Gisa sicher, dass sie die Kinder stets gut behandeln würde, aber nach den Ereignissen in der letzten Zeit fühlt es sich trotzdem nicht richtig an, die Kinder in diesem Haushalt betreuen zu lassen. Franziska hat sie nun also trotzdem zu Gisa gebracht. Aus Betreuungsengpassgründen.

«Ich mach mir da bei ihr gar keine Sorgen», sagt sie. «Ich kenne sie so lange, das passt schon. Und wir dürfen sie nun auch nicht einfach mit Rüdi in einen Topf werfen.»

Da hat sie recht. Trotzdem hat auch Gisa einen Knall, und vermutlich einen größeren, als Franziska denkt.

Nun denn, ich bin ja wieder zurück, und lange werden wir hier ohnehin nicht mehr wohnen, sodass sich diese Frage hoffentlich sehr bald nicht mehr stellen wird.

Der Regenschauer währt nicht lange. Schnell ist es wieder trocken, sogar die Sonne grüßt freundlich. Gerade als ich Franziska fragen will, wer die Kinder von drüben holen soll, da höre ich schon das Geschnatter unserer Zwillinge auf dem Hof. Ich laufe ihnen entgegen, begrüße die Kleinen, versuche sie in unser Haus zu bugsieren, um eine längere Begegnung mit Gisa zu vermeiden, doch vergeblich. Die Kinder rennen mit Nadeshdine wild über den Hof, und Gisa steht mit einem Becher Kaffee in der Hand vor mir.

Ebenso sachlich wie höflich bedanke ich mich für die Betreuung.

«Ach, das mach ich doch supersupergerne», sagt Gisa und fragt dann, wie es mir denn ginge. Gut, antworte ich, und dass ich mich noch schonen müsse und so weiter. Danach thematisieren wir noch kurz den Regenschauer von eben und ob es wohl heute noch zu einem Gewitter kommt oder nicht.

«Wegen der Kinder ist es echt supersuperschade, dass ihr auszieht.»

Ups. Hat Franziska den beiden schon angekündigt, dass wir wegwollen? Ich jedenfalls nicht.

Gisa bemerkt meinen fragenden Gesichtsausdruck. «Ich dachte, Rüdi hat mit dir geredet?»

Nun stößt Franziska hinzu. Auch sie hat einen Kaffeebecher in der Hand. Meinen Lieblingsbecher, den mit der Aufschrift: «I ♥ Birdmountain».

«Weswegen soll denn Rüdi mit mir geredet haben?»

«Oh, Mann, das ist mir jetzt echt supersuperpeinlich. Kommt, dann lasst uns doch mal kurz zusammensetzen.»

Ohne eine Antwort abzuwarten, schiebt Gisa einen zusätzlichen Stuhl zu dem kleinen Tischchen, das links neben ihrer Eingangstür steht.

Gisa, die sich ihre nicht mehr ganz naturblonden Haare mädchenhaft zu Zöpfen gebunden hat, bittet uns, uns zu ihr zu setzen.

«Also, ich will da jetzt gar nicht lange drum herumreden. Tut mir leid, dass Rüdi das noch nicht erledigt hat, aber er hat ja gerade so supersuperviel um die Ohren.»

Es kann durchaus sein, dass sie mein Augenverdrehen beobachtet hat. Es ist mir aber inzwischen auch egal.

«Wir werden euch kündigen. Wir wollen ...»

Franziska beginnt zu lachen. «Das trifft sich gut, das hatten wir nämlich auch vor.»

Gisa blickt sie ernst an. «Ach, Franzi, ich brauche mich nicht von dir verarschen lassen. Du musst dich nicht immer über mich stellen. Es war schon immer so, schon als Kolleginnen früher in der Schule, dass du dich mir überlegen gefühlt hast.»

Franziska schlägt nur die Hände vor ihr Gesicht und seufzt.

«Darf ich jetzt ausreden?», fragt Gisa scharf. So habe ich sie noch nie erlebt. Ich kenne sie nur in ihrem leicht überdrehten Supersuper-Style. Doch jetzt gerade ist nichts supersuper.

«Wir reden wirklich schon seit Wochen davon, hier auszuziehen», sagt Franziska.

Gisa sieht mich an, ich nicke, dann hustet sie kurz nervös und fährt fort: «Wie dem auch sei. Rüdi hat andere Pläne mit dem Anbau. Da soll erst mal keiner einziehen, denn er will dort Veranstaltungen und Seminare machen. Es soll hier so 'ne Art Denkfabrik entstehen.»

«Aha», rutscht es mir höhnisch heraus.

Die Kinder haben Spaß beim Erkunden einer Pfütze. Gummistiefel wären praktisch bis schön gewesen, aber da kann man auch mal locker bleiben.

«Aber unabhängig davon wollen wir auch nicht mehr mit Menschen zusammenleben, die keine Toleranz für unsere Art zu leben aufbringen können.»

Ich brauche diese Art Aussprache nicht mehr. Ich brauche da keine Klärung. Franziska wohl auch nicht, denn auch sie schweigt und blickt nur mürrisch auf ihren Becher.

«Wir tolerieren euren Lebensstil und eure politische Haltung. Ihr unsere nicht. Es hat weh getan. Doch das ist Schnee von gestern. Nun blicken wir nach vorne.»

«Dann bist du jetzt also auch bei der Hetzer-Combo dabei, oder was?», unterbricht Franziska sie.

Nadeshdine kommt pfützenübernässt zu ihrer Mutter.

«Ach du lieber Himmel, wie siehst du denn aus?»

Auf diese rhetorische Frage gibt es allerdings keine Antwort, sondern ab geht's zurück zur Pfütze.

«Lass uns die Sache hier abkürzen, Gisa», schlägt Franziska vor. «Ihr wollt, dass wir gehen, wir wollen gehen. Ist doch alles super.»

Supersuper, denke ich.

«Dann haben wir auch keinen Ärger mit Kündigungsfristen oder so was.»

Plötzlich beginnt Gisas Kinn zu zittern. Sie kämpft erkennbar gegen die Tränen. Ich verstehe diese Frau nicht. Habe sie noch nie verstanden und muss sie zum Glück auch nicht mehr verstehen.

Sie springt vom Tisch auf, schluchzt «Das ist doch alles supersuperbekackt» und verschwindet in ihr Haus.

Franziska und ich schauen uns ratlos an und zucken mit den Schultern.

«Rüdi will hier Seminare und Veranstaltungen machen?», sagt Franziska. «Was denn für Veranstaltungen?»

«Ich will's überhaupt nicht wissen», antworte ich und stehe auf, denn das Sofa ruft. Ich bin schließlich gerade erst aus dem Krankenhaus entlassen worden.

Ja, ich brauche dringend eine Pause, ich muss mich ausruhen und hinlegen. Ich setze mir einen Früchtetee auf, eine Neuentdeckung aus den Tagen im Krankenhaus, und bereite mir ein gemütliches Sofalager, da klingelt mein Handy. Eine mir nicht bekannte Nummer mit Vogelsberger Vorwahl. Gehe ich ran? Gehe ich nicht ran? Ich gehe ran.

«Teichner hier.»

«Hey, Teichner, ja, Mensch, du, wollte dir gerade schreiben, bin eben erst ...»

«Hier spricht sein Vater. Eugen Teichner.»

Oh, Vater und Sohn sprechen mit nahezu identischer Stimme. Ich kenne Vater Teichner nicht persönlich, weiß aber, dass Sohn Teichner vor gut zwei Wochen zu Vater Teichner nach Gedern gezogen ist.

«Guten Tag, Herr Teichner!»

«Entschuldigen Sie die Störung, aber wissen Sie vielleicht, wo mein Sohn ist? Er ist nämlich heute Nacht nicht nach Hause gekommen, der Oliver. Ohne etwas mitzuteilen. Und ich erreiche ihn auch nicht unter seinem mobilen Telefon. So was kenne ich nicht von ihm. Da stimmt was nicht.»

«Hat er Ihnen auch keine SMS geschrieben?», frage ich.

«Ich habe kein Handy. Bevor ich mich bei der Polizei melde, wollte ich Sie kurz fragen. Oliver erzählte mir, dass er für Sie arbeitet. Ist er denn zu Ihnen auch gar nicht zur Arbeit gekommen?»

Ich habe Teichner extra eingeschärft, wirklich niemandem von der Undercover-Aktion zu erzählen!

Was antworte ich bloß?

«Machen Sie sich keine Sorgen, Herr Teichner. Ich habe gerade vorhin noch eine SMS von Ihrem Sohn bekommen. Es geht ihm also gut. Vielleicht ist er einfach mit ein paar Kumpels abgestürzt.»

«Oliver hat keine Kumpels», entgegnet Vater Teichner trocken.

Jetzt kommen die Zwillinge mit lautem Getöse ins Wohnzimmer gestürmt, sodass ich nichts mehr verstehen kann.

«Papapapapapapapapapapapapapapapapa», johlen sie.

Ich entschuldige mich bei Teichner senior für die kurze Unterbrechung, rufe Franziska zu, sie soll Nick und Frida bändigen, gehe in mein Arbeitszimmer und schließe die Tür.

«Herr Teichner», sage ich. «Ich kümmere mich drum. Ich versuche Ihren Sohn zu erreichen und sage ihm, dass er Sie sofort anrufen soll.»

Vater Teichner, der deutlich kultivierter als sein Sohn zu sein scheint, bedankt sich und legt auf.

Ich spüre eine Nervosität in mir. Irgendetwas ist komisch an der Sache. Ich muss unbedingt mit Teichner junior Kontakt aufnehmen und wähle sofort seine Nummer. Nichts, nur Mailbox.

Also schreibe ich eine SMS:

Hallo Teichner, dein Vater macht sich Sorgen. Ruf ihn doch mal an. Und ok, lass uns treffen. Ich bin zwar noch nicht ganz so fit, aber morgen ginge es. 10 Uhr oben beim Bergrasthaus in Herchenhain?

Danach lege ich mich endlich auf das Sofa und versuche meinen beiden Kleinen irgendwie zu vermitteln, dass Herumspringen auf der Bauchregion im Moment nicht so prickelnd ist.

Irgendwann döse ich ein, und eine Stunde später macht es Bing:

Geht klar, Henning! 10 Uhr, Herchenhain.

Sofort wähle ich die Nummer, um ihn kurz zu sprechen, doch wieder nur die Mailbox. Danach macht es noch einmal Bing:

Telefonieren geht gerade nicht. Erklär ich dir morgen. Gruss OT

OT? Ich werde mir immer sicherer. Da stimmt was nicht.

Kapitel 19

• • •

Natürlich bin ich am heutigen Morgen für diese anstehende Aktion alles andere als fit. Doch manchmal kann man sich die Dinge eben nicht aussuchen.

Franziska ist zur Arbeit, Laurin in der Schule, die Zwillinge sind im Kindergarten, und die Hunde waren draußen. Es kann also losgehen.

Franziska weiß weiterhin nichts von Teichner und dem Anruf seines Vaters. Ich möchte sie da einfach raushalten, Punkt. Darum habe ich ihr erzählt, dass ich mich zur weiteren Genesung heute nur auf dem Sofa aufhalten würde.

Um 5 Uhr lag ich bereits wach, um 5.45 Uhr bin ich aufgestanden, so hatte ich genügend Zeit, noch einmal über alles nachzudenken.

Ich schwitze. Meine Verfassung ist wirklich nicht gut, doch ich reiße mich jetzt einfach mal am Riemen. Langsamen Schrittes verlasse ich unseren Hof und gehe zu unserem kleinen Zweitwagen, der so alt und gebraucht ist, dass die Tür noch mit einem richtigen Schlüssel manuell geöffnet werden muss.

Gerade stecke ich ihn ins Schloss, da höre ich ein Geräusch, atme schlechtriechenden Männeratem ein und spüre, wie mir ein harter Gegenstand in den Rücken gedrückt wird.

Im schlechtesten, aber auch wahrscheinlichsten Fall ist dies eine Waffe.

Der Atem wandelt sich in eine Stimme um und flüstert: «Kein Laut, Bröhmann, ganz ruhig. Du steigst jetzt schön in deinen Wagen, und dann machen wir zwei jetzt mal eine kleine Spazierfahrt.»

Diesen Satz habe ich schon in Dutzenden Fernsehkrimis gehört. Im realen Leben fühlt er sich so gar nicht gut an.

Ich blicke über meine Schulter. Mein neuer Freund trägt schwarze Sonnenbrille und Baseballkappe, außerdem eine dunkelblaue Regenjacke. Ich bin mir sicher, dass das einer der Typen ist, die mich vor kurzem in Bretzenhain misshandelt haben. Ich kann eins und eins zusammenzählen, jedenfalls meistens, und mir wird klar, dass Teichner aufgeflogen sein muss. Er wird in der Gewalt dieser Männer sein und ihnen von mir erzählt haben.

Und nun folgt wohl die Quittung.

«Wo ist Teichner?», frage ich daher direkt, nachdem wir beide im Auto sitzen, ich am Steuer, er auf dem Beifahrersitz mit einer Waffe, die geradewegs auf meine fehlende Galle gerichtet ist.

«Den wirste gleich sehen», lautet die Antwort.

Ich folge notgedrungen seinen Anweisungen und fahre auf der B 276 in Richtung Birstein.

Situationen wie diese waren noch nie mein Ding, weder als Polizist noch als Privatmensch. Aber wenn so etwas nötig ist, warum muss es gerade einen Tag nach einer Krankenhausentlassung sein? Leider bin ich kein Superheld, selbst im Vollbesitz meiner Kräfte nicht. Ich habe nicht die Fähigkeit, während einer Autofahrt einen bewaffneten Mann mit einem waghalsigen Manöver zu überwältigen. Da mache ich mir nichts vor.

«Hier lang», raunt der Blödkopf, der mir gerade mein Leben so schwer macht. Kurz vor Birstein biege ich links in einen Feldweg ein und steuere auf eine abgelegene Wohnsiedlung zu. Dort fahre ich weiter in Richtung Waldrand, direkt auf einen alten, heruntergekommenen, allein stehenden Bauernhof zu.

Eigentlich bin ich ein Fan von alleinstehenden Immobilien, in diesem Kontext jetzt gerade allerdings nicht. Der Typ befiehlt mir, hier direkt neben diesem Opel Astra zu parken.

Mein Handy klingelt.

«Da wird jetzt mal schön nicht rangegangen.»

So die Meinung meines, ja, nennen wir es ruhig so, wie es ist, meines Kidnappers.

Ich befolge seine Anweisung. Was auch sonst? Wir steigen aus, und er dirigiert mich zu dem Haus.

«Hier rein!», bellt er und stößt mich überflüssigerweise in den Rücken.

«Autsch», sage ich völlig zu Recht.

Das Bauernhaus ist wohl schon über einen längeren Zeitraum unbewohnt. Es riecht feucht und faulig.

«Hier runter!»

Och nö, jetzt nicht auch noch so ein doofer Keller. Das fehlt ja noch. Ich habe mir diesen ganzen Mist hier selber zuzuschreiben und könnte mich dafür ohrfeigen, dass ich mich in diese Situation gebracht habe und nicht zu Hause auf meinem Sofa liege und eine Staffel «Game of Thrones» gucke.

«Wir sind da!», ruft mein Begleiter, während wir die Kellertreppe hinabsteigen, immer mit seiner scheiß Waffe im Rücken. Im Kellerflur hängt Teichners Jacke an der Wand.

Wir stehen vor einer Holztür.

«Ich hab ihn!», ruft der Mann mit der Waffe hinter mir in Richtung Tür. Die Tür öffnet sich, und ich blicke auf einen durchgeschwitzten, muskulös-massigen blassen Mann mit kurzrasiertem Haar.

Es ist einer der beiden Typen, die damals auf unserem Hof auf Rüdi gewartet haben, um über ihre dämliche Bürgerwehr zu sprechen.

«Wo ist Teichner?», frage ich. Wieder bekomme ich einen Stoß ins Kreuz und wanke halb fallend durch die Tür in einen Raum, der früher wohl so etwas wie eine Waschküche war.

Ich richte mich langsam mit Schmerzen im Bauch auf und starre auf den Körper, der mit dem Rücken zu mir in einer Blutlache liegt.

«Teichner», rufe ich. Keine Reaktion.

Ich packe ihn an den Schultern und drehe ihn auf den Rücken.

«Teichner», rufe ich wieder, doch die Stimme bricht mir.

Ich sinke auf meine Knie.

Teichner ist tot, keine Frage.

«Was habt ihr gemacht?», stammle ich. Eine Frage, auf die ich keine Antwort bekomme.

Ich sehe ja, was sie gemacht haben. Sie haben Teichner erschossen.

«Wer weiß noch davon?», fragt der Typ, der mich hergebracht hat und noch immer die Waffe auf mich richtet.

«Wer weiß *was*?», frage ich apathisch.

«Na, von dieser Aktion. Dass der Typ hier rumgespitzelt hat.»

Ich schüttele nur den Kopf.

«Los, antworte», brüllt darauf der andere cholerisch und tritt mir in die Seite.

«Mensch, Ralle, reiß dich zusammen», wird er darauf von seinem Kompagnon zurechtgewiesen.

Ich richte mich langsam auf und ächze.

Nach und nach wird mir immer mehr der Ernst meiner Lage bewusst.

«Los, Volker, lass uns das jetzt schnell durchziehen», sagt dieses Dummbrot Ralle. «Wer weiß, wer inzwischen alles nach Teichner sucht.»

Durchziehen? Klingt wirklich nicht gut.

Volker scheint der etwas gemäßigtere der beiden zu sein. Doch ob mir das noch etwas bringt, wage ich zu bezweifeln.

«Was habt ihr denn vor?», frage ich.

«Frag lieber nicht», antwortet Volker, und meine Laune wird dadurch nicht gerade besser. Ich blicke wieder auf Teichner, wie er da so wehrlos in seinem Blut liegt. Was habe ich nur getan? Wie konnte ich ihn nur in diese Situation bringen? Ich habe ihn auf dem Gewissen.

Volker und Ralle sind nervös. Sehr nervös.

«Hat der noch Fingerabdrücke, wenn er tot ist?», fragt dann Ralle und deutet auf mich.

«Oder muss er die Waffe schon angefasst haben, solange er noch lebt?»

«Hey, hey, hey», protestiere ich kraftlos. Doch mehr fällt mir auch nicht ein. Mich überkommt ein grauenhaftes Gefühl der Resignation und Erschöpfung. Ich bin fast so weit, dass ich einfach kapituliere und mich dem Schicksal ergebe. Sollen sie doch machen. Ich habe es mir selber eingebrockt, mit dieser scheiß Idee, den harmlosen Teichner bei diesen Typen einzuschleusen.

Wie treu haben mich mein Selbstmitleid, meine Antriebslosigkeit, mein memmenhaftes Hadern über persönliche Befindlichkeiten in meinem Leben begleitet? In den letzten Jahren habe ich immer häufiger dagegen angekämpft, doch heute, hier, jetzt, in diesem Moment, schlägt alles in einer finalen Energielosigkeit über mir zusammen, wie ich sie noch nie erlebt habe. Alles lähmt mich. Ich lehne mich nicht mehr auf.

«Er muss schießen», sagt Volker.

«Wer?», fragt Ralle.

«Na, er!»

Er bin ich. Jetzt muss ich auch noch schießen.

«Warum muss er schießen?», fragt Ralle.

«Schmauchspuren», antwortet Volker.

Mir wird schwindelig. Mein Kreislauf hat ein gutes Gespür für die Gesamtsituation, er will das wohl nicht länger mitmachen und sich dem Ganzen hier einfach entziehen.

Ralle denkt nach. Vermutlich etwas, in dem er so viel Übung nicht hat.

«Hmm, aber wenn wir ihm die Waffe geben, dann schießt er doch wahrscheinlich auf uns und nicht auf Teichner.»

«Du bist echt so ein Depp», flucht Volker, und es ist das erste Mal, dass ich diesem Typ bei etwas recht geben muss. «Wir schießen ihm erst in den Kopf, dann drücken wir ihm die Waffe in die Hand und schießen auf Teichner.»

In diesem Vorhaben stimme ich ihm allerdings überhaupt nicht zu.

Ralle hat den Plan noch immer nicht so richtig verstanden. Aber ich. Es soll natürlich so aussehen, als hätte ich Teichner erschossen und mich danach selber umgebracht. Prompt sehe ich Franziska, Melina, Laurin, Frida und Nick vor meinem geistigen Auge. Und auch meine Mutter, die sich bis an ihr Lebensende Vorwürfe machen wird, dass das letzte Treffen mit ihrem Sohn im Streit endete.

Und du willst wirklich nicht mehr kämpfen, Bröhmann?

«Das haut nicht hin», rufe ich Volker und Ralle zu. «Euer Plan, der haut nicht hin. Ich war lange genug bei der Polizei. Die Spurensicherung wird nachweisen, dass das so, wie ihr euch das hier gerade ausmalt, niemals vorgefallen ist.»

«Halt die Fresse», schnauzt mich Ralle an, aber ich lache höhnisch.

«Teichner war doch schon tot, als ich noch im Krankenhaus war. Wie soll ich ihn da erschossen haben?»

Ohne Vorwarnung tritt der Blödmann mir in den Bauch. Ich sacke in mich zusammen und werde kurz ohnmächtig. Jedenfalls fühlt es sich so an. Volker gebietet dem rüden Ralle zwar erneut Einhalt, doch viel wird mir das nicht mehr bringen.

«Egal», sagt Volker. «Wir ziehen das trotzdem so durch. Eine bessere Idee hab ich jetzt auch nicht. Vor allem läuft uns die Zeit davon. Wir müssen hier so schnell wie möglich weg. Jeder Tag, an dem die beiden hier nicht gefunden werden, spielt uns in die Karten.»

Immer wieder habe ich das Gefühl, für einen kurzen Moment das Bewusstsein zu verlieren.

Eigentlich hatte ich doch alles so gut geplant.

Spätestens als Teichners Vater mich anrief, war mir klar, dass mit diesen letzten SMS-Nachrichten von Teichners Handy etwas nicht stimmte. Teichner hätte sich mir gegenüber niemals «Oli» genannt oder «OT». Er war immer Teichner. Ich war bereits sieben Jahre sein Kollege gewesen, als ich erstmals von seinem Vornamen erfuhr. Es war also ziemlich klar, dass Teichner diese Textnachrichten nicht selber geschrieben hatte und dass er wohl aufgeflogen war. Als mich dann der Vater nach ihm fragte und erzählte, Teichner sei die ganze Nacht fort gewesen, konnte ich mir ausrechnen, dass er in der Gewalt dieser Typen ist.

Ich rief Markus Meirich an und erzählte ihm alles. Diesmal nahm er ernst, was ich sagte. Wir vereinbarten, dass er mit ein paar Kollegen in Bermuthshain auf mich warten und mir dann zu dem vereinbarten Treffpunkt auf die Herchenhainer Höhe folgen würde, um den falschen Teichner dort festnehmen zu können.

So war der Plan.

Nun aber wartet Markus vergeblich in Bermuthshain auf mich und hat nicht die geringste Ahnung, wo er mich finden kann. Eben in diesem Keller eines alten unbewohnten Bauernhauses am Rand von Birstein.

Um mich dreht sich alles. Sollte ich in den letzten Minuten mal Boden unter den Füßen gehabt haben, in diesem Moment ist er vollends verschwunden.

Was ich noch mitbekomme ist, wie sich meine beiden Entführer gegenseitig Vorwürfe an den Kopf werfen. Richtig gut ist die Stimmung bei den beiden erkennbar nicht. Jedenfalls scheint es ihnen keine rechte Freude zu bereiten, mich hier gleich umbringen zu müssen. Das macht für mich allerdings keinen großen Unterschied.

Ich kann nicht anders, ich schließe mit der Situation ab.

Ich spüre nichts mehr.

Auch die Angst ist weg.

Doch dann ändert sich schon wieder alles auf verwirrende Weise.

Mit einem Mal springt krachend die Tür auf, stürmen dickverpackte Männer in den Raum, brüllen rum, stürzen sich auf Volker und Ralle, Schüsse fallen, und ich falle endgültig in Ohnmacht.

Kurz vorher fällt mir noch ein: Ich weiß zwar nicht, was da gerade passiert und was mit mir los ist, aber tot bin ich jedenfalls noch nicht.

Kapitel 20

• • •

Als ich wieder zu mir komme, blicke ich in freundliche Krankenschwesteraugen.

«Das ist aber schön, dass es Ihnen bei uns so gut gefallen hat, dass Sie gleich wieder zu uns gekommen sind», werde ich begrüßt.

Ich finde mich also in vertrauter Umgebung wieder, zwar in einem anderen Zimmer, aber im selben Krankenhaus.

«Wir freuen uns immer über Stammgäste», scherzt die Schwester weiter, deren Namen ich zwar nicht mehr weiß, deren sonniges Gemüt mir aber von heiteren Blutabnahmemomenten in Erinnerung ist. Mein Kopf dröhnt, ich fühle mich noch schwächer als schwach, und ich hänge auch mal wieder an einem dieser blöden Tröpfe.

«Sie hatten einen markigen Kreislaufkollaps, Herr Bröhmann», flötet sie und verlässt danach mein Zimmer.

Erst langsam kommen die Erinnerungen wieder. Nein, es war leider kein schlechter Traum, es war die gruselige Realität. Was ist mit Franziska? Weiß sie schon Bescheid?

Gerade will ich nach jemandem rufen, da klopft es schon an der Tür, und ein Krankenpfleger fragt, ob ein Kriminalhauptkommissar Meirich zu mir dürfe, um mir ein paar Fragen zu stellen. Ich nicke, und Markus tritt ein. Er begrüßt mich herzlich, versucht sogar unbeholfen, mich im Liegen zu umarmen, und setzt sich auf den Stuhl, der neben dem kleinen Tisch am Bett steht.

«Teichner», sage ich matt.

Markus blickt zu Boden. Wir schweigen eine Weile.

«Wie habt ihr mich gefunden?», frage ich dann.

«Als du nicht zum Treffpunkt gekommen bist und über dein

Handy nicht erreichbar warst, war mir gleich klar, dass irgendwas nicht stimmt. Ich habe sofort eine Handy-Ortung in die Wege geleitet. So haben wir dich gefunden.»

Ich blicke auf meine Uhr, die auf dem Abstellwagen liegt. «Wie lange ist das her?»

«Drei Stunden. Wir haben beide festnehmen können. Einem der beiden mussten wir in den Arm schießen. Er hat auf einen Kollegen geschossen, ihn zum Glück aber verfehlt.»

Dann berichtet Markus, wie sie mich bewusstlos vorgefunden und mit dem Rettungswagen hierhergebracht hätten.

«Ihr müsst jetzt vor allem den Auftraggeber dieser Typen endlich festnehmen», sage ich und stelle per Fernbedienung mein Kopfteil höher. Damit kenne ich mich ja noch super aus. «Den Rüdiger Buttig.»

Markus blickt wieder zu Boden.

«Du wolltest mir ja nicht glauben, als ich neulich bei euch in Alsfeld war. Ich ...»

«Henning», unterbricht mich Markus mit seiner ruhigen Art, für die ich ihn meistens bewundere und selten, wie jetzt gerade, verfluche. «Henning, da gibt es wirklich nicht den Hauch eines Beweises. Ja, Buttig hat diese Bürgerwehr gegründet, bei der einer der beiden Täter Mitglied war. Das ist aber nach derzeitigem Stand auch alles, was wir mit Sicherheit wissen.»

Ich schüttele den Kopf, was meinem Schwindel nicht unbedingt guttut. «Was sagen denn diese Typen? Hast du sie nicht auf Rüdiger angesprochen?», frage ich Markus eine Spur zu laut.

«Nichts», antwortet Markus. «Bisher haben sie nichts gesagt. Ohne Anwalt wollen sie nichts sagen.»

«Habt ihr Teichners Handy ausgewertet? War da nicht irgendetwas, das auf Buttig hinweist?»

«Zum jetzigen Stand nein. Auf den ersten Blick war nichts zu finden. Weder mitgeschnittene Aufnahmen noch Mails oder SMS. Da war alles gelöscht. Aber glaub mir, unsere Techniker checken alles noch mal aufs genaueste durch und finden vielleicht noch was.»

Markus rückt mit seinem Stuhl näher an mein Bett und spricht jetzt etwas leiser. «Mann, mir tut das so leid mit Teichner. Ich mochte ihn nie, aber trotzdem, es ist ...»

«Und ich bin schuld», sage ich.

«Ach was, er war ...»

«Doch. Ich bin schuld. Ich habe mir das alles ausgedacht. Ich habe ihn für meine Zwecke ausgenutzt. Nicht mehr, nicht weniger.»

Markus sieht mir stumm in die Augen. Dann sagt er: «Henning, das darfst du so nicht sehen. Teichner war ein erwachsener Mann, er ...»

«War er eben nicht. Teichner war kein erwachsener Mann. Das weißt du genauso gut wie ich. Er war ein Kind. Ein nerviges, unreifes Kind.»

Darauf sagt Markus nichts.

«Weiß sein Vater schon Bescheid?», frage ich.

«Nein, noch nicht. Da fahre ich gleich hin.»

Ich frage ihn, ob Franziska informiert sei. Das wisse er nicht. Ich werde sie gleich anrufen, beschließe ich.

«Was dich vielleicht interessieren wird», sagt Markus. «Wir haben den Rahimi.»

«*Wen* habt ihr?» Ich sehe ihn fragend an.

«Na, den geflohenen Afghanen, nach dem wir wegen der Bürgermeister-Groß-Geschichte gefahndet haben.»

Javid, schießt es mir durch den Kopf. Mir war nur der Vorname bekannt.

«Er hat sich gestellt», fährt Markus fort.

«Und? Was sagt er?»

Markus atmet tief ein und wieder aus. «Das ist vertraulich, das weißt du. Offiziell habe ich dir nichts gesagt. Und du planst auch weiter keine Alleingänge mehr, klar?»

Ich nicke stumm; von Alleingängen habe ich wahrlich genug.

«Er hat gestanden», sagt Markus und blickt auf die Uhr, «dass er bei der Attacke auf den Bürgermeister dabei gewesen sei, allerdings nur Wache gestanden hätte. Den Mord habe dieser Halim Ansary begangen.»

«Und was soll das Motiv gewesen sein?»

«Er sagt, Ansary habe dem Bürgermeister nur drohen wollen», erzählt Markus. «Groß solle sich stärker gegen die Abschiebung der Afghanen in Bretzenhain einsetzen. Na ja, und wie wir wissen, hatte Groß ja eher andere Ansichten. Dann sei es zu einem Handgemenge gekommen, mit dem Ergebnis, dass der Bürgermeister irgendwann erschlagen auf der Erde lag.»

«Und was sagt er zu dem Tod von Halim Ansary?», frage ich.

«Davon habe er nichts mitbekommen. Sie seien an dem Tag getrennt unterwegs gewesen.»

«Glaubst du ihm?», will ich wissen.

«Hmm, halb ja, halb nein. Es wirkte alles ein wenig auswendig gelernt, was er da erzählte. Er erwartete offenbar, dass wir ihn nach seiner Aussage sofort freilassen würden. Was wir natürlich nicht getan haben. Da hat er etwas die Fassung verloren und rumgeschrien. Er habe sich doch freiwillig gestellt und sei unschuldig; wenn man ihn nun festnähme, dann würde er nie anerkannt werden und so weiter.»

Ich habe Durst, doch wieder einmal scheint es kein stilles Wasser zu geben, was mir aber im Moment auch völlig egal ist. Ich fühle mich so elend, in jeglicher Hinsicht.

«Wie gut kennst du eigentlich die Leiterin der Unterkunft in Bretzenhain?», fragt Markus, während er ein weiteres Mal auf seine Uhr schaut und sich sein schwarzes Sakko überwirft.

«Ein bisschen nur. Habe zwei-, dreimal etwas länger mit ihr geredet», antworte ich müde. «Warum?»

«Weil Rahimi immer gesagt hat, wir sollten mit Jana reden, mit Jana, die wisse, dass er ein guter Mann sei. Wir sollten unbedingt mit Jana reden. Bestimmt zehnmal hat er das wiederholt.»

Mir fällt etwas ein. Laurins und Kayans vorpubertäres Gekichere und die Behauptung, Javid und Jana Wilhelm hätten sich heimlich geküsst. Ich sage aber nichts.

Kurz darauf verabschiedet sich Markus und macht sich auf den Weg zu Teichners Vater. Ich beneide ihn nicht darum.

Ein paar Minuten später schneit eine Ärztin herein.

Mein Kreislauf, eröffnet sie mir, sei zwar fast schon wieder stabil, doch trotzdem plädiere sie dafür, mich noch eine Nacht hierzubehalten. Zur Beobachtung, schließlich sei ich ja gerade erst operiert worden. Zudem könne man mir eventuell morgen früh schon die Fäden ziehen, dann bräuchte ich in ein paar Tagen nicht noch einmal herzukommen. Mit allem bin ich einverstanden. Ich habe überhaupt nichts dagegen, noch eine Nacht friedlich hier zu liegen.

Franziska, die wenig später zusammen mit Frida und Nick auf dem Heimweg von Kindergarten und Arbeit vorbeikommt, ist eigentlich stinksauer auf mich. Was natürlich schwerer fällt, wenn die Erleichterung darüber, dass ich nicht tot bin, das vorherrschende Gefühl ist. Da die beiden Kleinen schon mehr verstehen, als einem manchmal lieb sein kann, mache ich nur vage Andeutungen zu dem, was in diesem Bauernhofkeller vor ein paar Stunden vorgefallen ist. Auf Englisch erzähle ich von Teichner, das furchtbare Bild, wie er dort in seinem Blut lag. Dass auch ich knapp vor einer Hinrichtung stand, verschweige ich.

Ich versuche, mich an meinen Kindern zu erfreuen, wie sie sich auf Entdeckungsreise im Krankenhauszimmer begeben, doch das gelingt mir gerade nicht so gut. Franziska spürt das, und bald sind sie wieder fort.

In der Nacht schlafe ich schlecht bis gar nicht. Und als ich schließlich doch in so etwas wie in eine Tiefschlafphase versinke, stürmt die Morgenschwester herein und waltet ihres Amtes.

Ich gehe ins Bad, mache mich frisch und ziehe mich vollständig an. Ich habe keine Lust mehr, jammerlappig in meinem Bett herumzuliegen. Da setze ich mich doch lieber jammerlappig an den kleinen Tisch, nehme das leckere Krankenhausfrühstück ein und warte auf den Arzt, damit der mich endlich entlässt. Ich kaue auf dem ledrigen Brötchen herum und bekomme dabei das Bild vom toten Teichner nicht aus dem Kopf. Sekundenlang schießen mir Erinnerungen an unsere gemeinsame Zeit bei der Polizei durch den Kopf. Teichner, der ewige Außenseiter, der auch alles dafür tat, diese Rolle bis zu seinem Tod auszufüllen.

Da öffnet sich, ohne dass ich vorher ein Klopfen gehört hätte, die Tür, und meine Mutter tritt ein. Sie schaut mich aus großen Augen an, öffnet den Mund und sagt nur: «Jungejungejungejungejunge.»

«Hallo, Mutter», begrüße ich sie so freundlich wie irgend möglich, blicke dabei an ihr vorbei zur Tür in der Erwartung, dass gleich auch Johann mein Zimmer betritt. Es ist schon lange her, dass ich sie ohne ihn zu Gesicht bekommen habe. Aber er taucht nicht auf.

«Bist du alleine gekommen?», frage ich.

«Ja», antwortet meine Mutter. «Ach, der muss auch nicht immer dabei sein. Wie geht's dir denn, mein Bub?»

Der Bub, der die Mitte vierzig bereits hinter sich gelassen hat und sich momentan eher wie Mitte neunzig fühlt, antwortet: «Ganz o. k.»

«Aber was ist denn passiert? Franziska wollte nicht so recht damit rausrücken.»

Ich winke ab und murmle so etwas wie, dass ich mich übernommen und daher der Kreislauf schlappgemacht hätte. Meine

Mutter merkt, wie Mütter solche Sachen eben merken, dass dies nur ein winziger Teil der Wahrheit ist. Sie belässt es aber dabei und verkündet, sie sei hier, um mich abzuholen.

Diesmal gibt es keine Vorwürfe, nicht einmal einen Anflug davon. Ganz im Gegenteil. Da sitzt einfach nur eine Mutter, die sich Sorgen um ihren Sohn macht. So anrührend pur, wie ich sie selten erlebt habe. Dieser Umstand und die latente Dünnhäutigkeit, die mich seit Teichners Tod zusammen mit all den Schuldgefühlen fest im Griff hält, führen dazu, dass ich Sekunden später ein wenig die Contenance verliere und in Tränen ausbreche.

Meine Mutter sitzt nur da, schweigt, hält meine Hand und stellt keine Nachfragen. Zunächst tut es gut. Dann macht es mich nervös. Meine Mutter schweigt nie, und erst recht stellt sie niemals keine Nachfragen. Ich reiße mich also zusammen und frage sie, wie es ihr denn so gehe.

«Ach, weißt du, Henning», antwortet sie, «manchmal ist es gut, das Tempo mal rauszunehmen. Seit dein Vater gestorben ist, bin ich nur auf Achse. Und bin so aktiv wie noch nie. Stürze mich vom einen ins andere. Und dann nun der Johann, und im Herbst soll geheiratet werden ...»

Sie blickt lange schweigend aus dem Fenster. So habe ich sie wirklich lange nicht mehr erlebt.

«Und gestern war ich bei deinem Vater am Grab. Ich saß da so und habe seit einem Jahr mal wieder mit ihm gesprochen. Und da wusste ich plötzlich, dass ich Johann nicht heiraten will. Jedenfalls jetzt noch nicht.»

Erstaunt sehe ich sie an. «Und? Hast du es ihm schon gesagt?», frage ich.

«Ja, gestern Abend.»

«Wie hat er reagiert?»

«Er war ein bisschen traurig. Will mir aber alle Zeit geben, die ich bräuchte. Ein toller Mann ist er schon, der Johann. Und er tut mir auch wirklich gut. Doch ich weiß nicht, ob ich ihn wirklich so liebe wie er mich.»

Nun ist es an mir, die Hand meiner Mutter zu nehmen. Ich sage: «Musst du auch noch nicht wissen, Mutter. Du wirst es schon noch rauskriegen.»

Sie blickt zu Boden. Da liegen allerdings gerade meine ganzen Klamotten wild durcheinander neben dem Koffer.

«Wie sieht *das* denn aus? Kannst du immer noch nicht deine Hosen anständig über den Stuhl hängen? Kann deine Franziska dir das nicht endlich mal beibringen?»

Sie ist wieder die Alte. Vielleicht auch gut so, gerade eben wurde sie mir schon ein wenig unheimlich.

Eine Stunde später ist meine Entlassung ärztlich abgesegnet, der Koffer gepackt.

Ich sitze als Beifahrer neben meiner Mutter, was kein unbeschwertes Vergnügen ist. Meine Mutter ist nämlich eine Comeback-Fahrerin. Zwanzig Jahre lang hat sie komplett mit dem Fahren ausgesetzt. Mein Vater ließ sie nie ans Steuer, das war seine Sache.

Wenn sie von Rudingshain in die große Stadt nach Schotten musste, nahm sie den Bus oder ein Taxi, und der große Wocheneinkauf fand immer gemeinsam mit meinem Vater am Samstagvormittag statt. Also dann, wenn alle anderen auch einkauften. Der Samstagvormittagseinkauf ist für mich daher in einer Liga mit dem Sonntagnachmittagsspaziergang, er wird von mir konsequent abgelehnt.

Nur einen Tag nachdem mein Vater gestorben war, setzte sich meine Mutter wieder ans Steuer. Leider ist sie der lebende Beweis dafür, dass man Autofahren *doch* verlernen kann.

So fahren wir also gerade mittig auf der Landstraße, und jedes Mal, wenn uns ein Auto entgegenkommt, flehe ich meine Mutter an, weiter nach rechts zu steuern.

«Aber nicht, dass wir gleich im Graben liegen», erwidert sie darauf jedes Mal.

Vor uns fährt ein Kleinbus mit der Aufschrift: «Bundesweiter Antischmutzfangmattenservice». Darunter der Name Pörzel und eine Telefonnummer. Vielleicht wäre das ja beruflich für mich was: Ich steige groß in das Antischmutzfangmattenservice-Business ein. Ich weiß zwar nicht genau, was man da konkret macht, aber es klingt so schön konsequent.

Meine Mutter rauscht derweil mit Tempo 90 in ein Vogelsberger Dorf, und ich frage mich, ob ich gestern mit der Waffe an meinem Kopf mehr Angst hatte als jetzt gerade.

«Bremsen», piepse ich. «Wir sind in einem Ort.»

«Ich schalte lieber runter», entgegnet meine Mutter. «Das schont die Bremsbeläge. Hat dein Vater auch immer gesagt.»

Überraschenderweise überlebe ich auch dieses Mal, ich bin tatsächlich zu Hause angekommen. Ach, was sage ich, ein Zuhause war das hier noch nie und wird es auch niemals werden.

Ich bedanke mich trotz ihrer Fahrkünste bei meiner Mutter, hole die Tasche aus dem Kofferraum, verabschiede mich und watschle mit weichen Knien zu unserer Wohnung. Die Tür steht auf. Was hat das denn jetzt bitte zu bedeuten? Franziska ist in der Musikschule, Laurin in der Schule, die Zwillinge sind im Kindergarten, die Autos von Gisa und Rüdi stehen auch nicht im Hof. Warum also bitte steht unsere Haustür offen?

Hat Franziska vergessen, sie zu schließen? Oder was soll das jetzt? Ich habe absolut und überhaupt gar keine Lust auf schon wieder Aufregung.

Ich klopfe sachte an die Haustür, obwohl es doch unsere eigene Wohnung ist, rufe zögerlich: «Hallo», und hoffe, keine Antwort zu bekommen. Da kommen unsere Superwachhunde Berlusconi und Charlie freudig schwanzwedelnd herangeeilt. Also Entwarnung?

Irgendetwas höre ich, oder bilde ich mir das ein? Doch, ich

höre Geräusche. Sie kommen aus der oberen Etage. Dort, wo die Kinderzimmer und das Schlafzimmer sind.

Ich ziehe meine Schuhe aus und husche auf Zehenspitzen in die Küche, um mich mit einem möglichst spitzen Messer zu bewaffnen. Denn oben ist jemand. Inzwischen bin ich mir sicher.

Dann schleiche ich, immer noch auf Zehenspitzen, die Treppe hinauf. Ich höre eine Frau lachen. Mitglieder der schlagenden Bürgerwehr sind es also nicht. Die besteht meines Wissens nur aus Männern, oder?

Einigermaßen erleichtert rufe ich noch einmal «Hallo» und reiße dabei versuchsweise die Badezimmertür auf.

Im Bad, in unserem Bad, steht Hessi, neben ihr Manni, beide so, wie Gott sie geschaffen hat, und zwar an einem Tag, an dem er so recht wohl keine Lust hatte.

Ich habe in den letzten Stunden Schlimmes, ja Traumatisches erlebt, doch dieser Anblick ist ein Höhepunkt ganz eigener Art.

«Ups», macht Hessi und «Ui» der Manni.

Entgeistert starre ich die beiden an, und mir fehlt eindeutig die Lockerheit, über die Situation lachen zu können.

Manni nimmt sich der Sache an. «Servus, Henning, freut mich, dass du ...»

«Äh, Manni, bitte zieh dir doch erst mal ... also häng dir wenigstens ein Handtuch um ...»

«Selbstverfreilich ... kann man verstehe ... den Wunsch kann ich nachvollverziehe», sagt er, greift nach einem Badetuch und schiebt «Da spielt ja auch immer das Thema Neid eine Rolle» hinterher.

Auch Hessi hat sich inzwischen in ein Handtuch gehüllt. «Also, ich find das jetzt schon ein bissi peinlisch, dass er uns jetzt hier so sieht», sagt sie zu Manni, als wäre ich gar nicht anwesend.

Manni lässt sich wie immer nicht aus der Ruhe bringen. «Jetzt lass uns erst mal in aller Ruh die Sache und den Sachverhalt, wie er sich hier uff den erste Blick ... äh ... hier darzubiete ... hat ... äh, durcharbeite», schwadroniert er in typischem Manni-Deutsch. «Man muss hier jetzt weiß Gott net in Uffregung verfalle.»

Ich antworte erschöpft, dass ich auch gar nicht in «Uffregung» verfiele, mich aber doch wundern dürfe, wenn zwei Bekannte plötzlich nackt in meinem Badezimmer stünden.

«Da hat er recht, der Henning», stimmt mir Manni zu. Immerhin etwas.

Hessi ist das alles deutlich peinlicher. Nicht ein einziges Mal blickt sie mir in die Augen, sie schaut unentwegt zu Manni, der unbekümmert weiter deeskaliert.

«Natürlich ist das jetzt hier schon gewissermaße eine komprimierende Situation, doch da wolle mer doch jetzt mal net verklemmter sein, als mer sind, oder?»

Noch immer fällt es meinem Gesicht schwer, sich zu einem Lächeln aufzuraffen.

«Zur Klarstellung, hier die Uffklärung der gesamten Gesamtsituation, die sich voller Verwunderrrung dir darbietet: Bevor jetzt hier also in irgendeiner Form negative Vibrations Einhalt genieße, freue mer uns doch erst mal zusamme, dass du wieder so wohlverhalte aus dem Krankenhaus heimgekehrt bist.»

Manni macht eine Pause, als müsste irgendwer dazu applaudieren.

«Punkt zwei, müsstest du, lieber Henny, doch auch als Freund sage, hier, klasse, die zwo, der Manni und die Hessi, da scheint ja eine Versöhnung zu verzeichne gewese zu sein.»

«Die Frage ist nur, ob diese Versöhnung hier und in dieser Form stattfinden muss», wende ich ein.

«Die Frage wiederrrum ist net unberechtigt, gelle, Hessi?»

«Nee, isse wirklisch net!»

«Punkt drei», fährt Manni fort, «ist es jetzt hier noch gar net zu irgendwelche sexuelle ...»

«Lass gut sein Manni, das möchte ich gar nicht so genau ...»

«Und Punkt fünf ...»

«Punkt vier», korrigiert Hessi.

«O. k., Punkt vier ist, mir habbe noch gar net mit dir gerechnet.»

Wenigstens etwas, denke ich.

Dann erklärt Hessi, Franziska habe die beiden gebeten, mit den Hunden Gassi zu gehen, da sie diesmal früher zur Arbeit müsse und ich erst am Mittag nach Hause käme. Und nun sei ich ja schon am Vormittag zurück. Und durch das schwüle Wetter sei man eben ins Schwitzen gekommen, und da hätten sie die Idee gehabt, noch eine «kleine Dusche» zu nehmen.

Hessi ringt sich eine Entschuldigung ab, die ich natürlich akzeptiere.

Ich erspähe auf Mannis Brust eine Tätowierung. «Wieso hast du dir denn da einen Ochsenkopf tätowieren lassen?», frage ich ihn.

«Das soll doch die Hessi sein», antwortet er.

«Aha», murmle ich, und wir belassen es dabei.

Ich bekomme die beiden danach schneller los, als ich zunächst befürchtet habe, und kann zudem erfolgreich allen Fragen nach meinem Befinden und nach den Erlebnissen der letzten Tage ausweichen. Unruhig laufe ich danach in der stillen Wohnung hin und her, trage irgendwelche Dinge sinnlos von hier nach dort. Ich müsste mich eigentlich ausruhen, doch die Ruhe, mich jetzt einfach aufs Sofa zu schmeißen, finde ich nicht. Ich kann mich nicht entspannen, nicht einmal an TV-Serien-Gucken ist zu denken, und das soll schon was heißen.

Ich bin es Teichner schuldig, weiterzumachen.

Auch wenn ich nicht wirklich weiß, wie.

Hier zu Hause zu bleiben ist jedenfalls keine Option, also schnappe ich mir meinen Autoschlüssel und fahre nach Bretzenhain zur Flüchtlingsunterkunft, in der Hoffnung, dort Jana Wilhelm anzutreffen.

Kapitel 21

• • •

Ich habe Pech. Jana Wilhelm ist gerade nicht da. Stattdessen laufe ich Wolle in die Arme, also fast, es gelingt mir, seiner Umarmung in letzter Sekunde auszuweichen. Wenn ich jetzt, nach all den schlimmen Dingen, die in den letzten Tagen passiert sind, irgendjemanden nicht sehen, geschweige denn umarmen will, dann ist er das. Wolle trägt ein ärmelloses gelbliches Shirt, auf dem ein Regenbogen abgebildet ist, dazu eine pumpige bunte Stoffhose. Es wird immer schlimmer mit ihm. Er ist einer dieser Menschen, die nicht nur viele Klischees bestätigen, sondern diese regelmäßig auch noch übertreffen.

Ich frage ihn, ob er wisse, wann Jana Wilhelm wieder ins Haus käme. Er schüttelt den Kopf, und ich werde daran erinnert, wie es riecht, wenn sich Männer ein paar Wochen lang die Haare nicht gewaschen haben.

«Jana wird heute auch nicht mehr reinkommen», sagt er. «Und das ist auch gut so. Für sie.»

«Habt ihr eine Handynummer, oder so?», frage ich, seine letzte Bemerkung ignorierend.

Wolle lächelt schief, und schlagartig bin ich an unsere gemeinsamen Schlumpfloch-Zeiten erinnert. Dieses überhebliche Grinsen wollte schon damals nichts Gutes verheißen. Es ist dieses in Freundlichkeit getarnte, dabei deutlich aggressive Lächeln. Eine Sanftheit, die nichts anders ist als dogmatisches, narzisstisches Gehabe. Ich habe damals Jahre gebraucht, das zu durchschauen, nun macht es *mich* wiederum aggressiv.

«Sorry, Henning, aber ich fürchte, Jana schützt sich selbst nicht genügend.»

Ich starre ihn an. Wirklich große Lust habe ich auf dieses Geschwätz nicht. Und Geduld schon gar nicht.

«Wie bitte? Was soll das heißen?»

«Uns allen stecken ja noch diese traumatischen Gewalterfahrungen in den Knochen, die uns bei unserem eigentlich doch so friedlichen Fest heimgesucht haben. Dir auch, mein Lieber, das spüre ich.»

Ich atme tief durch.

«Wolle, ich habe dich eben nach der Handynummer von Frau Wilhelm gefragt. Und möchte nur darauf eine Antwort, o. k.?»

Da berührt er meinen Arm, auf die gleiche übergriffige Weise, die ich schon vor Jahren gehasst habe. «Und ich gebe dir die Antwort, mein Lieber, dass ich Jana schützen möchte. Sie braucht meinen Schutz, das weiß ich. Sie wirkte dieser Tage hier so gestresst, weil sie nicht im Kontakt mit ihren Gefühlen zu sein scheint. Sie braucht Ruhe, Ruhe, die sie sich selber nicht gönnt. Doch *ich* möchte ihr das gönnen.»

Ruckartig schlage ich seine schwitzige Hand von meinem Oberarm weg.

«Nun spüre ich bei dir aber auch eine gewisse Aggressionsproblematik, die mich traurig macht, Henning. Wirklich.»

«Und *mich* macht wirklich traurig», fauche ich ihn an, «dass du noch immer ein richtig blödes selbstbezogenes Arschloch bist.»

«Jetzt aber mal langsam», erwidert Wolle und klingt plötzlich gar nicht mehr so sanft, aber ich bin nicht mehr zu bremsen.

«Dir geht es hier doch gar nicht darum, irgendjemandem wirklich zu helfen. Weder Frau Wilhelm noch den geflohenen Menschen. Dir geht es doch nur um dich. Du willst auf dich selber abfeiern und von den anderen abgefeiert werden. Das war schon immer so, und das hat mich schon immer angekotzt. Und ich will ein für alle Mal dein dummes Psychogeschwätz nicht mehr hören. Mich interessiert es auch einen Scheißdreck, ob du eine, zwei, drei oder vierzig Frauen vögelst. Auch wenn es mir um jede einzelne leidtut ...»

Und da kann er sich nicht mehr beherrschen, der Wolle, und haut mir tatsächlich mit der flachen Hand ins Gesicht.

Verdutzt starren wir uns an. Da hat einer gerade mal sein wahres Gesicht gezeigt. Ein Triumph, *mein* Triumph, auch wenn die Wange schmerzt.

Ich grinse, weit davon entfernt zurückzuschlagen, und sage: «Das hat mich jetzt echt traurig gemacht, Wolle.»

Mit diesen Worten lasse ich ihn stehen, gehe zurück zum Auto, rufe Hessi an und frage sie nach der Nummer.

Auch sie macht sich wichtig, erzählt ausführlich, dass sie sich nicht sicher sei, ob sie mir die Nummer geben dürfe, da nur ein sehr ausgewählter Kreis diese Nummer haben dürfe usw. Darum versuche ich ihr ein bisschen schlechtes Gewissen zu machen, indem ich sie vorsichtig an unsere Badezimmerbegegnung erinnere, die doch schön ausdrücke, wie vertraut wir miteinander sein müssten.

Da unterbricht sie mich hastig und gibt mir die Nummer.

«Ja?», meldet sich eine leise, etwas heisere Frauenstimme.

«Hier ist Henning Bröhmann. Spreche ich mit Frau Wilhelm?»

«Ja ... wer ist da? Henning, wer?»

Das tat weh. Ich dachte eigentlich, ich hätte einen bleibenderen Eindruck bei ihr hinterlassen. Auch als, äh, ja, als Mann. Obwohl es hier natürlich überhaupt nicht um diese Ebene geht, kränkt es mich jetzt doch schon ein bisschen, dass sie sich nicht spontan an mich erinnert.

«Ach, Herr Bröhmann», fällt dann doch der Groschen, und ich bin ein klein wenig beruhigt. «Entschuldigung, ich hatte erst Böhmermann verstanden.»

«Ja, also», versuche ich den Faden wiederaufzunehmen, «Frau Wilhelm, ich würde gerne ...»

«Ich bin eigentlich nicht im Dienst», unterbricht sie mich mit matter Stimme.

«Ja, ich weiß, aber ...»

«Tut mir leid, kein Aber.»

So blöd der Wolle auch ist, mit der Einschätzung, dass Jana Wilhelm wohl etwas Abstand von alldem hier braucht, damit hatte er wohl recht.

«Ich dachte, es würde Sie vielleicht interessieren, dass sich Javid bei der Polizei gestellt hat.»

Ich warte auf eine Reaktion, die nach einem kurzen Moment des Schweigens auch erfolgt.

«Ja, weiß ich. Wir wurden von der Polizei informiert», sagt sie knapp.

«Und wissen Sie, was er ausgesagt hat?», frage ich.

«Nein.»

«Aber ich. Ich dachte, das könnte gerade Sie vielleicht interessieren.»

Jana Wilhelm schweigt wieder eine Weile.

«Wenn Sie wollen, können wir uns treffen», schlägt sie plötzlich etwas unvermittelt vor. «Gerne bei mir zu Hause in Gedern. Ich bin krankgeschrieben, aber keine Angst, es ist nicht ansteckend.»

Ich stimme dem Treffen zu, lasse mir die Adresse geben und kündige an, dass ich in einer halben Stunde da sein werde.

Jana Wilhelm sieht aus, als habe sie mindestens drei Tage weder geschlafen noch gegessen und getrunken, noch Tageslicht gesehen. Sie entschuldigt sich einsilbig für ihren Zustand und bittet mich hinein.

Die Wohnung ist im ersten Stock eines Zweifamilienhauses an der Hauptdurchfahrtsstraße in Gedern. Ich bin perplex, wie es hier aussieht, lasse mir aber nichts anmerken, da ich nicht wie ein Spießer rüberkommen will: Jana Wilhelms Wohnzimmereinrichtung besteht aus einem kleinen Tisch, drei abgewetzten Holzstühlen und einer Matratze unter dem Fenster. Keine Bilder an den Wänden, keine Blumen, kein Sofa. Auf dem Boden steht eine kleine Smartphone-Dockingstation zum Musikhören, ein Laptop liegt auf der Matratze, daneben ein Aschenbecher. Von der Decke baumelt nackt eine traurige Glühbirne.

Ich war schon lange nicht mehr in einer Wohnung, in der geraucht wird. Fast bekomme ich nostalgische Gefühle und freue mich schon ein wenig, dass endlich mal wieder meine Klamotten so schön würzig nach Kippen riechen werden. Am liebsten würde ich Jana Wilhelm um eine Zigarette bitten, doch ich reiße mich zusammen.

Im Allgemeinen bilde ich mir ein, eine gute Menschenkenntnis zu haben, aber dass Jana Wilhelm in dieser Art hausen würde, hätte ich nicht für möglich gehalten. Sie wirkte stets so akkurat, korrekt und kontrolliert. Dieser Wohnstil hier ist das Gegenteil.

Ich lasse mich vorsichtig auf dem mir angebotenen Stuhl nieder, von dem sie eben noch schnell ein paar Brösel mit der Hand weggewischt hat. Jana Wilhelm setzt sich mir gegenüber an den Tisch und zündet sich eine Zigarette an. Dabei bemerke ich, wie ihre Hand zittert.

Fahl und blass sitzt sie mir gegenüber, ihre Stirn in Falten gezogen.

An Smalltalk-Blabla hat sie deutlich kein Interesse, sie fragt mich gleich direkt: «Was hat der denn nun ausgesagt, der Javid? Und woher wissen Sie das überhaupt?»

Ich antworte, dass ich eben noch immer so meine Quellen bei der Polizei hätte. «Sie sehen ganz schön fertig aus, wenn ich das so sagen darf», rutscht es mir dann doch raus.

«Oh, vielen Dank, bin ich auch. Sie sehen aber auch nicht viel besser aus», gibt sie mir die Blumen zurück. Da mag sie wohl recht haben. Mein Kreislauf fühlt sich zwar erstaunlich stabil an, doch sich körperlich gut fühlen, das fühlt sich anders an.

«Javid hat gestanden, dass er bei dem Angriff auf den Bürgermeister dabei gewesen ist», sage ich, ohne groß drum herumzureden. «Zusammen eben mit Halim. Er sagt, er habe Schmiere gestanden. Und die Idee sei von Halim gekommen. Aber dass Groß dabei umkommt, hätten sie beide nicht gewollt.»

«Hat er gesagt, warum er das gemacht hat?», fragt sie. «Ich verstehe das einfach nicht. Es passt so gar nicht zu ihm.» Nervös hämmert sie ihre Finger auf den Tisch. Sie redet so schnell, dass ich mich dabei ertappe, selber viel schneller zu sprechen, als ich es gewöhnlich tue.

«Soviel ich weiß, sagte er nur, dass Halim ihn überredet hätte. Sie wollten dem Bürgermeister angeblich nur etwas Angst einjagen, so als Quittung für seine Hetze gegen die Flüchtlinge.»

Jana schüttelt den Kopf.

«Auch zu Halim passt das nicht, dass er so einen Plan ausheckt. Er war ein schwieriger Typ, keine Frage, auch manchmal gewalttätig, aber mich wundert es trotzdem, dass er selber auf so eine Idee gekommen sein soll.»

«Vielleicht war es ja doch Javids Idee», wende ich ein.

«Auf gar keinen Fall», schreit mich Jana Wilhelm daraufhin fast an. «Javid ist kein Krimineller, verdammt noch mal. Er hat sich da nur negativ von Halim beeinflussen lassen. Vielleicht hat Halim ihm sogar gedroht. Würde mich überhaupt nicht wundern.»

Sie drückt wütend ihre Zigarette in den Aschenbecher.

«Sie scheinen ihn ja wirklich zu mögen, den Javid», sage ich.

«Was soll das denn jetzt wieder heißen? Natürlich tue ich das.»

Sie ist empört und weicht gleichzeitig meinem Blick aus.

«Was noch?», wechselt sie das Thema. «Was hat er noch gesagt? Was weiß er über den Tod von Halim?»

«Er sagt, er wüsste nichts. Er sei nicht dabei gewesen.»

«Und glaubt man ihm?»

«Eher nicht», antworte ich. «Es ist schwer nachzuvollziehen, dass man zu zweit auf der Flucht ist, dann aber nicht mitbekommen haben will, dass der Kompagnon überfahren wurde.»

Janas Handy klingelt.

«Scheiß Ding», ruft sie und drückt den Anrufer weg

«Was passiert nun mit ihm?», fragt sie. «Wann kommt er frei?»

Ich runzle skeptisch die Stirn. «Vorerst gar nicht. Aber jetzt komme ich zum eigentlichen Punkt, warum ich mit Ihnen reden wollte. Die Polizei wird das wohl auch noch tun.»

«Wieso, warum?»

«Nun ja, nachdem Javid nach seinem Geständnis erfahren musste, dass er nicht freigelassen wird, ist er etwas ausgetickt. Und hat immer und immer wieder verzweifelt herumgebrüllt, dass die Polizei mit Ihnen, Frau Wilhelm, reden solle. Sie könnten ihm helfen. Er war ganz außer sich.»

Jana Wilhelm steht ruckartig auf und läuft nun unruhig auf und ab.

«Das ist doch, na ja, verständlich, dass er, dass er ...», stottert sie im Stakkatotempo, «also, es ist doch ganz klar, dass er auf mich zählt. Ich war und bin als Leiterin eine primäre Bezugsperson. Was soll daran so merkwürdig sein?»

Ich sage einfach nichts, denn es ist so deutlich, dass sie etwas mit Javid am Laufen hatte und dass sie vor allen Dingen irgendetwas weiß, worüber sie nicht sprechen will. Das spüre ich, da hilft mir meine Berufserfahrung, auch wenn ich als aktiver Kriminaler nicht gerade ein brillanter Verhörbeamter war.

«Frau Wilhelm, ich weiß, dass Sie eine Beziehung mit Javid hatten.»

Diese Bemerkung wiederum scheint sie nun nicht sonderlich zu schocken. Sie setzt sich wieder hin.

«Ich weiß, dass Sie das wissen», flüstert sie müde. «Sonst wären Sie doch nicht hier. Ich hätte das nicht tun sollen, dürfen, ich weiß. Ein großer Fehler. Aber es ist eben passiert.» Sie zeigt auf einen Brief, der oben auf einem Zeitschriftenhaufen liegt. «Wissen Sie, was das ist? Das ist meine Kündigung. Wollte ich morgen ohnehin bekannt geben. Ich kann einfach nicht mehr. Unabhängig von der Geschichte mit Javid.»

«Sie hatten mit ihm nach seiner Flucht Kontakt, oder?», frage ich. «Sie haben ihn gedeckt, richtig? Er hat Ihnen gesagt, dass er Halim vor ein Auto gestoßen hat, nicht wahr?

In Jana Wilhelms Augen schießen Tränen. «Wie, was? Nein!», stößt sie aus.

«Das bringt doch niemandem etwas, wenn Sie ihn zu decken versuchen. Er wird kein Asyl hier bekommen, und Sie machen sich auch noch strafbar.»

Sie zündet sich eine weitere Zigarette an, mit noch zittrigerer Hand.

«Ich kann nicht mehr», bringt sie fast tonlos hervor. Und dann: «Javid hat nichts getan, er hat Halim nicht vor ein Auto gestoßen. Ich war es.»

Ich traue meinen Ohren nicht. «Wie bitte?»

«Ich hab ihn überfahren.»

Ich würde ja gerne behaupten, ich hätte das alles schon lange gewusst und Jana Wilhelm mit einer gezielten Fragetechnik zu ihrem Geständnis bewogen. Doch leider ist es nicht so. Damit hätte ich nicht gerechnet.

«Ups», ist das Einzige, was ich daher zunächst dazu sagen kann.

Und dann erzählt sie:

«Ich weiß, ich bin 38 und Javid ist 22, aber ich, auch wenn sich das noch so bescheuert helfersyndrommäßig anhört, ich liebe ihn wirklich. Es ist einfach passiert, Punkt. Ich wollte die ganze Zeit Schluss machen, doch ich hatte nicht die Kraft dazu. Ständig erlebt man in dieser Arbeit Frustrierendes, immer ist alles eine Überforderung, nie ist es mal gut genug. Ich habe mich Tag für Tag abgerackert, damit es den Bewohnern gutgeht und damit die Bevölkerung diese Menschen akzeptiert. Doch immer wieder gab es neuen Ärger, entweder von Halim und ein paar anderen Idioten oder von irgendwelchen Rechtspopulisten, die ständig neue Ängste bei den Menschen schürten.»

Jana Wilhelm spricht nun viel langsamer, und mit jedem Satz weicht die Anspannung aus ihrem Körper. Auch ich werde ruhiger und höre einfach zu.

«Dann lernte ich Javid besser kennen. So ein intelligenter, liebevoller, sensibler Mann! Und charmant, meine Güte ... Einer, der sich vom ersten Tag an größte Mühe gab, sich zu integrieren und mitzuhelfen. Er wusste allerdings auch, dass es für ihn als Afghanen schwer werden dürfte, Asyl zu bekommen. Dies hat ihn umgetrieben und immer mehr verunsichert. Und dann, weiß der Geier, warum, fand er irgendwas an Halim. Ich weiß nicht, warum, aber er hing immer mehr mit diesem Typen ab. Ich habe ihn ständig davor gewarnt, sich von Halim negativ beeinflussen zu lassen, aber er sagte immer nur: Nein, nein, alles kein Problem, kein Problem, sagte er immer.

Und dann passierte das mit dem Bürgermeister Groß, und die beiden waren verschwunden. Ich dachte, mir reißt es den Boden unter den Füßen weg. Ich wollte erst alles hinschmeißen, doch dann sah ich die anderen, Arif, Samira, Kahan. Wie feige wäre es gewesen, da einfach wegzurennen? Und so machte ich weiter und hoffte irgendwie, dass sich am Ende alles aufklärt und zum Guten wendet.»

Kurz gibt sie dem Impuls zu weinen nach, lässt sich von mir ein verknittertes Papiertaschentuch reichen, schnäuzt sich und erzählt weiter:

«Ich hoffte tagelang auf irgendein Lebenszeichen von Javid. Doch nichts. Bis er mich dann plötzlich eines Morgens von einer Telefonzelle aus anrief. Hier, privat auf meiner Festnetznummer. Er weinte, hatte wahnsinnige Angst vor Halim, der nichts von diesem Anruf wissen dürfe. Er wusste überhaupt nicht, was er machen sollte. Hatte Angst, vor Halim wegzulaufen und sich zu stellen, hatte aber auch Angst, weiter auf der Flucht zu sein. Er setzte so sehr darauf, von mir einen Ausweg aufgezeigt zu bekommen. Ich konnte ihm nur sagen, dass er unbedingt von Halim wegmüsse, und bot ihm an, ihn abzuholen.

Dann sagte er, ich solle am nächsten Morgen ganz früh zu einem Waldparkplatz in der Nähe von Bad Orb kommen. Die beiden schliefen nachts in der Nähe dieses Parkplatzes in einer überdachten Wandererschutzhütte. Weil er morgens immer früher wach sei als Halim, könne er sich da am besten vom Acker machen, meinte er.»

Eine Weile hält sie inne, denkt kurz darüber nach, ob sie sich noch eine Zigarette anzünden will, tut es und redet weiter:

«Ich habe in der Nacht kein Auge zugetan. Überlegte auch, ob ich nicht doch die Polizei informieren soll, entschied mich aber dagegen. Das bereue ich sehr. Ich wollte Javid holen, von ihm hören, was passiert ist, und dann entscheiden, wie es weitergehen soll.

Ich fuhr also morgens um halb sechs Uhr zu dem Parkplatz, stieg aus und wartete ungefähr fünf Minuten, bis Javid kam. Ich lief auf ihn zu, umarmte ihn, sprach vielleicht drei, vier Sätze, da tauchte plötzlich Halim auf. Er schrie irgendetwas auf Arabisch und schlug Javid mehrmals ins Gesicht. Ich versuchte, ihn daran zu hindern, da zog er ein Messer und bedrohte mich. Komm, Javid, rief ich, steig mit mir ins Auto, und lief zu meinem Wagen. Doch Javid blieb wie angewurzelt stehen. Halim rannte mir mit dem Messer hinterher. Ich schaffte es aber auf meinen Fahrersitz und fuhr einfach los.»

Sie schließt die Augen, macht sie wieder auf.

«Ich habe nicht nachgedacht. Ich habe nicht gebremst. Ich hab ihn einfach umgefahren und bin noch mal rückwärts über ihn rüber. Javid rannte weg, zurück in den Wald. Ich stand da auf dem Parkplatz im strömenden Regen mit meinem Auto und dem toten Halim. Ich dachte kurz darüber nach, mich nun bei der Polizei zu stellen, doch auch hier entschied ich mich für die andere Variante.

Da es so früh am Morgen war, fuhren kaum Autos auf der Landstraße, und ich war mir sicher, dass uns keiner gesehen hat. Also zog ich Halim an den Füßen vom Parkplatz zum Straßenrand und ließ ihn dort einfach liegen. Dann fuhr ich einfach wieder nach Hause. «

«Und das Auto?», frage ich. «War das nicht beschädigt? Es gab doch bestimmt Blutspuren oder Ähnliches.»

«Wie gesagt, es regnete in Strömen. Auf den ersten Blick war nichts zu sehen. Ich bin einfach am Mittag zu einer Tankstelle mit Waschanlage gefahren und fertig.»

«Darf ich?», frage ich sie und deute auf ihre Zigaretten.

«Klar», antwortet sie und hält mir die Packung hin. Ich greife nach einer und zünde sie mir an.

«Dann habe ich einfach weitergemacht», fährt sie fort. «Und überhaupt nichts mehr gefühlt. Das ging noch eine Weile, und seit einer Woche komme ich kaum mehr aus dem Bett, ich bin wie gelähmt. Erst wollte ich kündigen, in eine andere Stadt ziehen und so tun, als sei das alles nicht passiert. Doch dann kam vorgestern der Anruf, dass Javid sich gestellt habe. Ich war mir sicher, dass er sagen würde, was wirklich passiert ist.»

«Hat er aber nicht. Er hat Sie nicht belastet», werfe ich ein.

«Im Gegenteil, er hat sich selber belastet, der Blödmann.»

Nun schweigen wir eine Weile.

«Jedenfalls werde ich mich dem jetzt stellen. Ich werde der Polizei alles erzählen. Alles andere macht keinen Sinn.»

Mir tut sie leid, wie sie da so in sich zusammengesunken sitzt. Ich berühre ihren Arm und ermutige sie dazu, diesen Schritt auch wirklich zu machen. Kurz überlege ich, ihr Franziskas Geschichte zu erzählen, die nach ihrem Totschlag auch zunächst vor der Verantwortung weglief, sich dann stellte, die Haft überstand und danach ihr Leben wieder in den Griff bekam. Doch ich lasse es lieber.

Ich stehe auf, sage, dass ich nun los müsse, und als ich mich von Jana Wilhelm per Handschlag verabschieden möchte, umarmt sie mich plötzlich und sagt leise: «Danke, Herr Bröhmann.»

Ich sage einfach: «Ich bin der Henning. Ich finde, wir sollten uns nun duzen.»

Da lächelt sie, und ich verlasse ihre Wohnung.

Ja, sich den Dingen stellen, das ist es, nur das kann es sein. Das werde ich jetzt auch tun. Und zwar gleich, jetzt und sofort.

Nur drei Autominuten von hier entfernt wohnt Teichners Vater.

Kein leichter Gang.

Ein kleingewachsener, dicklicher Mann mit etwas unförmigem Körperbau, Glatze und Brille öffnet die Tür. Ich blicke in die personifizierte Trauer.

«Guten Tag, Herr Teichner, entschuldigen Sie bitte, dass ich Sie hier so unangemeldet störe. Ich bin ...»

«Ich weiß, wer Sie sind», sagt Vater Teichner. «Ich kenne Sie von Fotos.»

«Es tut mir unsagbar leid, was mit Ihrem Sohn passiert ist.»

«Danke, ja», antwortet er kurz. «Wollen Sie nicht reinkommen?»

«Nur, wenn ich ...»

«Kommen Sie.»

Vater Teichner hält mir die Tür auf. Er bittet mich, in seiner Küche Platz zu nehmen.

«Herr Teichner, ich möchte Sie wirklich nicht lange stören, ich möchte Ihnen sagen, dass ich mich mitverantwortlich fühle für das, was passiert ist. Ich habe Ihren Sohn da hineingetrieben. Es tut mir wirklich unsagbar leid. Ich habe Teich... ich habe Oliver immer sehr ...»

Soll ich jetzt lügen? Soll ich wirklich sagen, dass ich ihn immer gemocht oder geschätzt hätte? Wäre dies nicht geheuchelt?

«... also ihn immer ... wir kannten uns wirklich lange.»

Der Vater blickt mich eine ganze Weile mit wässrigen Augen an. Ich habe Angst vor seiner Reaktion, vor dem, was er gleich sagen wird. Doch ich werde es aushalten.

«Oliver war so stolz», sagt er nur kurz.

Ich blicke ihn fragend an.

«Er war so stolz, dass er noch mal für Sie arbeiten durfte. Sie wissen ja selbst, dass er kein vom Glück gesegneter Mensch war. Dass er nicht viele Freunde hatte. Als dann auch noch seine Ehe scheiterte, machte ich mir große Sorgen um ihn. Daher bot ich ihm an, wieder hierherzuziehen. Auch wenn ein erwachsener Mann das nicht tun sollte. Wieder in sein Jugendzimmer zurückziehen. Er hatte es nie leicht, der Oliver. Seine Mutter ist gestorben, als er elf war. Ich hatte wenig Zeit für ihn, musste arbeiten. Meine Mutter kümmerte sich viel um ihn. Und das lief gar nicht gut. Vor allem, als Oliver in die Pubertät kam. Er wurde in der Schule immer ... ach, was erzähle ich Ihnen das alles, entschuldigen Sie bitte.»

«Nein, nein, ich bitte Sie, ich ...»

«Machen Sie sich keine Vorwürfe, Herr Bröhmann. Das würde Oliver nicht wollen, das weiß ich. Wie gesagt, war er sehr stolz, dass Sie ihm eine Aufgabe gegeben haben. Dass er für Sie ermitteln durfte. Er fühlte sich seit langem mal wieder wichtig und gebraucht. Und er sagte mir, es sei für eine gute Sache. Dass dies nun so ausgegangen ist, das konnte ja keiner, das ...»

Da bricht ihm die Stimme weg, und auch mir beginnt das Kinn zu zittern.

«Ich danke Ihnen, Herr Teichner, dass Sie das sagen. Bitte wenden Sie sich, und das meine ich jetzt nicht als Floskel, jederzeit an mich, wenn Sie Hilfe benötigen.»

Vater Teichner nickt, und ich merke, dass er nun lieber wieder alleine sein möchte, erhebe mich daher vom Sessel und kündige an, ich müsse nun langsam los.

«Warten Sie, Herr Bröhmann», hält mich Vater Teichner auf. «Wollen Sie nicht seine Aufzeichnungen mitnehmen?»

«Aufzeichnungen?»

«Ja, der Oliver hat sich immer, wenn er für Ihren Auftrag unterwegs gewesen war, in sein Zimmer zurückgezogen und gesagt, er müsse nun auswerten. Das war ihm ganz wichtig. Er hat dann seine Beobachtungen in ein Buch geschrieben. Wussten Sie das gar nicht?»

«Nein», antworte ich und bin auf einmal ziemlich aufgeregt.

«Kommen Sie.»

Er führt mich in Teichners Zimmer. Es ist tatsächlich noch sein Jugendzimmer. An der Wand hängt ein Bayern-München-Poster, aus der Saison Mitte der 90er, als Jürgen Klinsmann nach einer Auswechslung frustriert gegen eine Werbetonne trat, daneben klebt Arnold Schwarzenegger als Terminator.

Vater Teichner greift nach einem DIN-A4-Schulschreibheft, das auf Teichners Bett liegt, und reicht es mir. Ich nehme es und schlage es nervös auf.

Teichner hat jede Begegnung akribisch handschriftlich dokumentiert. Einfach alles. Mit wem er aus der Bürgerwehr wann und wo was gesprochen hat. Zudem scheint er die gesamte SMS-Kommunikation mit diesen Typen in seiner Jungenschreibschrift von seinem Handy abgeschrieben zu haben. Und ich dachte, alles sei verloren. Dabei war Teichner schon immer eher der analoge Typ. Mit dem Computer hat er sich auf der Arbeit auch schwergetan. Hier im Zimmer sehe ich jedenfalls keinen Rechner. Ein Fernseher steht in einer Ecke und eine Spielekonsole davor.

«Nehmen Sie es doch mit. Vielleicht bringt Ihnen das ja was für Ihre Ermittlungen», sagt Teichners Vater und deutet auf das Heft.

«Ganz bestimmt, Herr Teichner, ganz bestimmt.»

Natürlich sagt er darauf nicht einen so pathetischen Satz wie:

«Dann wäre er nicht umsonst gestorben», aber für mich liegt dieses Pathos ein wenig in der Luft.

Ich sage noch einmal danke, verabschiede mich und mache mich auf den Weg nach Hause.

Kapitel 22

•••

Und nun ist schon wieder jemand gestorben.

Zum Glück aber auf natürliche Weise und im angemessenen Alter von neunundachtzig Jahren. Franziskas Tante Margarete. Oder Tante Grete, wie Franziska sie nannte.

Tante Grete war vor fünfzehn Jahren alterslesbisch nach La Gomera gezogen. Sie war immer schon ein bisschen das Enfant terrible in der Familie meiner Frau gewesen. Sie war die ältere Schwester von Franziskas Mutter, die bereits vor zehn Jahren gestorben ist, ein Jahr vor Franziskas Vater. Die Eltern waren beide eher konservativ, beide arbeiteten im öffentlichen Dienst, sie aktiv in der Evangelischen Frauenhilfe, er war CDU-Stadtrat. Tante Grete war das schiere Gegenteil und wurde dementsprechend von Franziska bewundert, ganz besonders in den wilden Teenagerjahren. Franziska und Tante Grete schrieben sich regelmäßig, manchmal besuchte sie sie auch auf La Gomera. Zwischendurch schlief der Kontakt ein wenig ein, während Franziskas Knastzeit allerdings intensivierte sich der Austausch über Briefe wieder, und nun also ist die Tante kurz vor ihrem neunzigsten Geburtstag sanft entschlafen.

So liegen Franziska und ich beide traurig, müde und erschöpft nebeneinander auf dem Sofa und halten Händchen. Die Kinder sind im Bett, und ich erzähle ihr endlich alles. Alles über Teichner, seinen Auftrag, seinen Vater, meine Schuldgefühle und alles über Jana Wilhelm, unser Gespräch und ihre Tat.

Franziska wiederum erzählt mir Tante-Grete-Geschichten von früher. Manchmal lachen wir, manchmal weint einer, manchmal der andere, manchmal wir beide zusammen.

Ich denke an Teichners Heft, das noch auf meinem Schreibtisch auf mich wartet. Natürlich bin ich neugierig, doch das hier, dieser Moment mit der Frau meines Lebens, ist tatsächlich noch wichtiger.

«Ach ja», sagt Franziska nach einer langen gemeinsamen Stille. «Ich soll übermorgen zu einem Anwalt nach Frankfurt. Ich bin wohl in ihrem Testament bedacht worden.»

Meine kurz aufflackernde Hoffnung auf plötzlichen Reichtum dämpft sie allerdings schnell, indem sie nachschiebt, dass Tante Grete noch nie viel Geld gehabt hätte.

Nun ja, denke ich, für ein idyllisches Wohlfühl-Hotel mit außergewöhnlichem Ambiente in eindrucksvoller Landschaft, mit lohnenden Ausblicken und liebevoll eingerichteten Zimmern, mit flauschigen Bademänteln und romantischen Candle-Light-Dinnern, mit reichhaltigen Frühstücksbuffets und großzügigen Wellnessbereichen, mit entspannenden Verwöhnmassagen und hochwertigem Aromaöl, dafür wird es schon reichen.

Ein paar Minuten später verabschiedet sich Franziska ins Bett, und ich nehme mir Teichners Aufzeichnungen vor.

Kapitel 23

• • •

Als es am kommenden Abend endlich dunkel genug ist, mache ich mich auf den kurzen Weg quer über den Hof, an der Eingangstür unserer Vermieter vorbei, um deren Haus herum, über das Gemüsebeet hinweg bis hin zu der bodentiefen Umeckverglasung des Wohnzimmers von Rüdi und Gisa.

Normal an der Haustür klingeln, das kann jeder. Ich habe von meinen Nachbarn und Vermietern lernen dürfen, wie ein wirklich freundschaftlicher bis herzlicher Besuch in Angriff zu nehmen ist.

Damit es besonders effektvoll daherkommt, springe ich mit einem Satz und mit ausgebreiteten Armen vor das Fenster und rufe so laut es geht: «Hallööööóchen!!!» Und danach: «Üüüüch bin's, der Henninger.»

Dazu klopfe ich gegen das Fenster und drücke meine Nase platt.

Gisa kiekst vor Schreck laut auf. Perfekt, die Ouvertüre hat schon mal geklappt, ich bin zufrieden mit mir.

Rüdi kommt mit einer tiefen Falte zwischen den Augen zur Fenstertür geschlurft und öffnet sie.

«Heeyyyy», rufe ich überdreht. «Ich dachte, ich schau mal kurz vorbei. War gerade in der Nähe, haha, kleiner Scherz.»

«Bist du betrunken, oder was soll das?», fragt Rüdi.

«Nein, nein, ich bin so nüchtern, wie man nüchterner nicht sein kann, mein lieber Rüdi. Darf ich rein? Ich hätte da ein paar Sachen zu besprechen. So, unter Freunden, du weißt schon.»

Dabei schlage ich ihm jovial an die Schulter, so wie er es früher gerne bei mir gemacht hat. Gisa ist die Sache überhaupt nicht geheuer. Zu Recht. Skeptisch und verunsichert sieht sie mich an.

«Menschmensch, ihr beiden, ich wollte einfach mit euch das

alles noch mal bequatschen. Machen wir uns doch nichts vor, wir hatten in letzter Zeit wirklich einige Verstimmungen untereinander, und das finde ich wirklich supersuperschade, oder, Gisa?»

Gisa starrt mich an.

«Und dabei hatten doch gerade wir zwei eine supersuperheiße Affäre, oder nicht?»

Da steht sie nun auf und sagt: «Mir ist das zu blöd. Ich gehe.»

«Was soll das, Henning?», knurrt Rüdi.

«Es ist vielleicht auch besser, dass du gehst, Gisa. Ich kann mir vorstellen, dass du das, was ich gleich mit deinem Mann bespreche, eventuell nicht so gut verkraften kannst.»

Gisa starrt Rüdi an, Rüdi starrt mich an.

Er wirkt defensiv, keine Frage, so defensiv wie nie. Dumm ist er ja nicht, er wird was ahnen.

Gisa verlässt das Wohnzimmer und knallt die Tür hinter sich zu.

«Und?», flöte ich weiter. «Wo steht ihr so? Was machen die Umfragen?»

«Weiß nicht genau. So um die achtzehn Prozent», antwortet Rüdi, völlig überfordert von meinem Auftritt.

«Das würde doch weiterhin locker reichen für einen Sitz im Landtag, oder? Da kann ja kaum noch was schiefgehen.»

Rüdi zuckt mit den Schultern. «Henning, ich möchte jetzt, dass du gehst.»

«Es sei denn», fahre ich seinen Wunsch ignorierend fort, «es sei denn, du hättest vorher einen Sitz im Gefängnis. Dann wäre es schwierig mit dem Landtag.»

«Henning, ich meine es ernst. Es reicht. Geh jetzt!»

«Ja, es reicht wirklich, Rüdi», antworte ich nun ganz ernst, mit lauter, fester Stimme, ohne den albernen Singsang. «Das Spiel ist zu Ende.»

Diesen Satz wollte ich schon immer einmal sagen. Während

meiner Zeit als Hauptkommissar habe ihn nicht *einmal* anwenden können. Jetzt endlich, jetzt musste es einfach mal sein.

«Mein ehemaliger Kollege ist tot, Rüdi. Ermordet von deinen Schergen. Und mich hätte es auch fast erwischt. Sieh es mir also nach, dass ich ein Interesse habe, dich zur Strecke zu bringen.»

Wenn ich so weitermache, wird mir gleich vor lauter Testosteron schwindelig.

«Du bist doch wahnsinnig, Bröhmann», brüllt er nun.

«Pssst», flüstere ich, um ihn noch mehr zu ärgern. «Die Kinder!» Dann wieder ganz ernst: «Pass auf, Rüdi, ich mach dir einen Vorschlag. Du setzt dich da mal hin und hörst mir bis zum Ende zu, ohne zwischendurch ständig reinzuplärren. Du hörst dir einfach an, was ich dir zu sagen habe. Und ich rate dir zu deinem eigenen Wohl, das so zu akzeptieren.»

Rüdi lässt sich tatsächlich auf seinen Sessel sacken. Er ist blass. Bisher geht mein Plan auf.

«Fangen wir doch am besten von vorne an», hole ich aus. «Wann wurde ich das erste Mal stutzig? Wann bekam ich dieses Gefühl, dass du irgendwas Fieses am Laufen haben könntest? Antwort: nachts im Hotel nach unserer Wanderung, als ich dich habe flüstern hören. Irgendwas hattest du da geplant, und ich habe mir bis gestern darüber den Kopf zermartert. Nun weiß ich es. Du hast mit Halim Ansary telefoniert.»

Ich warte auf eine Reaktion, doch die bleibt aus. Rüdi hat auf Pokerface geschaltet und die Arme vor der Brust verschränkt. Ich packe weiter aus.

«Du hast ihn angestiftet, Bürgermeister Groß anzugreifen. Für Geld und für das leere Versprechen, du könntest dazu beitragen, dass er Asyl bekommt. Warum hast du das gemacht? Weil du dir da was für deine fucking Politikerkarriere bei ‹Hessen zuerst› versprochen hast. Ein Überfall von Flüchtlingen auf den Bürgermeister, damit würdet ihr weiter Zustimmung bei der Bevölkerung bekommen, und so ist es ja auch gekommen. Ein perfides Spiel. Du wusstest, deine scheiß Partei braucht mindestens fünfzehn Prozent, damit es für deinen Listenplatz im Landtag reicht.»

«Ich habe selten so einen Blödsinn gehört», knurrt Rüdi.

«Das ist kein Blödsinn, und ich habe Beweise. Bevor deine Killer Teichner ermordet haben, hat er nämlich genau das herausbekommen. Er hat zahlreiche Gespräche mit diesem Volker dokumentiert und teilweise mitgeschnitten, in denen der davon sprach, dass der ‹Boss›, der mal ‹R›, mal ‹Rüdiger› genannt wird, unbedingt Halim und Javid vor der Polizei aufgespürt haben will. Warum nur bloß? Weil du befürchten musstest, dass du auffliegst. Ich habe die Beweise alle schon an die Polizei weitergereicht.»

Rüdis Gesichtsfarbe wechselt zwischen fahler Blässe und hektischer Röte.

«Nach dem Mord an Groß warst du vielleicht auch ein bisschen erschrocken, aber du hattest damit die perfekte Legitimation, um deine Bürgerwehr zu gründen. Und du wusstest, das bringt dir bei bestimmten Leuten noch mehr Zustimmung. Du, der große Zampano, der für die Sicherheit auf den Straßen sorgt.»

Rüdi schüttelt den Kopf.

Ich fahre fort: «Und dann wird der flüchtige Halim Ansary tot aufgefunden.»

«Und das war ich auch, ja?», ruft Rüdi höhnisch dazwischen.

Ich lächle und schüttele zugegebenermaßen etwas überheblich den Kopf. «Nein, Rüdi, damit hattest du ausnahmsweise mal nichts zu tun. Und auch Javid hatte damit nichts zu tun. Sondern Jana Wilhelm, die Leiterin der Flüchtlingsunterkunft. Sie hat sich gestern der Polizei gestellt und gestanden. Dadurch ist Javid entlastet, und er wird nun mit an Sicherheit grenzender Wahrscheinlichkeit aussagen, dass du der Auftraggeber für die Bürgermeister-Attacke warst.

Nun aber zu Teichner. Dafür werde ich dich ein Leben lang hassen, noch mehr, als ich es ohnehin schon tue. Ich gebe zu, ich weiß nicht, ob du diesem Volker und diesem Ralle den expliziten Auftrag gegeben hast, Teichner zu ermorden und mich zu entführen, um mich dann auch noch umzulegen. Ich weiß es nicht. Das mögen die Ermittler nun herausbekommen, und am Ende werden die Gerichte das zu entscheiden haben.»

«Ich habe ...», schreit Rüdi, doch ich hebe einen Arm.

«Warte noch kurz, ich bin gleich fertig. Du hast nun zwei Möglichkeiten:

Entweder du stellst dich noch heute Nacht der Polizei und darfst dann hoffen, dass dir das am Ende bei deinem Strafmaß positiv ausgelegt wird. Oder du leugnest weiter alles. Dann allerdings werde ich gleich morgen früh aussagen, dass du vermutlich sowohl den Tod des Bürgermeisters wolltest als auch den Mord an Teichner in Auftrag gegeben hast. Von meiner Entführung und dem Mordversuch an mich mal ganz zu schweigen. Dann wäre ich gespannt, wem sie am Ende eher glauben. So, damit wäre mein kleiner Vortrag beendet.»

Noch bevor Rüdi auch nur ein Wort erwidern kann, stürmt Gisa völlig außer sich ins Wohnzimmer.

«Ist das wirklich alles wahr?», kreischt sie völlig in Tränen aufgelöst ihren Mann an.

«Nein, äh, nein, ich, lass mich ...», stammelt er.

«Ob das waaaaahr ist», schreit sie noch mal, nur noch etwas lauter. Ihre Stimme kippt, und nun flippt sie völlig aus, ohne auf eine Antwort zu warten. Sie schnappt sich zwei auf dem Couchtisch stehende Weingläser und wirft sie nach Rüdi.

«Du blödes, verkacktes Arschloch, nein, nein, ich will das nicht, ich will das nicht.»

Die Situation gerät etwas außer Kontrolle, fürchte ich.

«Ich bring dich um», schreit Gisa.

Und dann steht da die kleine Nadeshdine in der Tür und weint.

Daneben ihr großer Bruder, der zwölfjährige Rupert, der mal ein Kumpel von Laurin hätte werden sollen, es aber nie wurde.

Das tut mir alles so leid hier. Ich wollte natürlich nicht, dass da auch noch die Kinder mit reingezogen werden. Um die Szene zu beenden, versuche ich Gisa festzuhalten, doch die schlägt wild um sich und trifft mich dabei mit ihrem Handrücken im Gesicht.

«Aua», sage ich.

Da kommt mir zum Glück Franziska zu Hilfe. Sie muss die Schreie von Gisa bei uns drüben gehört haben und ist auch über den Garten, auf demselben Weg wie ich, hierhergeeilt.

Sie kommt durch die Fenstertür herein, packt sich Gisa, nimmt sie in den Arm und redet beruhigend auf sie ein. Dann führt sie sie gemeinsam mit den Kindern aus dem Wohnzimmer hinaus.

Rüdi regt sich nicht. Er sitzt nur zusammengesunken auf seinem Sessel. Auch ich setze mich und warte darauf, dass er etwas sagt.

Rüdi räuspert sich. «Ich habe mit dieser ganzen Sache mit deinem Kollegen und auch mit deiner Entführung nichts zu tun. Das musst du mir glauben. Ich bin doch kein Mörder. Ich wollte auch nicht, dass diese afghanischen Idioten den Bürgermeister umbringen. Sie sollten ihm nur etwas zusetzen. Ich wollte nicht, dass das alles so aus dem Ruder läuft. Wirklich, Henning, das musst du mir glauben.»

Rüdi ist am Ende. Er ist besiegt. Wie ein Häuflein Elend kauert er da in seinem Sessel. Fast tut er mir schon wieder leid.

«Es kommt nicht darauf an, was ich glaube», sage ich. «Es kommt darauf an, was der Richter am Ende glaubt. Kann ja sein, dass du das alles so nicht gewollt hast. Aber du hast den Stein ins Rollen gebracht. Und du hast Kriminelle für diese bekloppte Bürgerwehr aktiviert. Mit dem Ergebnis, dass ein Mensch tot ist, und mich hätte es auch fast erwischt. Und der ganze Hass in den

Wochen zuvor, verprügelte Flüchtlinge, ein gestürmtes Gartenfest, das alles hast du gesät.»

Rüdi ist still. Es hat sich ausgehetzt. Seine Karriere als Volkstribun ist vorbei, ehe sie so richtig begonnen hat.

«Du musst dich stellen, Rüdi. Alles andere hat keinen Sinn. Es wird sich strafmildernd auswirken, glaub mir.»

Rüdi nickt. Ich werfe ihm sein Telefon zu, das während Gisas Ausraster zu Boden gefallen ist, und gebe ihm gerne, sehr gerne, die passende Nummer.

Epilog

Einige Wochen später, an Teichners Grab

• • •

Mann, Teichner, wer hätte das gedacht, dass es mich mal so häufig zu dir ziehen würde. Dafür musstest du erst hier landen und ich mich mit genügend Schuldgefühlen rumquälen. Nachdem du mir jahrelang zuvor auf die Nerven gegangen bist. Und nicht nur mir.

Ich würde auch nicht sagen, dass mir deine blöden Sprüche wirklich fehlen, aber auf der anderen Seite würde ich mir gerade nichts mehr wünschen, als dass du mir mal wieder so richtig auf die Nerven gehst.

Ich habe dir ein T-Shirt mit deiner Lieblingsaufschrift mitgebracht und lege es mal hierhin: «Alles Schlampen außer Mutti».

Du warst ein Fan dieser Schwarzenegger-Stallone-van-Diesel-Hollywood-Actionfilme mit starken Muskel-Helden und wenig Dialogen.

Und ich weiß, dass dir dein Tod, wenn das hier ein Film wäre, gefallen hätte. Es war ja auch eine Art Heldentod. Wenigstens ein bisschen. Ich finde das alles viel zu pathetisch, mir verschafft das für meine Verantwortung keine Erleichterung, doch auch dein Vater sagte mir mehrmals, dass dir diese posthume Anerkennung mehr als gefallen würde.

Fakt ist nun: Rüdi sitzt in Untersuchungshaft, und er hat mit seinen Machenschaften der sauberen «Hessen-zuerst»-Partei einen Bärendienst erwiesen. Die Umfragewerte sind hessenweit im freien Fall. Diese bekloppte Bürgerwehr ist Geschichte. Das ist dein Verdienst. Punkt. Wenn auch viel zu teuer bezahlt.

Mann, Teichner, tut mir das leid.

Wir stecken gerade mitten im Umzug. Ich weiß, Bad Salzhausen ist nicht gerade sehr originell, doch es hat uns allen die ganze Zeit gefehlt. Und manchmal fügen sich eben die Dinge.

Franziska ist fast in Ohnmacht gefallen, als sie von der 120 000-Euro-Erbschaft erfuhr. Unfassbar. Diese Tante Grete hat die ganzen Jahre über eine Menge Geld angespart, von dem niemand eine Ahnung hatte.

Nun haben wir also dieses Häuschen gekauft. Direkt gegenüber von unserer alten Doppelhaushälfte. Mit Garten und tralalla. Und unten haben wir eine Einliegerwohnung, in die Samira und Kayan ziehen werden. Wie lange, das wird man sehen. Aber erst mal ist das eine gute Lösung. Laurin ist darüber jedenfalls mehr als happy.

Javid muss zurück nach Afghanistan, sein Asyl-Antrag wurde abgelehnt. War zu erwarten, ist aber trotzdem traurig. Nun ja …

Hessi hätte natürlich wahnsinnig gerne die Leitung der Unterkunft in Bretzenhain übernommen, aber auch sie musste schweren Herzens einsehen, dass ihr schlicht die Qualifikation dafür fehlt. Doch ihr Eifer und ihr Engagement sind ungebrochen. Manni hat ihr ein Lied gewidmet, seitdem sind die beiden wieder «ein Herz und ein Arsch», so hat Manni sich ausgedrückt, der alte Romantiker. Wie lange das hält, steht auf einem anderen Blatt.

Meine Mutter überlegt, nun doch wieder dem wilden Werben Johanns um ihre Hand nachzugeben. Sie wird schon das Richtige tun, schließlich ist sie alt genug. Mein Vater würde das ähnlich sehen.

Ach ja, grüß ihn mal, wenn du ihn siehst.

Was hätte der sich lustig gemacht über diesen Selbstbeweihräucherungs-Pensionierungsfestakt von Ludwig Körber. Man hatte das Gefühl, ein Bundespräsident tritt ab und nicht ein Kriminaloberrat aus dem Vogelsberg. Onkel Ludwig hat eine fast einstündige Rede über sich selber gehalten, in der er die Erfolge seiner Laufbahn aufzählte. Schwamm drüber; dass Markus diesen Job nun übernimmt, ist das Beste, was der Kripo in Alsfeld passieren konnte.

Kriminaloberrat Markus Meirich klingt nicht schlecht, oder?

Er will nun ein komplett neues Team aufbauen.

Und ich habe es tatsächlich getan.

Ich habe zugesagt.

Ob das nun alles eine Art Happy End ist?

Nein, sonst stünde ich gerade nicht hier auf diesem Friedhof.

Weitere Titel von Dietrich Faber

Bröhmann ermittelt

Toter geht's nicht

Der Tod macht Schule

Tote Hunde beißen nicht

Schneller, weiter, toter

Sorge dich nicht, stirb!

Hessen zuerst!

MIX
Papier aus verantwortungsvollen Quellen
FSC® C083411

Das für dieses Buch verwendete Papier ist FSC®-zertifiziert.